让日常阅读成为砍向我们内心冰封大海的斧头。

Jón Kalman Stefánsson

鱼没有脚 2

宇宙的尺寸

[冰岛] 约恩·卡尔曼·斯特凡松 _ 著   苇欢 _ 译

四川文艺出版社

序

让我们先弄清楚一件事，再继续往下讲，继续深入探索那些我们不理解也不能应对，只会渴望、担忧和憧憬的事物。一旦弄清楚这件事，我们就不再茫然无措——我们在凯夫拉维克，一座古怪又偏僻的小镇，只有几千居民、一个空荡荡的港口、失业、汽车代理商、快餐车和单调的自然景观——从空中俯瞰，就像一片僵硬的海。在风平浪静的清晨，日出就像一场无声的爆发。我们看见那火焰从远山的背后浮现，仿佛某种巨大的东西正在从深渊里升起，一种足以掀开天空、改变万物的力量；我们看见夜晚的黑暗为火焰让步。然后，太阳升起。一开始，它像火山喷发一般，抹去了天上的群星——那些友善的小狗，接着升起，在火山遍布的雷克雅内斯半岛上空雄伟地升起。它缓慢地升起。我们活着。

凯夫拉维克

——现在——

于是命运之轮慢慢开始转动,但雪落在
凯夫拉维克空无一人的街道上,落在
失业和广告牌上

我和阿里的姑婆都不太相信所谓的"老路子",这也许是对迷信与无知的委婉说法,除非与之相反,这些"老路子"是一种智慧,能让我们在这个充满困苦的国家,这个广阔、孤独的岛屿上生存下去。生命——不说人也不说命运——很少向她展露仁慈的一面,而她也仅写了一首有关生命的诗。诗写的是她的女儿劳拉,她在年仅八岁时死于一场重病。劳拉尽管年幼,但似乎知道接下来会发生什么;她异常坚强、无畏,但最终还是垮了,她大睁着双眼,抱着母亲,害怕地问,妈妈,死的时候会痛吗?妈妈,我会孤身一人吗?我们的姑婆,有人叫她莉拉,笑着说:不,亲爱的,我们会永远在一起。我永远不会抛下你。要她对自己的女儿撒谎,然后微笑,一直微笑,让她确信自己在生命的最后时刻会看见美丽的事物,从而相信死亡只是向另一个世界迈出一步,和幸福暂别,她便不会认为死亡是住在村子高处的暗黑山林里的一个凶残又丑陋的怪物。这太难了。莉拉努力保持着微笑,却无法抑制从她灰色的眼睛里不断落下的泪水。她把劳拉抱在怀里，感受到她幼小生命的消逝，她用爱的全部力量抱着她，这种力量不可估测，比他们在格林达维克的家窗外有七百年历史的熔岩还要古老。莉拉紧紧地抱着她，但死亡以更强大的力量把她拽向彼岸；它最终会吞噬一切——不管是鲜花还是太阳系，乞丐还是总统。莉拉感觉到了；她感觉到了爱、眼泪和绝望是多么无用，死亡这里没有公正，只有终结。之后，她写下了她的诗。她情不自禁，被某种不可抗拒的力量驱使着写了这首诗。她抱着劳拉八岁的瘦弱身体，她早就想用自己的生命，包括她的幸福、健康、记忆，她的一切来换劳拉活过来，却完全无人理会。什么都不管用，莉拉唯一能做的，唯一能为女儿做的，就是流着泪把她抱在怀里。她不停地祈祷，这些祷告那样真诚，那样纯粹，让人无法理解它们为什么无济于事；也许世上根本就没有公正，哪怕一丝一毫。也许正因为如此，她才写了这首关于女儿的诗。诗里说，她是一个八岁的女孩，有一头金色的卷发，明亮的前额，清澈的蓝眼睛，可爱的小方鼻子，小嘴里发出的笑声能平息整个世界的愤怒，把它变成一颗深色的鹅卵石，谁都可以随手扔掉。

  莉拉的弟弟是个诗人，妹妹也是，可莉拉之前从来不会写诗，像她的哥哥——我和阿里的祖父一样，一个字也写不出来，直到一切崩溃的那一刻。一首诗，两小节，然后，世界死了。

  一年后，莉拉的丈夫离开了她。她似乎已经不再在乎活着，再生几个孩子，或是对他敞开心扉；他几乎不与她共处，更别说碰她了。他指控她的悲伤太痴狂；这就是他的原话，痴狂的悲伤。我早该明白的，他愤怒地说，几乎是把这些话喷出来。关于你的家庭,别人一次又一次地告诫过我:一群居无定所、狂热盲目、不可信赖又神经质的艺术家。我只想继续生活;这难道是种罪过,是种背叛吗?你的悲伤真是要了我的命。

他一拳砸向桌子,眼睛里有东西在闪烁,仿佛忽然想忍住眼泪。后来,他成了一个闻名全国的船主,非常富有;他的名字登上了《格林达维克历史》,尽管那上面没有一个字提到莉拉;这就是生活——让我们铭记的是财富,而不是悲伤。她搬回雷克雅未克,她毕生的行李就装在一个行李箱里:一套换洗衣服、四本书,还有她父亲的鼻烟盒。父亲在她被施坚信礼的前一天去世了,当时他喝得烂醉如泥,从雷克雅未克港口跌进海里,大笑着,在冰冷的海水中扑腾着四肢,过了好一阵子才被他那些不停傻笑着的酒友捞上来。莉拉的父亲,我和阿里的曾祖父,当时看上去就像一只形状可怖的水母,或是一条遭了殃的鱼。他在水里泡了太久,因此患了病,之后发展成肺炎,死了。行李箱里没有别的东西,只有一套换洗衣服、四本书、鼻烟盒、一张劳拉的照片、两套劳拉的衣服、她的洋娃娃、四幅画,以及莉拉后来打印出来并贴在照片下面的那首诗。最后,还有她因为背叛劳拉,没能和她一起死去而独自苟活的愧疚。

每当莉拉新搬进一间地下室、阁楼或者小破屋,她最先挂到墙上的总是那张照片和那首诗。她搬家过于频繁,在四十多年的时间里一共搬了二十六次。她看上去几乎永远在逃,从未在任何地方停留过两年以上。她做的第一件事总是挂起那张小照片,上面是一个七岁的女孩,在阳光灿烂的日子里斜倚在格林达维克一座房子的墙上。照片挂在绿色小沙发的上方,下面贴着那首诗,周围是四幅画。随着时间的流逝,这张照片与这首诗竟成了仅有的能提醒这个世界莉拉的女儿曾存在过的物件。早些时候,我和阿里随口背会了这首诗,却没有真正思考过它的意义;我们曾无数次坐在沙发对面的靠背椅上,一边喝热巧克力,一边嚼着饼干,享受莉拉善意的招待,不知为何信口念起这首诗。那时的莉拉已是一个老妇,身体每况愈下,她偶然发现了我们在做什么,失了态;那个一向沉稳端庄的人开始发抖,前后晃动着身体,仿佛试图让自己冷静,却哭了出来。她在我们面前那样脆弱无助,仿佛那首诗是唯一能让她的女儿不被世人遗忘的东西。只要这首诗仍然存在于这个世界,只要还有人知道它,劳拉就会在遥远的彼岸安然无恙。黑暗充满威胁,但会有人照顾好她。因此,这首诗是一种信息,能穿越横亘在生死之间无法定义的空间,传达给一个等待着妈妈的八岁女孩,以超出我们理解的方式,穿越一切,传达给她,触摸她,并说,嘘,嘘,别怕,你妈妈很快就会来,她很快就会死去,你们又能一起去摘金凤花了。

莉拉搬过二十六次家,从地下室搬到阁楼,又从阁楼搬回地下室,无论在哪一处新居,睡第一觉之前,莉拉都要数数窗户,一、二、三、四、五扇窗,因为这样一来,夜里的梦就会成真。这古老的信念、迷信与旧包袱,可以说是她坚信的全部。梦境拥有一种力量,一种在清醒时或逻辑本身都无法辨认的力量。谁知道呢?也许在某个新的清晨,醒来迎接她的会是女儿的微笑。尽管几十年已经过去,她仍是八岁的样子;没有人会在死亡中衰老,时光不会在永恒中流逝,它缺乏体谅的力量在那里毫无用处。说不清为什么,我和阿里也养成了她这个习惯,不管住在哪里，即便只是暂住，我们都会在第一次入睡前数窗户，相信这一简单的举动会让梦境成真，会扭转自然的法则。我住在叔叔家的时候，也数过窗户，那是一座位于凯夫拉维克老区的两层小木屋。为了数窗户，我不得不走到室外，走进雪中，雪下得如此稠密，整个凯夫拉维克都在雪中消失了。我回到屋里，一身雪白，仿佛戴着天使的面纱，带着上帝的恩典。叔叔养的两只猫像毒蛇一样对我发出咝咝声，我帮叔叔盖上被子，他听着赫尔约马尔乐队的歌睡着了，"活着是多么美好"，真是个大胆的主张。我帮他盖好被子，两次撞到用细线吊在天花板上的飞机模型，它们是美军战斗机。我数了窗户，身上的雪化了，我小心地关上卧室门，以免猫溜进来抓我的眼睛，然后躺在床上——类似一个旧沙发床——睡着了。入睡的时候，我听见大海的声音，它就在外面，在雪里，在房子下方不远的地方，它是地球上最大的乐器，在它的乐声中，人们能听见命运和死亡这对姐妹，两种对立：安慰与暴力。我慢慢陷入沉睡，大海的声音和我的梦相互交融。大海曾是阿里的祖父，奥迪尔的家；他凝望着大海，无拘无束。在我睡着之前，在梦境将我包围之前，我最后听见的是叔叔在上面的客厅里说梦话，然后高兴地笑起来的声音。

我沉睡着。

阿里也沉睡着，在飞行酒店。数窗户对他来说很简单；你不可能不知道有几扇，因为只有两扇，它们却框起不少落雪。其他的一切都消失了，凯夫拉维克的居民可以暂别这个世界，它已经不复存在，只剩下雪花与它们之间的空气。只有飘落的雪，这从天而降的白。这些在我们额头上融化的信息和吻。其余的一切都消失了，加油站、路边的商店、新影院、哈布那加塔大街和更远处的赫林布勒伊特街、失业、空荡荡的港口、圣诞装饰和巨幅广告牌。除了雪什么都没有。雪不断吞噬着今夜的一切，并以此连接了大地和天空，这或许比我们所意识到的更重要，因为这些古老的信念——远比那些用数窗户的方式让梦想成真的信念更古老——在没有窗玻璃，甚至没有房屋的时代就已诞生，它们表明，在这样的夜晚，这样平静，这样大的雪，大地和天空不再存有任何差别，逝者能对生者说话。雪片化身为来自逝者的信息：我仍然爱你；天哪，我好想你；我没事；我很好，谢谢；他们这儿的咖啡味道好极了，景色美到让你无话可说；希望你下地狱；不要在平庸中浪费生命——去做一些伟大的事，这种尝试总是值得的，奋斗使你美丽；记住：明天早上穿暖一些，天气会很冷，你可不能感冒。

阿里什么也没听见，他睡着了。

读完西加的文章，他终于睡着了，那篇文章附在继母的来信里，写的是男性凌驾在女性之上的权力，这种男性侵占的权力——还有西格伦讲述她遭受强奸的经历。我和阿里看着卡里从舞会上把她带走，带到他的拉达车上，我们看着他强奸了她。那时她只有十六岁，而他三十多岁了，是两个孩子的父亲。不知何故，我们误解了当时发生的事情，看着车身剧烈地晃动，看着他的屁股出现在后窗上，毛茸茸的，很白，像两个小恶魔。信读完之后，阿里哭了，尽管没有立刻就开始哭。一开始，他只是坐在那里，一动不动，然后他开始在酒店房间里四处乱转，因为愤怒、羞愧和无力感而浑身发抖。他一头栽倒在床上，两眼发直，咒骂着,他抹了一把脸,发现自己满脸都是泪水。他想道——几乎带着惊讶——我在哭。他刷了刷牙。又哭了。然后又读了一遍西格伦的文章。他上网,搜索她的名字,大海捞针一般搜出了四张照片。这四张照片里的她明显不止十五岁,可这并不重要,因为阿里清楚地记得她在西部位于布扎达吕尔的屠宰场里的行为举止,那个昏沉沉的村庄里只有几棵树,洗好的衣服在晾衣绳上飘来飘去,人们在睡梦中辗转反侧——这就是那个地方的全部。西格伦的行为举止让我们忍不住去爱她,你不可能不爱她。阿里梦想过和她一起生活,有时候我们会逗她笑——连我们自己也笑得骨头直颤。她和卡里一起上了车,卡里扒掉她的裤子,挺进她的身体,强奸了她,而我们就坐在附近一辆蓝色的路虎车里,我们看着拉达车晃动,看着卡里的屁股,听着布里姆克洛乐队的歌,为自己难过。阿里躺在床上,他面前摆着一袋糖果、一瓶压着继母来信的威士忌,信几乎没读,他本打算睡前读的,但现在读不下去。他感到精疲力竭,无尽的疲惫,却一直无法入睡。他没拉窗帘,因为看着窗外飘动的雪会让他放松,他不知道雪花有可能是逝者传来的消息;一定要盖好被子,免得着凉。他的心怦怦直跳,他心烦意乱,但飘落的雪最终让他平静了下来。让他平静,让他入睡,现在他睡着了。他在丹麦待了两年多,又回到冰岛,他看见在天空的另一边,群山宛如巨大的花朵;后来他不得不弯腰伏在一张破旧的课桌上,好让奥斯蒙迪尔,我们的表弟,昔日的榜样,把他粗长的食指伸进他的直肠。他睡着了。威士忌酒瓶压着继母的来信,旁边是奥迪尔的证书,像一条他尚未破解的重要消息。

沉入睡梦之前，阿里最后想到的是莉拉。也许是因为他想到，两扇窗户，一扇，两扇——好了，我数完了，现在我的梦会成真了。万一我梦见一些不好的、丑恶的东西，天哪，万一我梦见一个人死了，万一我做的是噩梦，梦见我的孩子死了呢？哦，莉拉，他一边想着一边睡了过去，然后她向他走来，个头不高，神色平和，她曾像孩子一样活泼，像个年轻人，可悲伤让她变得沉静。她总是很平静——对我们来说她就是这样，善良，安宁——但有时她的眼睛光芒闪烁，仿佛它们渴望更多的生机和幸福。她的手是阿里触碰过的最温暖的手，仿佛她能用这双手安抚每一个人，可她永远也无法原谅自己在女儿死后继续苟活，无法原谅自己任由女儿被死亡攫住，无法原谅自己没有足够用力地拉她，没有给她足够热烈的爱，究竟是什么样的人才无法拯救自己的孩子？阿里睡着时，她来到他身边，用她温暖的、布满老茧的手轻抚他的额头，安慰他，让他平静下来，安然入睡，她的目光温和，却带着忧伤，因为逝者像她一样，被迫沉默，所以必须依赖我们生者。

雪落在凯夫拉维克。

雪落在失业、空无一人的街道、旧街区的一座两层小木屋和建在斯库利百万冷冻厂废墟之上的酒店上，落在这座保存着记忆的小镇上，落在我与阿里一起走过的路上，落在阿里的父亲雅各布住的公寓楼上，但他也许没有睡；也许他醒着，正在听音乐，思考自己的生命，它即将终结，即将步入黑暗之门。他出生在东部的内斯克伊斯塔泽，有一次半醒着躺在海滩上，那时他还不到一岁；他的母亲玛格丽特把他丢在一边，自己冲向大海。他醒着,躺在那里思考自己的生命,或者不去想,避免去想。他无法入睡,或者不敢睡,害怕睡眠,睡梦中的我们是如此脆弱,像一个伤口——在睡梦中,我们所有的防御都土崩瓦解。

北峡湾

——过去——

> 如此深沉的宁静是如何创造的？也许这是最伟大的天赋，
> 造物的巅峰？

很多年过去了。

也许并没有很多年，只过去了几年而已，时间会改变一切，或快或慢；一些人或事死去，另一些诞生。我们发现自己置身于两次世界大战之间，在这二十一年的间隔里，人类收集了战胜魔鬼的思想。几年前，奥迪尔赤裸着身体下了船，怀里抱着穿戴整齐的特里格维。那是一个繁星漫天、满地寒霜的十一月的夜晚；特里格维跳进海里，要游到月亮上去，可他的身体却开始僵硬、下沉，奥迪尔拼命把他拉上船，赤身驾着船全速开向岸边，他把自己的每一件衣服都给特里格维穿上，然后抱着他上岸，走进村子；这些我们从前都给你讲过。我们需要回忆几件事，因为我们总是忘记，喝了太多干邑白兰地，我们都上了头，脑海中一丝想法也不剩。除此之外，冰冷的海水让特里格维命悬一线，他极有可能死在这满天繁星之下，奥迪尔自己也冻得牙齿直打架，口中胡言乱语，根本无法理智地思考，幸亏他们遇见了奥斯勒伊格，一个来自瓦斯莱叙斯特伦德的女孩，逃来北峡湾冒险。后来她告诉特里格维，我看见你，躺在一个人的怀里，昏迷不醒，一开始我还以为那是一条人鱼,从深海里为我带来了我渴望的东西。

她经常把这个故事讲给特里格维和他们后来出生的女儿听,她从一个奇怪的梦中醒来,去屋外小便,睡眼蒙眬,然后看见他们走来。她不厌其烦地重复这个故事,在她最后一次讲的时候,她已是个老妇人,躺在凯夫拉维克的医院里,死神就要把她带走,她努力又讲了一遍,仿佛要把这个故事留在人世,这个关于他们之间的一切怎样开始的故事。她把他带回她的住处,这个坚强的女人,脱去他的衣服,用她的血肉之身温暖他,就这样,欲望一点一点被激发,然后是爱,余下的都是幸福。

很多年过去了,此刻这对兄弟外出捕鱼去了,在离家一百公里的瓦特纳冰川南部。他们已经放好了渔网线,正准备歇一会儿。

天气宁静而温和,微风轻轻吹动,仿佛上帝没花什么工夫去思考天气,抑或惊异于自己的杰作,尤其是那高耸的白色冰川,俯瞰着陆地、大海和北峡湾外斯莱普尼尔号上的水手。如此深沉的宁静是如何创造的?也许这是最伟大的天赋,造物的巅峰,创造出几乎不存在、不作为、什么都不触碰,却能改变一切的事物?它把整个世界变成美丽的寂静,更重要的是,它拨动了这些来自北峡湾的水手的心弦,此刻他们正在霍尔纳峡湾外深不见底的大海中捕捞鳕鱼,北峡湾的渔船定然会在仲冬时节来到这里。他们每来一次都要停留数周,远离他们的家,远离他们深爱的北峡湾,它一定是全国乃至全世界最美丽的峡湾,为了那些该死的鱼——尤其是鳕鱼——我们还有什么没做过?假如有一天没有鳕鱼了,我们就干脆全都洗手不干,一枪毙了自己得了。他们放好渔网线，一番忙碌让他们浑身暖起来，但当他们笑着听特里格维说话，盼着趁渔网线在海里网鱼而能稍作休息时，寒冷又袭来了。再过三四个小时，他们就会拉起渔网线，等厨师鲁纳尔做好晚餐，然后他们就可以休息，睡上一觉；他们动了动自己的脚，冰冷的脚趾，海上如此安宁，寂静如此深邃，甚至有人在千里之外的陆地上放个屁，他们都能听见一声低沉的闷响——如果特里格维说的是真的的话。他的举止优雅；他说话，其他人听，奥迪尔刚威胁道，假如特里格维再不闭嘴，就把他扔进海里，再像拖一条鳕鱼一样把他拖上来，把他的内脏掏空。索聚尔听见自己的父亲咒骂、威胁特里格维，可他也看见了父亲胡子里若隐若现的微笑。

几周前，奥迪尔就把自己的大儿子当作一名成熟的杂役水手带上了船。索聚尔曾在老格维兹门迪尔的船上做了将近一年的杂役水手，后者是北峡湾最年长的船长，一个不屈的强者，他身材壮硕，去年秋天有一次和他的船员们一起捕捞这该死的鳕鱼，有什么庞然大物一直咬着不放，老人咆哮着，他的声音如此低沉，甚至连水下二十米深处的海床上的卵石都在发抖。真是见鬼——这才叫钓到大鱼了！格维兹门迪尔正说着，绞盘猛地一抽，嘎吱作响，仿佛在抱怨它承受的重量，真不公平，凭什么所有网鱼的重活儿都要它来做；格维兹门迪尔一跃来到绞盘边上，抓住渔网线，他从来都不是习惯用机器的人，这一辈子都依赖自己双手的力量，最信任自己的手，他口中骂着绞盘，绷紧双肩——那两头负重的野兽，接着用尽全力把大鱼从大海深处往上拖，尽管事实证明那并不是条鳕鱼，也不是人们最近开始喜欢的大比目鱼，老人拖上来的是死神。他努力把死神向上拖到船舷上方一根拇指的高度，足以让它露出眼睛，两个深邃幽暗的洞，这时，他的心脏爆开了。这就是老格维兹门迪尔，一个硬汉生命中最后的时刻——大约在同一时间，奥迪尔的一个船员搬去了塞济斯峡湾，这当然是件很奇怪的事，从最美丽的峡湾搬去另一个差劲得多的去处；有些人看起来已经无可救药了。这些事情完美地吻合，死亡与搬迁，奥迪尔就这样把索聚尔带上了船。他只有十六岁，虽然还没有完整地历练过，却并不逊色于许多优秀的水手。奥迪尔本可以轻而易举地从北峡湾甚至其他地方的水手中挑选出精英；加入奥迪尔的船队是一桩大事，他是个收成极好的渔夫，因其强悍的意志得到众人的尊重，但他的意志有时也确实很严苛。

　　他们父子之间从未谈过这些，不过现在想想，除了鱼、大海、群山、窗台上的苍蝇和努力工作的重要性，他们也许未谈及过其他。这就是为什么索聚尔心知肚明，仿佛有人清清楚楚地告诉过他，必须坚守自己的立场，绝不能松懈或分心，或比那些成熟的水手偷懒，最好比他们更卖力，他也是真心实意地想这样做；他满腔热情。他们在离家一百公里的海上，玛格丽特知道奥迪尔会照看他们的儿子。他没有鼓励他，更像是在激将。在这件事上，她没什么发言权。他们的家与大海之间的距离太过遥远。老格维兹门迪尔去世后，他的女婿继承了他的船，并把它带到了雷扎尔菲厄泽峡湾。她考虑过，抑或说幻想过，索聚尔将来能在陆地上工作，这样他就可以经常回家，大家都高兴；他可以读点书，甚至为上大学做准备，可随后奥迪尔就宣布了他惊人的决定，让儿子上自己的船当水手。

那是冬天，他们躺在床上，算是夜晚，窗外却很明亮，月光注满了峡湾，令人难以入眠。他们并排躺着，一切自然而然地发生，仿佛事情本该如此：她的左手开始游走，在他的被子下抚摸他的身体。多年以前，在斯莱普尼尔SU382的艉楼里，她第一次碰触这副身躯。那时之后，他们渐渐老去，变得有些僵硬，他们经历过困难，许多困难，但像这样躺在一起，感觉仍是美好的。黑夜，真正的黑夜就要在他们身上降临，月光正忙着改变世界。多么愉快，她的手在探险，抚摸他健硕的手臂、结实的大腿，抚摸他的阴茎，感觉它在她掌中膨胀、坚挺。不久之后，他们回到了青春。

大约凌晨两点，他们一起躺着，精疲力竭，她懒洋洋地躺在温暖的幸福中，开始慢慢睡去。奥迪尔支起身子，波澜不惊地说，他让索聚尔补上古德永的位置，那个像白痴一样搬去塞济斯峡湾的人。不会有事的，他说。他完全没和她商量过就做出了这个决定。不会有事，他说，他的意思是：他很可靠。意思是：他成年了，现在是个大人了。换句话说：我们两个是我们两个，你是你。最后，他又说，他要和我们一起去南部的霍尔纳峡湾；这会是一次很好的历练。

玛格丽特刚才还感受到奥迪尔温暖的精液在她体内，她环抱着他的头，热切地吻他，但此刻她却感到自己的心变硬了，越来越僵硬，变成了石头。奥迪尔没问过她的意见就做出了决定，仿佛他比她拥有更大一部分的索聚尔，他们父子二人现在属于同一个她永远够不到的世界。他还这么年轻，尽管他高大而强壮，可从年龄看，他还是个孩子。她的孩子。她的宝贝。他天性温和，生动的灰蓝色眼睛里总闪着温暖而狡黠的光芒，弟弟姐妹们都很爱他。居纳尔·特里格维，索聚尔八岁的弟弟，喜欢模仿他走路，学着哥哥的样子，故作沉思地盯着地面；而埃琳，家里最小的孩子，睡觉之前必须听索聚尔给她讲他无意中读到的，或是现编的故事。玛格丽特曾带着一腔母爱在日记中写道，假如这个世界上真的存在善良，那么一定存在于索聚尔身上。生活会怎样对待他，一个像他这样坚强、敏感，又才华横溢的好孩子；他将来的方向是什么？他会得到机会去别的地方吗？他会摆脱掉这些山——和他的父亲，长大吗？

一年多以前，校长探访了玛格丽特，她当时正跪在地上擦地板，埃琳跟在她身边，缠着她，想爬到她背上，她可适合当马骑了，校长这时突然出现了。他敲门了，但玛格丽特没听见，她的耳边只有埃琳的咿咿呀呀，还有擦地的时候刷子与地板发出的摩擦声，所以他直接走进去了，问候她日安，随后直入主题，仿佛他想尽快说完，然后逃走：他希望索聚尔能继续自己的学业。这样好的天分一定不能浪费，他说。玛格丽特立刻做出了回答，她还跪在地上，一个尴尬的姿势，她很生气这个人直接走进了屋里，她的双手因为干活儿变得又红又肿，脸可能也因为过度的劳作而涨得通红。她额头冒着汗，近乎无礼、不理智地厉声说：所以水手们都在浪费自己的生命吗？

校长名叫索克尔，在北峡湾把教育搞得风生水起。他有着不知道从哪来的坚定意志，却能和所有人和睦相处，这也许是一个人所能拥有的最重要的品质之一。

所以水手们都在浪费自己的生命吗?

索克尔低头看着玛格丽特,这个在加拿大住过八年的女人见识过更为广阔的世界,她的生活比起山里的日子拥有更多可能。如果你比周围的大多数人看得更远,看见的世界比眼前的更广大,这是一种福气,也是一种诅咒。索克尔转转帽子,张开嘴,欲说还休。他知道很多关于玛格丽特的事,听说过她的故事,听说过她的极端使她被孤立,她那时而沉郁时而欢快的情绪;她要么卧床不起,要么手舞足蹈;她偶尔会出席有关工人阶级事务的会议,发表意见,比在场的许多人脾气更坏、口齿更伶俐;她身上有一种神秘的气质,仿佛她并没有完全显露自己,而是把一部分隐藏起来,不让世人了解?她比大多数人懂得都多,看透了一切人和事,却保持沉默?或许是出于傲慢;她的名声不好,人们说她自大,有传言称,她曾经衣衫不整地投到一个农夫怀里,曾经赤着脚走到海边,抱着一个婴孩蹚进大海,也曾在床上一躺几天,任由她的家变得一团糟。奥迪尔值得更好的。索克尔转着自己的帽子。他清楚这一切,他也在这一带长大,比玛格丽特小三岁,比奥迪尔小两岁,一直对这个男人又敬又怕,孩提时期的奥迪尔就是一个伟大的领袖,在十岁或十一岁的时候就表现得像个大人了。索克尔转着帽子,玛格丽特仍旧跪着擦地,尽管他走进来站在那里,她也没有停下手中的活儿。他对着埃琳笑了笑,埃琳害羞地回应,含着自己的两根手指,闭着眼睛。他知道自己应该更用力地敲门,喊出声来,而不是这样贸然闯入,来到玛格丽特面前。索克尔盯着她肿胀发红的双手。他结婚了,有三个孩子,深爱着他的妻子,但玛格丽特是他见过的最美的女人,他从雷克雅未克和爱丁堡学成归来时就这么觉得了。他走向世界，却又回来了，他一直就计划着回来，并不想去别的任何地方。他回来了，在那之后不久，在一个阴郁的雨天，暗淡又寒冷，雨落在低地上，但山坡上下的是冻雨或雪，山顶渐渐变得雪白，被冰雪之花覆盖——他忙于文书工作，突然感到心神不宁，想要逃避，于是他来到了码头，然后看到了站在那里的玛格丽特，她正在等待斯莱普尼尔号——奥迪尔的船归来。世界还很年轻，她会永远在码头等待他。她会看着船进港，连外套都懒得拿，就冲出家门，只顺手抓起一条披肩，搭在她纤瘦的肩膀上。她站在那里，整个人都湿透了，却燃烧着爱意，头发一缕缕散在额头和两颊上，她笔直又高贵地站着。他注视着她，想起自己曾在伦敦的动物园里见到的一头美洲豹，它被关在笼子里，骄傲又不自在。他痴痴地站在码头上，一种忧伤将他攫住，他清楚，见过眼前的景象后，他再也无法拥有完美的幸福了。

凯夫拉维克

——现在——

上帝是一只旧泰迪熊，
这是凯夫拉维克难得平静的一天

"说出我的名字，因为只有你才能说出它，这样我就会知道我是真实存在的。"

阿里在歌声中醒来，那歌声仿佛从很远的地方传来。他过了一段时间才完全清醒，或者说清醒到能够分辨睡与醒，梦与现实，这也许就是为什么，哪怕只有一瞬间，他觉得这歌声并不属于这个世界，黑夜已被两个世界隔开，逝者此刻正对他唱着动听的歌，唤醒他，在现实击中他之前，以柔软覆盖他。然后他完全醒了过来，想起自己身在何处：凯夫拉维克的飞行酒店。十二月，我们已经处在冬日黑暗的最深处。隔壁房间有人在唱歌。那天早晨，阿里打算去见他的父亲雅各布，他快要死了，快要变成一首遥远的歌，或者化为沉默，被人遗忘，我们不知道哪一样会在我们死后存在——残忍抑或善良，灭绝抑或新的开始，也不知道上帝究竟是一个璀璨的拥抱，还是儿时陪伴我们的一只旧泰迪熊。快八点半了，隔壁房间有人在唱歌。阿里躺在黑暗中，听着一个女人用英语唱着像摇篮曲一样的歌，仿佛在安慰谁，即便是墙里的钢筋水泥，这些了无生机的、硬邦邦的建筑材料，也无法阻隔她歌声中真切的情感。她唱得太过轻柔，阿里只听得出其中一句，但歌声太模糊，所以他也不能肯定自己是否听对了：说出我的名字，因为只有你才能说出它，这样我就会知道我是真实存在的。他出于本能地拿起手机，打开收件箱，点击波拉的名字，写道："说出我的名字"……他正要发送，又犹豫了，这把一切都毁了；在爱面前，谁都不应该犹豫或者三思。我们思考得太多，感受得太少；这是人类的不幸。阿里叹了口气，把信息保存进草稿箱。

外面风平浪静。

这是凯夫拉维克难得平静的一天。这样平静的天气难道不是在夏天居多吗？天气如此晴朗，你甚至能透过它们读到来自永恒的信息。真他妈的平静，人们说，因为尼亚兹维克和凯夫拉维克之间的炼油厂排放出的烟雾之后飘浮在城镇上空，恶臭侵入每一栋建筑，我们感觉自己仿佛被难闻的烟雾淹没了，仿佛是因为天气好而受到了惩罚，那些没有立刻收好衣服的家庭主妇不得不把它们再洗一遍，去除那股臭味。炼油厂早就不再用小海鱼炼油了；这栋庞大的建筑已经被拆除，取而代之的是两个仓库，一个是运营多年的汽车经销店，另一个建起来只是为了把空间填满，那时候这两个仓库看上去盖得挺好的，可现在都闲置了，里面空荡荡的，只有寂静和一些阳光，它们被巨大的窗玻璃滤过，光泽被盐磨花了。二〇〇八年十月的经济大萧条后，这个汽车经销店就破产了，其他许多类似的公司也是。尽管凯夫拉维克和尼亚兹维克仍有不少汽车行在经营，并重新开始走上坡路。事实上，这里是全国人均汽车保有量最高的地方，这是冰岛持有的让我们引以为傲的纪录之一。凯夫拉维克的大多数家庭都有两到三辆车,他们闲得无聊时,会卖掉一辆,再买一辆新的——最好在一天之内就买好。凯夫拉维克的居民近年来时常感到无聊,捕鱼限额已经成为往事,美军撤离了,鲁尼·尤尔死了,除了失业和三个基本方向,几乎什么都不剩:风、熔岩、永恒。这就是为什么卖掉旧车,再买一辆新车来代替,是个极好的主意:至少有事情在发生,不管是在我们的生活里,还是在汽车经销商的职业生涯里,然后凯夫拉维克立刻就变成了一个更好的地方。

哈布那加塔大街上没有人,只有几辆汽车从阿里身边慢慢驶过。已经快上午十一点了,他慢悠悠地从床上爬起来,那首摇篮曲让他不想动弹,他躺在床上听着,直到歌声停止。他接着把灯打开,看清了周围的一切,桌上西加的文章,威士忌酒瓶下继母的来信,那封他一看就知道自己在见雅各布之前不会读的信,他没有胆量去读,不敢去读;他看见了三个孩子的照片——赫克拉、斯图拉和格蕾塔,奥迪尔的证书,装着信件、照片、剪报、诗歌、诗摘的黄色文件夹,还有两袋在免税店买来的糖果,仿佛来自另一个时代,仿佛他的孩子还小,还在家里等着他,仿佛波拉也在等着他,仿佛他属于某个地方。这些装满糖果的袋子像一份有关他丢弃的东西的记忆,像一种指责,指责他没能享受生活,没能实现生命的全部价值。失败的人永远不会安全,哪怕几袋子糖果也会变成指控。

一辆卡车沿着哈布那加塔大街开来,在接近阿里的时候减速,司机长长地看了他一眼,目光中充满好奇,几乎带着一种敌意，仿佛阿里对他做了什么坏事，或是说了凯夫拉维克的坏话。卡车在结冰的路面上打滑，好像司机踩了刹车，想停下来。阿里有些慌乱，继续向隔壁走去，但看见标牌的时候，他犹豫了：按摩。欲望像电流一样流过了他的身体。

他闭上眼睛。

为什么我们在性欲面前如此脆弱；为什么我们不能把它塞进口袋，等方便的时候再取出来？它就这样发生了，性欲的永动机像往常一样在阿里体内开始运转，当然，对每个人都一样，它很少考虑这是哪一天、我们在做什么事、我们在生活中身处何处，就这样在我们的血液中注入渴望，渴望某种诱人的、令人兴奋的东西，某种或粗野或性感的东西。阿里上网查过"色情按摩"一词，因此这个无辜的标牌——按摩，才会令他感到浑身不自在。他睁开眼睛，手伸向门把手，他听见卡车突然加速了，沿着哈布那加塔大街消失了，仿佛它想要逃离这里，仿佛司机并不想目睹接下来要发生的事。门锁着。哦，阿里松了一口气，但接着，一个嘶哑的男声打破了沉默：

你有预约吗，朋友？

阿里转过身，看见前方有一个入口，和他之间隔着两扇门的距离，一个男人站在那里，盯着他看，阿里没有回答，男人又说了一句，我亲爱的斯奈弗丽聚尔她不在，不过我可以给她打电话，如果你需要的话，如果——男人停顿了一下，垂下目光，仿佛在寻找合适的词——如果你需要发泄一下的话。哈布那加塔大街被深沉的寂静攫住，仿佛只能勉强保持清醒，尽管遍地都是欢快的圣诞彩灯，它们热烈地闪烁着，仿佛凯夫拉维克正向世界、向圣诞老人传递信息，希望他带来一份有用的礼物：三百个工作岗位、一份捕鱼限额、一座炼铝厂、赫尔古维克的废品处理设施；或是让斯奈弗丽聚尔醒来，带着她柔软的、给人带来安慰的手走来。

阿里快速走向这个男人，免得他再大声嚷嚷，惹人注目，他一边走近，一边说，不，不，完全不用打电话，我没有预约，我不知道这是家按摩院，实话告诉你，我也不知道自己为什么要开这扇门。男人看着阿里走近，眯起眼，仿佛在思考什么，他动动嘴唇，但看不出来他是想吐唾沫还是想笑。好吧，你以为是你对书的热爱操控了你的手吗？他咧嘴扬起大大的微笑，露出了他的牙齿，那些又长又黄的牙齿像马牙一样大。阿里停下脚步说，我操，是你吗，斯瓦瓦尔？！男人像马一样哈哈大笑起来——他就是斯瓦瓦尔，一九八一年年初到一九八二年秋，他与我和阿里一起在桑德盖尔济的德朗盖岛腌咸鱼，这是三十多年前的事了，时间过得真快。妈的，时间过得可真快，有没有什么办法能让它慢下来？是啊，兄弟，斯瓦瓦尔快活地说。他还是那么高大，头发还是那么黑，脖子还是那么长，硕大而活跃的喉结在他喉咙中央，像一个独立的生物，像一只他无法完全吞下去的小动物；他一直都瘦得皮包骨头，因此德朗盖岛的女人们总担心他吃饱了没有，带够了午餐没有；他吃得像小鸟一样少——她们忧心忡忡地说，真没想到你竟然还活着。她们之中有人最终说服了斯瓦瓦尔多吃一些，但或许她们太有说服力了，因为现在他的肚腩可不小——把他白色T恤衫上的图案都撑得变了形，那是空旷的凯夫拉维克港日落的图案，下面还印着一个问题：你去过凯夫拉维克吗？是的，兄弟，斯瓦瓦尔重复道，他搓着自己的大手，仿佛想再说一句，现在有意思了！是的，兄弟，是我，像以前一样疯疯癫癫，这是我的王国，办公室和店铺！他大手一挥，仿佛想把阿里的注意力引向满是海雀和熔岩，还有雷克雅内斯、雷克雅内斯灯塔、蓝潟湖和赫尔约马尔乐队照片的橱窗："他们是冰岛的披头士，一点不比披头士差！"我想说的是，在日照时间最短的几个月份，斯奈弗丽聚尔一般都要中午才起床；她总说，冬天的早晨是魔鬼发明的。你觉得按摩院的名字怎么样？其实这名字是我想的；当我想到这个名字的时候，我想起了你，从那时起，我就一直想着你，不知道为什么，只希望看见你站在标牌下面；不过愿上天保佑你，老朋友，再次见到你太高兴了，你还是老样子，除了变丑了一点——好像你以前没这么丑似的！

斯瓦瓦尔脸上扬着大大的微笑，还笑出声来，阿里也对他笑，他很高兴又看见昔日的这种笑容，这些牙齿，这个男人，接着他转过身，抬头去看按摩院入口上方凸出的标牌——斯奈弗丽聚尔·伊斯朗德索尔：按摩院。

斯瓦瓦尔继续说道，这么多年转眼就过去了，真不可思议，而你呢，你现在可是名人了，可不是嘛，你是我唯一认识的名人，实话告诉你，这当然就是为什么我应该在这儿把你一枪毙了，做成标本，作为凯夫拉维克的名人放进橱窗展示。见鬼，我给你弄杯咖啡去，他说，接着转身走进去，也不管阿里有没有跟在他身后。阿里当然跟了上来，在这之前，他看了一眼这条街，顺着新影院的方向看去，他瞥过那些圣诞彩灯，它们迫切地闪着光，仿佛正试图保持清醒。

斯瓦瓦尔走进店铺后面的一间小屋，煮了点儿咖啡，和阿里聊着他的朋友斯奈弗丽聚尔，她买下了这个地方，打算把它变成一家按摩院，他们就是那时认识的。她没费什么劲就拿到了贷款，尽管当时经济大萧条还没过多久，整个社会都似乎穷困潦倒，当然不包括渔业；限额大亨们可以用钞票填满好几个游泳池，而我们这些人就只能去捡点丢在大街上的冰冻食物果腹。不过，斯奈弗丽聚尔靠卖弄风情争取了一笔贷款，低价租下了这个地方，但取名总是件麻烦事。

后来不知为何，我想起了你，斯瓦瓦尔说。那时我刚好在报纸上看见你的照片——他们对你赞誉有加，说你是个有抱负的出版人，甚至有人叫你国家宝藏，还给你诗人的名号。我记得我们上一次见面是很多年前的事了，这真是不可饶恕，你沉浸在奇里扬的《冰岛钟声》里，而且十分迷恋书里的斯奈弗丽聚尔·伊斯朗德索尔。[1]你甚至为她写过一首诗，把她称作"春天金色的梦"。我一下子就知道按摩院的名字该叫什么了——斯奈弗丽聚尔·伊斯朗德索尔：按摩院。从那时起，一切都按斯奈弗丽聚尔的意愿进行；她忙得不可开交，活得有滋有味。一周跑步三次，每次七千米，她已经快五十岁了，但身段依然像模特那样苗条，一头长长的金发衬得她容光焕发，就像永恒的夏天围绕着她。在这之前，她上午都得先喝五杯咖啡。她唯一缺少的就是一个好男

---

[1] 奇里扬：赫尔多尔·奇里扬·拉克司内斯（1902—1998），诺贝尔文学奖得主。他的历史小说《冰岛钟声》（冰岛语：*Islandsklukkan*）最初以三部曲的形式出版（1943—1946）。斯奈弗丽聚尔·伊斯朗德索尔（意为"冰岛的太阳"）是小说中的女主角。

人，虽说她并不缺乏追求者；她看上去总是那么精神，那么有魅力——她在基地上班的时候，那些美国佬为了她争风吃醋大打出手——是真的打架。她来上班的时候，等待她的是一封封情书，他们想和她约会，甚至可以把命给她。其中一个被她拒绝后，用电线上吊自杀，但在最后一刻被人救下了，也因此得到了降级的处分。一个士兵有权杀死任何人，但就是不能杀死自己。真该死，冬日的清晨，斯奈弗丽聚尔会很暴躁——不穿件防弹背心，戴个安全帽，你根本没法靠近她。

来，这可是货真价实的咖啡，来自海地，斯瓦瓦尔边说边把漆黑的液体倒进阿里的杯中，并把一包开封的Homeblest[1]饼干从桌子的另一边推过来，身后是古尔比尔贾恩电台嘈杂的声音，里面正在播放经典流行歌曲——我爱你，你去了哪里，外面正在下雨，请握住我的手。这些歌曲，爱的告白和遗憾，每隔一段时间就被会插播的电台ID打断，仿佛对听众发出绝望的呼喊：不要把我关掉！不要换台！阿里呷了一口浓咖啡，闭了会儿眼，在脑海中向波拉发出求救信号：不要把我关掉！

---

[1] 一个饼干品牌。后面出现在正文中的外文，均没有惯用的中文译名，因此保留原版用法。——编者注

凯夫拉维克

——20世纪80年代——

柏林墙把世界凝聚在一起，

又将其分裂

电话线，第一次见到的乳房，烟花，飞机燃料——有人高呼：万岁！

一月，大部分圣诞彩灯都被拆下来了，白天是被黑暗充满的马车。

已经五六天了，凯夫拉维克的居民用烟花和带着醉意的叫喊冒犯着天空——他们异常兴奋，新年的喜剧节目已经告终，时钟逼近午夜，逼近新年，逼近未来，逼近那个我们的整个生活似乎都以某种方式变成过去的时刻——仿佛他们决定把天空炸毁，以此来报复在这个国家最黑暗的地方，天地之间的距离太过遥远。有些人喝得酩酊大醉，甚至把自己的夹克或裤子点着了，仿佛他们渴望把自己发射向天空，从而超越这平凡而灰暗的重复。

雅各布负责在家里燃放烟花，表弟给他帮忙。放烟花的时候，大家不停地欢叫，继母却把自己关在没有窗户的书房里；她一直无法忍受烟花爆竹和为此花费的钱财，不仅仅针对自己家里这种做法，对全国的做法也持一样的态度。当然，这个国家总是在抱怨生活艰苦，工资低廉，物价高昂，还有过上体面生活的可能性是多么微薄，可它却有闲钱燃放量大到令人头晕目眩的烟花，也许是为了在新的一年有更好的理由去抱怨资金短缺。继母骂了几句。她把自己关在房里。外面的吵闹吓着她了，她不禁被这种在她眼中是浪费和愚蠢的行为激怒。她对雅各布的怒火甚至更大，因为他酗酒，看喜剧节目时喝得醉醺醺的，每一次看着烟花呼啸着蹿上天空，他都会大呼"万岁"。阿里在自己的房间里，戴着耳机听音乐，唱机转盘播放着披头士、电光乐队和曼纳科恩乐队的歌曲。他逃回房间，在午夜的钟声敲响前，那是一个不受时间影响的时刻，过去与现在交会，那是具有魔力的时刻，连敌人都会相互拥抱。雅各布喝得醉醺醺的，假如他想抱抱儿子，对他说上几句话，也不足为奇，也许他会说，我的儿子，我的男子汉——最好还是躲进自己房间，把自己藏在音乐里。在爆竹声里，雅各布大呼"万岁"，他的表弟把瓶子重新摆放好，瓶中蹿出的爆竹震乱了它们的位置，雅各布太过兴奋，笨拙地又拿起一个往瓶子里塞。他试图把它支在雪堆里，这样烟花就会射向空中，而不是直接射向他们，或是更糟糕地射向他们邻居的车库。两年前，雅各布在院子里点引线的时候自己绊倒了自己，也可能是被什么石块或坑洞绊着了，结果瓶子歪倒，烟花没有直冲上天，而是兴冲冲地飞向车库，撞碎了一扇窗户，并受到玻璃的阻滞，它虽然被卡住了，但仍旧嗖嗖作响，仿佛一个充满活力的生命受到了压迫。邻居从屋里冲出来，对着雅各布大喊大叫，他在盛怒之下口齿不清，说的话别人一个字也听不懂。雅各布静静地看着他，接着语调镇定，口齿清楚地大声说：闭嘴，去你妈的美国人的鸭子。

接着，他弯下腰把瓶子重新放置好，又点燃了一个烟花。

我就该让警察来抓你！邻居吼道，匆匆进入车库；不知道想以何种理由让警察抓走雅各布：是以叫他美国人的鸭子为由？以醉酒后燃放烟花为由？还是以弄碎他车库的一扇窗户，给整个街区带来危险为由？因为这个车库里常年装满从基地运来的飞机燃料，供那些定期从凯夫拉维克的屋顶上呼啸而过的战斗机使用。要是瓶中的烟花成功闯进车库，会发出多么强烈的巨响，当火焰遇上一百升飞机燃料，那会是多么沸腾的场面。那时天空才是真的被冒犯，会发出震耳欲聋的声响，而雅各布和他的表弟，或许还有其他更多人，会直接被炸飞，飞向永恒。

这些邻居之间向来极少互动，部分原因是继母和雅各布都看不起他们和基地相关的堕落与走私行为，或许也因为冰岛人对邻居本能的厌烦，这是一种根深蒂固的偏狭，仿佛我们仍旧不习惯生活在市镇里，这种地方尊重他人的需求是一种对个人自由的隐晦攻击。简而言之，奇尔丘泰居尔的邻居之间不怎么交流。这些该死的美国佬的走狗，每当雅各布被他们惹恼的时候，就会这样说，也许是在一个晴朗的日子里，那位父亲和他的儿子们正在嘈杂的音乐声中擦车的时候。有一次，继母因为邻居的猫和那位妻子大吵了一架，继母撒了一些面包屑，喂给几只红翼鸫，它们正起劲儿地啄食，猫却利用这个机会逮住了它们。她骂骂咧咧地挥舞着扫帚，追着那只猫跑过邻居家的车道，刚好撞上从车里下来的妻子，争吵就这么开始了。除此之外，那个女人很少外出——不过两年前，她在自己家的后花园晒日光浴，阿里趁此机会瞥见过她雪白的肌肤。他割完草坪，一边用耙子耙草，一边往浓密的树篱挪，好看得更清楚些，还假装伸手去地上捡东西。但这时一片云遮住了太阳，气温降下来，她嘴里骂着，突然站起来，望着天空，像是在估测太阳还有多久会再出来，她穿上一件套头衫，走进了屋里。那些时刻——从她站起来望着天空,到她穿上套头衫——在阿里与她之间创造了一条牢不可断的纽带。她赤裸着上身,阿里跪在树篱边,透过纠缠的枝条间的缝隙,她的身体一览无余,他着迷地凝视着此生第一次见到的乳房,比他在色情杂志上见过的更小巧,但更有意义,不知为何看起来更亲切,显然正等待着他。他凝视着,几乎不敢喘息。他觉得没有什么事物能像它们一样既美丽又令人骚动。她裸着胸,穿上套头衫。无论他是看见她正匆忙地跑出去开车,或是在商店里撞见她,在他的脑海里,她一直是这副模样,套头衫、夹克和外套里面是赤裸的乳房。她那小巧而美丽的乳房裸露在她的衣服下面,像一条留给阿里的秘密信息。

但新年前夜对他们夫妻来说却是一场噩梦,她丈夫开着卡车,在油轮靠岸的时候为基地的战斗机运送燃料和其他物品。他经常开车去基地的管道区,把几百升燃料输入一个个五十升的燃料罐,把它们放进后备厢,他十分小心,只趁着向他购买燃料的两个警察中的一个值班的时候做事,他会挥手让他通过大门。他已经为家里的几辆车购买燃料很多年了,他的父母和兄弟姐妹都没有这样做过;警察、凯夫拉维克两个政党的领袖和一些熟人会以加油站一半的油价从他那里购买燃料。这是一笔利润丰厚的生意——然而到了新年前夜,雅各布成了邻居眼中邪恶的魔鬼,喝得烂醉,放出的烟花向四面八方呼啸而去,擦过屋顶飞向空中,带着力量嘶叫着直冲上天,就像生命的爆发,是那样迫不及待,想要挥洒得淋漓尽致。雅各布高呼"万岁",他的生命悄然流逝,没有缤纷的火花,没有狂热的飞行,没有冲向天空。他欢呼着,可继母把自己关在小小的书房里,她蜷缩着,双臂环抱着膝盖,变成一个生命在匆忙之中系成的绳结,一个双结;阿里把自己关在房间里,藏在一首歌里,电光乐队的《电话线》,列侬的《重新开始》,音乐是一个避难所、一种逃离,是新的可能——当烟花燃放、时钟敲响十二点的时候,雅各布大呼着"万岁",此刻是午夜,这一刻,岁月被锁在一起,在这几分之一秒的时间里,过去是未来,未来是现在,现在是过去。雅各布拍拍表弟的背,转过身去找阿里,却不见人影;他四处寻找阿里的继母,但她也不知去了哪里。表弟已经进屋去给他年迈的父母打电话了,留下雅各布独自站在那里,站在空旷的黑色天空下,天空像一张漆黑的大嘴,烟花熄灭了。他擦燃了一根防雨火柴,看着它燃烧。

一月五日或一月的某一天,一辆特拉贝特车在雪堆中被困住了,有个人屁股很大——然后我们驱车离开了凯夫拉维克

这是我和阿里在德朗盖岛工作的第一天,桑德盖尔济的水产加工厂。清早,阿里的继母为他们三个人煮粥,为雅各布打包午餐,他在读《冰岛晨报》,报纸上的政治新闻让他的鼻息加重,他的观点一直和《人民的意愿》更加契合,但可惜《冰岛晨报》的内容更丰富,体育版精彩得多,都是优质报道,比优质更优质,能让你沉浸在英德联赛的赛事中,沉浸在一个边界清晰、数字消除了一切不确定性的世界。阿里吃得很慢,想让雅各布赶紧读完体育版,他好读。波兰军队不怀好意地在街上徘徊。外面有

骚乱，劳工领袖莱赫·瓦雷萨威胁着社会主义，埃夏山酒店的两名酒保被拘留，涉嫌通过给酒水兑水侵吞资金。雅各布感到非常震惊，遂大声读出了这则报道。他抬起头，正要再说点什么，可他注意到继母的表情，便再度埋下头读报，屋子又安静了下来。阿里不再等着读体育新闻了，他匆匆喝下热气腾腾的粥，烫到了上腭，他想上楼，回房间戴上耳机听一两首歌。雅各布翻读着报纸，收音机正在播送关于托马斯·古斯慕德松的节目。《八十岁的托马斯》，讲的是我们有史以来最伟大的诗人之一；阿里倒拿着报纸，但雅各布把报纸翻正，发现了底下两页关于冰岛政治的新闻，那些让人喘不过气的杂草蹲伏在荒原上。托马斯·古斯慕德松，阿里一边思考，一边暗自记住这个名字；今晚他要去图书馆，借一本这位诗人的书。他模糊地想起在学校的时候听过这个名字，他站起来，洗了自己的碗，一把拿起午餐，正要回房。你要去哪里？他的继母问道。回我的房间，他小声回答。

继母：回你的房间？你又不在那儿上班。雅各布也不看报纸了。他们两人都看着他。现在是他们俩，他想。

阿里：我知道。

继母：马尼不会容忍你上班迟到的。

我正要去，他开始说，接着停下来，就站在那里。你要去做什么？继母问。他耸耸肩。你不对劲，雅各布说，仿佛他突然恼怒起来，但与此同时，他又仿佛更放松了，因为现在是他们俩，他和继母，他们是一伙的，他们在什么地方见过。阿里看着他们，他们也看着他。雅各布又把目光转回报纸，她又开始喝粥，阿里穿上外套，走出家门，走进黑暗的清晨。多云，气温三摄氏度，夜里的雨很大,把圣诞节前不久覆盖一切的雪几乎全浇化了。

马尼——德朗盖岛水产厂的厂长,来自斯特兰迪尔,昨天他开着一辆特拉贝特来过。那时候,世界已是另一番模样;下着雪,一切都成了白色,凯夫拉维克仿佛变成了一个寒冷的天堂。马尼让阿里开自己的特拉贝特,自己坐在副驾驶座上一言不发,直直地盯着前方,抱着胳膊,背挺得很直。他个头很高,没刮胡子,头上戴着一顶红格子帽。我该往哪里开?阿里问。马尼盯着窗外看了好久,似乎对阿里的疑问感到惊讶,最后说,由你决定。阿里发动汽车,开走了。他才拿到驾照一个月,分不太清一挡和三挡,每当他在十字路口停下的时候都要忙活一番,有两次尝试挂着三挡起步,结果导致发动机熄火了。马尼全程盯着前方,什么也没说,一动不动。阿里试图在他的沉默中寻求帮助,至少得到一个回应,发动机第一次熄火的时候,他嘟囔着,我好像不知道现在是在一挡还是三挡上,可马尼没有回应。阿里认为他从马尼的左边嘴角觉察到一种紧张,似乎有什么东西让他非常心烦。车在沉默中向前行驶,因为阿里的笨拙或紧张停停走走。最后,马尼清了清嗓子,阿里吓了一大跳,把车歪进了路边教堂和美国大楼之间的雪堆里,这栋大楼在一个拐角处,离教堂大约三十米。车轮转动着,发动机熄火了。马尼仍旧抱着手臂,盯着外面,一个字也不说。也没有必要说什么;他的沉默说明了一切:阿里可能尿尿都不能自理。阿里重新发动汽车,他的脸因为羞愧和压力直发烧,他穿着外套太热了,手心出汗了,他甚至找不到倒挡,好前后挪动汽车,把它从雪堆中解脱出来,情况变得更糟了。他试着挂一挡，可挡杆却滑到三挡，发动机又熄火了。阿里赶忙跳下车，逃避马尼的深度沉默和由此带来的压抑，但也是为了帮助汽车脱困。他开始徒手挖雪，把轮胎周围的雪扫开，手脚并用疯狂地挖着，带着极度的狂热，最后他靠在车上，大汗淋漓，上气不接下气，双手冰凉，和正站在教堂的台阶上抽烟的牧师撞上了目光。阿里下意识地打了招呼，低头致意，牧师点点头，然后把目光移开了，这时，一辆挂着"Jo"的车牌——象征着凯夫拉维克机场——的大型家庭汽车开了过来，左转后停在了美国大楼的停车场里。一个女人下了车；从她的衣着、脸蛋、粉红色的妆容和硕大的屁股就能明确看出她是美国人，也许是饮食的原因，那些年他们吃的食物比我们的更油腻，都是高热量的快餐，但这种差异现在已经被消除——仿佛我们都变成了美国人。她下了车，打开后门，拿出两个塞满食物的购物袋，这些食物都购自基地最大的商店PX，她用屁股关上车门，然后看见了阿里、前座上的马尼和教堂台阶上的牧师，她一动不动地站了一会儿，仿佛受到了惊吓。他们都看着她。六只冰岛的雄性的眼睛。她握紧手里的袋子，里面装满了让凯夫拉维克居民垂涎并伺机从基地偷运出去的产品，他们要么自己食用，要么在黑市上出售，她抓紧袋子——然后快步走向室内。她几乎跑了起来，仿佛在逃，像是害怕他们偷袭她，仿佛他们埋伏在那里，想通过她的外表得到好处，利用她，觊觎她袋子里的洋货、钱包里的美元、口中的英文。她急切地把袋子放在门口，打开门，匆匆走了进去，逃离了那三个男人。逃离凯夫拉维克，逃离冰岛，她匆忙进了屋，躲在她的美式家具后面，此刻获得了安宁，不必害怕这个手无寸铁的小国家剥削她。

阿里回到特拉贝特车里，努力挂到一挡，车轮转起来，车从雪堆中开了出来，这时马尼动了动嘴里的嚼烟，从嘴角挤出一句话，那人的屁股真大。阿里换到了二挡。

牧师昨天也站在教堂的台阶上，你可能以为他就住在那里，我们在黑暗的清晨悄悄经过教堂时，阿里说。牧师看起来刚起床，倚着门框，沿着街道向蓝黑色的大海望去，他从皱巴巴的烟盒里抽出一支香烟，叹了口气，感觉下背部一阵刺痛，他看见我们慢慢开过去，心里可能在想，怎么又是你们，他抽了一口烟，吸入战栗和毒药，再吐气。他的妻子说她不能再爱他了。她说他背叛了理想，背叛了生活，还有他的家庭。他抽烟。有时候，生命对于理想来说似乎太过漫长和艰辛。我真希望我像你们这些小子一样年轻，他对着特拉贝特车嘟囔，阿里从二挡换到三挡。他第一次尝试就成功了。不久后，特拉贝特在斯科拉韦居尔街上的一所房子外停下来。我们等了一会儿，不久，一个身材矮小的女人从地下室走上来，拎着一个破旧的袋子，里面装着她的午餐和咖啡，时间是早上七点四十二分。我挪到车的后排坐，那个女人坐在前面，我和马尼跟她打了声招呼，她什么也没说，把手伸进外套口袋，掏出一包骆驼牌香烟，点上一支，抽了一口，她的眼皮耷拉下来，表情看上去像是有点高兴。她的皮肤灰白，脸上布满雀斑和细纹，眼睛不大，却充满活力，仿佛它们始终保持着警惕，仿佛在她内心深处有一根绷紧的弦。她吐了口烟，终于说，你们好，特拉贝特慢慢驶离凯夫拉维克。女人默默地抽烟。她叫琳达，个子实在太矮，所以卡里，那位二百四十八吨位的德朗盖岛号渔船的船长，几乎不用别的称呼叫她，只叫她"样品"——今天样品怎么样？他来水产厂的时候这样问，她答道，你可真肥，卡里，我都能把自个儿装进你身体里！

我们开车驶离凯夫拉维克。

路的右边是新建的公墓，在一片开阔的土地上，离小镇两千米远，凯夫拉维克死去的居民都葬在那里，仿佛是为了惩罚他们选择在这个风大的地方、这座半美式的小镇度过一生。

阿里去过公墓两次，第一次是在继母的父亲下葬的时候。他是个老农夫，来自北部的斯特兰迪尔，和妻子一起搬到这里，他们年纪大了，行动越发迟缓，视力也有所减退，老人变得有点一无是处——就像他自己所说的那样，他个子矮，却很结实强健，就像石头做的。他饱受日晒雨淋，在一个峡湾耕作了将近五十年，那里的寒风冷得能杀死飞行的鸟。他从未受过伤、生过病，在漫长而艰苦的一生中，他几乎连感冒也没得过，在寒冷的天气里耕作、打鱼——但在大约一年前的一个清晨，他和女儿坐在餐桌旁，端着杯碟呷着咖啡，阅读《冰岛晨报》，像往常这种时候一样，轻声哼着小曲儿，但他突然陷入沉默，小心放下碟子，抬起头说，他妈的——然后跌下桌子，死了。

老人的墓并不华丽。一个白色十字架和一块刻有他姓名的黑色墓碑，如此而已。只有姓名，当然还有生卒年：1900—1978。他的一辈子被压缩进一道横杠。尽管如此，墓碑上为夜幕降临时，他妻子的姓名留了足够的空间；虽然在她漫长的人生中，她的健康状况一直不太好，但她仍旧活着。阿里从未见过这对老夫妻彼此碰触,更不用说调情了,可她还是在他的葬礼上哭了。那天,海上吹来寒冷潮湿的风;牧师的声音因为寒冷直发抖,他不由自主地加快了语速,好尽快回到温暖的家。他不得不朗诵已故诗人雅各布·索拉伦森的诗歌《猎鲨》[1],索拉伦森和他来自同一个区,也是他认为值得花时间阅读的极少数诗人之一。这是一首长诗,在凛冽的风中不知何故变得更长了,这种寒冷穿透活人的身躯,却能让死去的人安息。

就在过去的这个圣诞节,阿里和他的母亲、继母一起,在墓碑上点蜡烛,让温柔的光芒照耀我们所爱和思念的人,可是风却立刻把火柴吹灭了。阿里的继母在车里点燃了一根蜡烛,但她刚出来,风就把烛芯上的火吹灭,吹进了远处的蓝。他们被迫放弃计划,把熄灭的蜡烛留在十字架下,像一声道歉。

肯尼·罗杰斯在舞会上表演

特拉贝特缓慢地行驶。这辆东德出产的汽车有时要和冰岛的风做斗争;发动机虚弱无力,阿里握紧挡杆,努力想从三挡换成四挡,提高车速,让车速超过四十千米每小时,却不小心换到了二挡。特拉贝特突然像挨了一记拳头似的偏离方向,琳达把剩下的半截烟扔在地上,他们向通往米涅斯荒原的转弯处开去。一个九十度的急转弯;这是一个有名的游戏,一次竞争,一场对男子气概的考验,以最快的速度;琳达二十一岁的儿子古米保持着这

---

[1] 雅各布·索拉伦森(1886—1972),诗人兼木匠,《猎鲨》(冰岛语:*Í hákarlalegum*)写于一九〇〇年。

项纪录。去年秋天，他开着自己的美国大轿车以每小时六十八千米的速度拐过了这个弯，那是一辆红光闪闪的漂亮轿车，每个周末他都在姐夫的车库里洗车、打蜡，每一平方厘米都不放过，边干边听美国佬电台、肯尼·罗杰斯或约翰尼·卡什的歌，现在这辆车却成了这副模样，在这个黑暗的星期二清晨，虽然没有打蜡，也没有光泽，可它被狠狠地撞坏了，看起来更像一个哭得撕心裂肺的人。在圣诞节前短暂的化雪期，古米曾尝试打破自己的纪录，还带着两名乘客作为见证人。快要转弯的时候，他们用最大音量播放着《郡里的懦夫》；肯尼·罗杰斯唱着汤米的故事，他温暖中略带沙哑的嗓音充满了车厢。车里的每一个人都全神贯注地跟唱这首在凯夫拉维克家喻户晓的歌曲，每个喝得烂醉的男孩或男人都浑身鸡皮疙瘩地把自己想象成汤米，恋着甜美善良的贝蒂。古米转弯时，正跟着肯尼唱到最后一句，"有时候身为男人，你必须战斗"，时速七十一千米——结果证明这个速度不免快了点。或者说古米喝太多了。汽车滚了两圈，最后底朝天地停了下来；一名乘客断了一只胳膊，其他四名乘客肋骨断裂，肩膀脱臼，但古米自己几乎连擦伤也没有，骂骂咧咧地从车里爬出来，踢飞一块石头——他的个子太矮了，按照他的说法，只比他的母亲高一厘米，他的体重这么轻，才逃过一劫，没有受伤。

阿里以每小时三十一千米的速度转过这个弯。琳达瞥了一眼车速表，咧嘴笑了笑，抽起荒原上的第三支烟。我脸色苍白，浑身都在出汗，感觉想吐，阿里几乎看不到窗外，终于还是冒险打开一道缝，北风溜进来，给我们带来干净的空气，以及漫长而寒冷的冬的消息。你想杀了我吗，小子？琳达一边咕哝，一边缩进外套深处。对不起，阿里小声说，一边很不情愿地把窗户重新合上去；现在是早上七点五十一分。荒原如此黑暗，仿佛天空熄灭了所有的灯盏，虽然我们左侧的远方还闪着来自军队的微光，我们的卫士，围墙后面的近五千名士兵全副武装，可是他们在寒风和难以忍受的乏味面前仍旧不堪一击。新鲜的冷空气冲淡了一点烟雾，我们又能呼吸了，我晕车的症状暂时得到缓解，我们慢慢驶过罗克韦尔——为苏联政府日夜扫描天空的雷达站。该死，假如车里有收音机该多好，我坐在后座上说，早上七点到八点，美国佬电台都会播放好音乐。可恶的美国佬，琳达用粗哑的声音说，我们不应该听他们该死的电台。我们应该抵制那些浑蛋，她补充说，然后吸了一大口烟，在口中留了好一会儿，直到自己开始咳嗽才呼出烟气，并继续说：抵制这些浑蛋，不过要尽一切力量压榨他们，因为我们摆脱不了他们。他们能拉出钱来，那些浑蛋！我张开嘴，想为美国佬电台、基地的广播站辩解，它的音乐和该死的蒸汽电台相比肯定好得多，后者只有没完没了的刺耳的交响乐和像拉锯一样难听的小提琴曲，但烟气又让我感到晕眩，我只好闭上嘴，把额头靠在冰冷的车窗上。

我们来到桑德盖尔济，在德朗盖岛水产厂大门外下车，冰冷的海风很舒服。马尼在老自助餐厅里等着；新餐厅在楼上，几周前才装修完好，连接它们的是一截陡峭的楼梯，有十七级台阶，可很少有人走，女人们更喜欢旧餐厅，它也是马尼的办公室；一个十平方米的房间，只有一张固定在地板上的桌子、两张没有靠背的长凳和一台旧收音机，一直开着，尽管似乎没人听，除了播放天气预报和渔获量的时候,每一个字突然变得响亮而清晰,其他时间这台设备不知在叽里咕噜说些什么,全是没完没了的播报和百来首贝多芬的交响乐。马尼坐在桌旁,面前是一本翻开的笔记本,旁边放着一小段铅笔头,香烟的烟雾和灰尘熏黑了墙壁。他穿着从哈格克伊普超市买来的保暖外套,拉链拉上一半,里面是一件蓝色的棉质衬衫;他总是这样穿衣服,不过有时候衬衫是红色的;他在工厂做着各种各样的杂活儿,开着卡车去码头运鱼,去凯夫拉维克买脚绳,或者一路开到雷克雅未克,在豪华的酒店会议室会见冰岛鳕鱼干生产商,他穿着外套,里面搭配红色或蓝色的衬衫,把散发着鱼腥味的卡车停在他同事的揽胜车和奔驰车之间。

我们往里走时,马尼说,好吧,琳达,日子久了,我们就知道他的意思是,你好,琳达,新年快乐。她立刻做出回应,一改她在荒原上的沉默,突然变得活泼又喜庆,好的,也祝你新年快乐,马尼,感谢过去的一年!马尼看着我们,什么也没说,他只是看着,低头去看翻开的笔记本上空白的纸页,然后又看回我们。琳达也在看,仿佛他们心照不宣地得出结论,我们的价值充其量和那些空白的纸一样,我们无足轻重,几乎靠不住,以每小时三十千米的速度转弯。有那么一瞬间,我们觉得或许我们应该开始抽烟,因为任何一个手拿香烟的人会自然而然看上去更重要、更能干、更自信,仿佛这个世界更把这样的人当回事。马尼终于又张开嘴,我们能看见他那歪歪扭扭、被烟草熏黄的牙齿,他看着我们说——仿佛我们是空白的纸——好吧,斯瓦瓦尔。我们环顾四周,看见斯瓦瓦尔站在门口,又高又瘦,气喘吁吁。他起床晚了,一路飞奔到工厂,跑的时候还往嘴里塞了两片面包,羊毛衫上挂着面包渣，嘴角沾着黄油，喘着气，细小的喉咙里大大的喉结上下起伏，像一只正在寻找出口的动物。他快速抹了下一边嘴角，点点头，又转身离开，走进餐厅隔壁的房间，匆忙穿上工作服。因为很明显，"好吧，斯瓦瓦尔"的意思也是你好，新年快乐，感谢过去的一年，但也意味着：你迟到了，现在给我干活儿去。

马尼把一块嚼烟塞进唇间，瞥瞥我和阿里；不过一分钟之后，我们就和斯瓦瓦尔一起开始擦洗鱼缸，为冬天的鱼汛期做准备。斯瓦瓦尔看看我们，接着伸出手，咧开嘴笑着说，我是斯瓦瓦尔——希望你们不会太无趣！阿尔尼迟到了半小时，悠闲地走进来，十分镇定，仿佛在这世界和生命的远北端，时间并不重要。马尼走进来，一言不发，只是抬起胳膊，敲了敲他的手表。这是阿尔尼，斯瓦瓦尔说，人称"教授"，真该死你迟到了。我睡过头了。我还以为你母亲一般会叫你起床。没错，过去是这样，但没什么用，我总是醒了之后又继续睡。阿尔尼略显犹豫，看向我和阿里，像是在掂量和判断我们，然后小心地说，或许是因为他要说的话具有相当大的爆炸力：我不愿从梦中醒来。你梦见了什么？阿里问——他们之间的第一句话。阿尔尼笑了，他苍白、几近阴柔的脸散发着光芒：我梦见我变成了爱因斯坦的方程式 $E=mc^2$。那是什么，爱因斯坦是谁？斯瓦瓦尔问。但我和阿里互相交换了个眼神，然后我说，那是个好梦，我完全理解为什么你不愿醒来。我他妈的一点都不懂，斯瓦瓦尔哼了一声说，不过你说的方程式听起来像一首伟大的摇滚歌曲的名字。

在这个星球上，在有生之年，我们能拥有多少日子，多少真正有意义、真的发生了不一般的事情的日子？星球的步调一致，我们的血液循环，都让我们的生命在夜晚比在清晨更明亮、更饱满——能拥有多少这样的日子？

那个星期二，德朗盖岛并没有发生什么非同寻常的事。当然没有。我们在桑德盖尔济，鱼汛期还没开始。我们的动作很慢，整个村庄昏昏欲睡，我们没有要向这个世界表达的东西。只有我们四个人一起在擦洗鱼缸，还有两个女人在给摊位上的木板打磨和上漆：抽骆驼牌香烟的琳达和一个红发女人安德烈娅，安德烈娅住在桑德盖尔济，不过和马尼还有阿里的继母来自斯特兰迪尔的同一个峡湾。她是个强壮的女人，手脚利索，意志坚定，连她周围的空气都比我们周围的抖动得更厉害。马尼拿着螺丝刀和钳子，弯腰修理着叉车，收音机在小小的咖啡室打瞌睡，楼里很冷，外面是一月的黑暗和遥远的天空。毫不起眼的一天。除了波兰的骚乱，以及埃夏山酒店的两个酒保，他们因为在酒里兑水正被送去监狱——否则，这就像任何乏味的星期二一样，没有什么值得被铭记，仅仅让我们离末日更近了一天。甚至都算不上一部长剧本里的一个逗号。我们四个除外。在我们的世界里，这是为数不多的、我们会毫不犹豫地挑出来、之后会重温的一天，当一切放慢速度，我们血管中的血液开始得到死神的暗示。事情就是这样：世界的历史朝着一个方向发展，个人的历史却完全不同，这就是为什么人类历史必须至少有两个同样正确的版本。

咖啡时间到了。

女人们和马尼一起去了小房间，她们抽烟，马尼消失在污浊的空气中,电台播音员在咳嗽,阿尔尼和斯瓦瓦尔带我和阿里到了楼上崭新又整洁的休息室,女人们不去那儿,斯瓦瓦尔伸手拿了一副旧纸牌,我们玩起惠斯特,并看着阿尔尼取出他的午餐盒和瓶装牛奶。斯瓦瓦尔摇摇头说,好在这些女人也看不见你。只有老太太和婴儿才喝牛奶;你的咖啡呢?咖啡让我反胃,阿尔尼解释道,斯瓦瓦尔又摇了摇头,看着我们轻声笑起来。我和阿里露出微笑,很高兴身边有这样的伙伴,我们看着外面平坦的、几近贫瘠的景色,好像清晨黑暗中的一头哑兽。盒子一样的房屋里尚有些许灯火,一辆瞎了一只眼的达特桑驶过,一个主妇在厨房的窗边打呵欠,阿尔尼大口喝下牛奶。他比我们年长两岁,在凯夫拉维克的综合学校完成了一年半——三个学期——的物理课程,桑德盖尔济的人们要么因为他的个性、无助和所受的教育而称他为"教授";要么称他为"婆娘",因为他娇嫩阴柔和苍白虚弱的外表,一丁点尖锐的评论都可能会让他病倒。阿尔尼在圣诞节前顺利通过了考试,毫不费力,从来没对工作表示出多大兴趣,只是埋头于书籍和音乐,在综合学校里如鱼得水,终于来到了对的地方,可他却在圣诞节前宣布要退学。他没做任何解释,当母亲因为担心而逼问他的时候,他沉默不语,只是把自己关在房间里听音乐,垂着眼皮,仿佛期盼着伊恩·安德松的下一曲长笛独奏会把他抱在怀里带走。

阿尔尼的母亲总是费尽心思为他准备营养午餐,而他却似乎总是漠不关心:一个香蕉三明治,两片夹黄瓜的面包,一块饼干,油饼,葡萄干,一块厚厚的大理石蛋糕。阿尔尼吃了三分之一的三明治,我们吃饼干和油饼,他把大理石蛋糕分成四份,递给我们一人一块，就像一份友谊契约。阿尔尼的手指很纤细，仿佛日光能将它们穿透。以前，他在桑德盖尔济小学读书的时候，他的无精打采和古怪行为似乎惹怒了他的同学；他们绑住他的手脚，把他推到柜子里，推下楼梯，塞进垃圾桶——有一次，他们把他藏在小棚屋后面，雪落了他一身；他被人忘了，四个小时之后才被发现，浑身冻得发紫，哭到精疲力竭——那些日子早已远去，有时他的梦会把他变成世界上最美丽的数学方程式。

摘自《桑德盖尔济历史》

"桑德盖尔济是位于雷克雅内斯半岛西端的一个村庄。西居尔旺救援队，本国最古老的救援队之一，就驻扎在那里。在桑德盖尔济发生的事情不多；少数情况下，那里会发生具有新闻价值的事件，电视记者和其他媒体成员很难找到通往那里的路：当救援队成功的时候，当有人一枪崩了自己的时候，或是一只狗收留了一只迷了路的、疲惫的小海鸥的时候。桑德盖尔济冬日的天空会很美丽，繁星满天，有极光装点着；春日的早晨是那样宁静，你能听见鱼在漫无边际的大海深处呼吸……桑德盖尔济的草被比作绿色的刀，在黑色沙地上破土而出，舒展开来，令四周充满生机。一些村民养了几只羊，以此怀念他们的农村故乡，晴朗的夏日，野外的羊儿卧在地上反刍，仿佛生出一丝惬意。这里的暴风雨很频繁，村庄四面空旷，没有什么能让暴风变得服帖。风力很猛，房屋摇撼，天空震动，船被撞到码头上，一只猫是会飞进大海或是飞到荒原上，取决于风向；疾风把草连根拔起，吹散。当风暴减弱的时候,草都不见了,桑德盖尔济四周的一切都变成了黑色,日光是那样昏暗,仿佛黑夜永无止境。"

锯条砍掉鱼头,剩下我们这些被毁掉的人
为哈尔格里姆尔·皮图尔森设定航线

"你永远是/我无尽的爱"。那年,莱昂纳尔·里奇和黛安娜·罗斯每天都在这样唱着,在世上的某一个地方,伦敦、洛杉矶、哥本哈根;这是桑德盖尔济舞会上的慢舞歌曲,飞扬乐队的《团圆》也是。我们四个人去那里参加了两场舞会,看着我们梦寐以求的姑娘消失在别人怀里,整个大厅的人都哼着或一起唱着心碎的歌,那些没脸没皮的永恒爱情的宣言,仿佛生命首先是一个长长的吻,仿佛爱情从来不会破裂,不会终止,仿佛它解决了所有问题。水手、投饵人、水产加工流水线上的女人、电工、卡车司机和柜台姑娘在《无尽的爱》和《团圆》的旋律中摇摆,闭上眼睛,亲吻,低声细诉那些伴着音乐、夜色和葡萄酒进入他们内心的东西,关于不可度量的永久的幸福。"你永远是/我无尽的爱""因为我太爱你,几乎可以去死/只为在你怀中度过一晚"。外面庸常单调的灰色军队正全副武装地等待,穿着肮脏的内衣,吃着烧煳的粥,争执着他们应该多久打扫一次房间、打扫得多干净,为金钱忧虑,酗酒,几乎没机会做爱,失眠——一切似乎能轻而易举地把爱打横放在膝盖上,令其蒙受耻辱。"你永远是/我无尽的爱",因为我太爱你;我和阿里,还有阿尔尼从没唱过这首歌。没有可能;我们绝不会让这种靡靡之音影响我们,但斯瓦

瓦尔不但在家里唱这歌，还用风琴演奏它，甚至当我们其他人在一旁的时候，他也完全沉醉其中，闭上眼睛，张开嘴，带着坚定的信念唱着，在我们眼前亮出他大大的马牙。

* * *

这就是事实，这就是一九八一年至一九八二年的生活和冰岛上空的星系。世界和大事件滚滚而来；在危地马拉，两百人的喉咙——儿童、妇女和男人的喉咙，一夜之间被割断，波兰军队仍旧躁动不安，苏联最高官员勃列日涅夫越来越愤怒，而美国总统罗纳德·里根——这个世界上最有权势的人，只有一只小狗的智商和一把手枪的情商。每天清晨，我们从凯夫拉维克开车出去，途中停车四次，鱼汛期开始后，乘客人数增加，我们开车穿过荒原去桑德盖尔济，正午时分再穿过同一片荒原折返，我们开的不是特拉贝特，而是一辆八座的丰田，烘干架空了又满，满了又空，咸鱼越堆越高。每次喝咖啡休息，我们四个都会一起玩惠斯特；鱼汛期高峰时，老克里斯蒂安和其他两三个人会加入我们。克里斯蒂安很高兴成为我们的一员，参与我们的生活，但有时这种喜悦似乎突然从他身上抽离，让他变成一块被生活丢弃的暗淡的钝石。

星系绕着冰岛旋转，但在这里，宇宙绕着鱼旋转。

鱼是开始和结束，是阿尔法和奥米伽。马尼开车去码头，德朗盖岛号已经靠岸，舵手约恩尼在纷飞的大雪和刺骨的寒霜里赤膊站在甲板上。卡车数度穿梭在港口和水产厂之间，有时能把三个货摊全部填满，这意味着漫长的轮班。货摊上摆满亮闪闪、湿漉漉的鳕鱼，鱼眼呆滞而空洞。阿里抓起一条鳕鱼，开始回想东峡湾，又想到北峡湾，再想到他的祖父奥迪尔，他捕鱼捕了几十年，收获了人们的欣赏与尊重，一张证书证实了这一切，它就悬挂在奇尔丘泰居尔的家里客厅最显眼的地方。他捕了几十年的鱼，对他来说，从来没有哪个地方比在海上让他感觉更好，人类的问题都能在那里得到解决，他捕鱼是为了生存，也是为了让国家完全独立，摆脱贫穷和原始的生活方式。几十年后，他的孙子站在国家的另一边，手里抓着一条刚刚打捞上来的鳕鱼。我感觉得到，阿里对我说，我知道这很重要，只是无法用言语表达；它们一直在逃。是的，我说，言语能变成胆怯的鸟。为了触摸它们，也许你得变成空气。

阿尔尼工作的地点一般在存放区。他在那儿效率最高，用鱼叉把鱼铲到传送带上。总的来说工作算努力，被节奏带动着，但有时也会心不在焉，被一些思绪带走，他一动不动地站着，靴子埋进鳕鱼堆，看不见了。中央货摊尾部的传送带传送的只有空气，不再有鱼被传到去头机边的斯瓦瓦尔手中，他像一匹活跃的小马驹，卖力地干着，辛劳令他喜悦，再加上想和加工台边的女工保持同步的野心，他的身体在颤抖，全神贯注地抓起鱼，啪的一声按在去头机的传送带上，将拇指和食指插进鱼的眼窝，轻拽鱼头。这项单调的任务就像水产业的大多数工作一样，尤其是在这种情况下，存放摊位上堆满了鱼，有成吨的鱼等着处理，成千上万条鱼要去头，总是一样的动作，一次工作数小时，无人交谈，但如果你在去头机边就不一样了，你的世界充斥着机器的噪声和锯的哀鸣。然而，斯瓦瓦尔能把这些时间变得愉快而有意义，他打破单调，把鳕鱼想象成小学时期欺凌他的校霸，他那时一直受人取笑，因为牙齿和笑声而被人戏称为"马"，早年这个外号一直黏着他，像一个挥之不去的诅咒——人类的想象力在残忍方面可谓登峰造极。你是戈吉，他对着一条肥硕的鳕鱼嘀咕，把它往传送带上一按，享受着锯条砍掉鱼头时发出的哭嚎。

当然，阿尔尼走神的时候，斯瓦瓦尔抓住的只有空气，某个念头分散了阿尔尼的注意力，他俯身对着一条鳕鱼，用鱼叉戳它呆滞空洞的眼睛，或者呆呆地看着前方，嘴上挂着欣喜的微笑，仿佛生活美好极了。哦，教授这会儿正琢磨着什么聪明事儿呢，安德烈娅说，加工台已经清理干净，斯瓦瓦尔手中没鱼了，他们正好能松口气。负责剖开鱼肚的琳达点了一支烟，长长地吸了一口，前后晃动身体，以摆脱臀部的疼痛。加工台边有四个女人，一个剖鱼肚，一个清理内脏，一个分离鱼肝和鱼子，还有一个负责把鱼推进剖背机，这四个不同的女人，都在水产加工和劳作中长大，不但要工作一整天，还得料理家务，给丈夫和孩子做饭，准备午餐，洗衣晒被，打扫卫生；生活就是劳作。她们无法忍受懒惰，可一开始她们什么也不说，当阿尔尼戳着呆滞的鱼眼或是漫无目的地发呆的时候，她们只是站在加工台边，也许心里高兴，能休息片刻。她们几乎欢喜地凝视着阿尔尼，仿佛在欣赏他的脆弱，他对坚韧、坚定和决心的稀缺，也许她们觉得这种气质很美，也许因为他让她们的存在——有时候鱼就是一切，漫长的流水加工——有一种意外的柔软。然而传送带继续转动，上面除了空气什么也没有，目前还没人能靠空气谋生，阿尔尼站在那里，像个傻瓜一样呆呆地凝视着，唇上带着一抹微笑。最后，安德烈娅说，我从没见过教授这么愚蠢的样子，她伸手抓来一把鱼肝，扔向阿尔尼，这才让他如梦初醒。

你去哪儿神游了？我问过他一次，当你站在货摊边神色恍惚，呆呆地看着远方，仿佛看见了真正美好的事物的时候；你去哪儿神游了？

这是一个星期六的下午，海上刮着风，下着雨，所以我们没有加班，从辛劳的帝国中逃离，得到了片刻休息，我们四个倒霉鬼开着阿尔尼轻快的萨博车在外面兜圈，这是与我们的世界全然不同的一个世界，生命之外的太阳系。我们在荒原上来回穿梭，在渐渐微弱的光线中驶入黑暗。有时开到加尔泽，这个村庄相当分散，几乎不存在，我们经常去华尔斯内斯教堂，几百年前，诗人兼牧师哈尔格里姆尔·皮图尔森曾在这里郁郁度过余生。一个贫穷的、与世隔绝的牧师生活在这样的地方，风似乎从地狱直接吹来，但日子美好的时候，大海是这样蔚蓝，仿佛象征着幸福。他在这里失去了女儿，她只有三岁，却已写出几首自己的诗；她聪敏过人，是个早熟的孩子，总是喜笑颜开，因此哈尔格里姆尔一度认为不公和残酷将不复存在，她的微笑永远比黑暗更强大。后来，她突然夭亡。就在她的生命刚刚开始的时候。她柔软的小手常常轻柔地抚摩父亲粗糙丑陋的脸，把它变成一首优美的赞美诗，一支活泼的乐曲，这双小手被埋进了黑暗的泥土，她的笑声止住了。哈尔格里姆尔唯一能做的就是写一首诗，就像几个世纪后我们的莉拉姑婆一样，盼着它能化解悲伤和锥心之痛，在这密不透风的黑暗中带来一丝明亮。这首诗没能办到，一点都没有，一个不到四岁的女孩还像从前一样，离生命那么远，幸福像从前一样，离人类那么远，所有的笑声都破碎了。正义常常在碰上哈尔格里姆尔的时候绕道而行，贫穷和麻风病吸干了他的生命。几百年后，我们还在读他的诗，最常读到的也许是他写给女儿的赞美诗，那个小女孩早就变成了土壤里光洁的骸骨，那里没有笑声，没有幸福，她悲伤欲绝的父亲已经死去快三百五十年了，这首诗依然活着。它依偎着我们，像动听的音乐，虽然有些黑暗，充满忧伤，却带着一种明媚的美，仿佛能撼动大气层。它历经几个世纪，历经人类的繁衍，乃至宗教的兴衰，然而在死神发力的时候，它却变得毫无用处；永恒的诗能给所有的人以安慰，除了创作它的人，和死去的那个人。

老克里斯蒂安经常对我们说起哈尔格里姆尔，每到这种时候，他就自然地停下手里的活儿——他靠在咸鱼堆上，休息他疲惫且苍老的身体，休息他这把老骨头，他的身体似乎总是非常疲倦，即使在清晨，经过一夜良好的睡眠后也是如此，仿佛他已经来到一个只有在死亡中才能得到休息的地方。不过，这样挺好，几乎令人愉快，背靠这些该死的咸鱼，呼吸它们的腥气，看着年轻人干活儿，把哈尔格里姆尔的故事说给他们听，背诵那首写给小女儿的诗给我们听，一刻也不放松，我们都很感兴趣，因为这首诗是在附近写的，我们都想不到，也许谁都想不到，文学能在这里得到繁荣。当然如此，因为文学能在任何地方根深叶茂。哈尔格里姆尔的故事打动了我们：他的贫穷、挣扎和悲伤；他给人的印象是尽管饱受伤害，却依然重要，正因为如此，我们才绕了很长的路来到华尔斯内斯教堂,那里是路的尽头——教堂另一边的不远处就是围着栅栏的美军的地盘,那里更喜欢战斗机而非赞美诗。我们开着平稳的萨博车去那里,我刚刚问阿尔尼,你站在货摊边发呆的时候去哪里神游了?

阿尔尼微笑着,仿佛记起某种美丽的事物;他张开轻薄而阴柔的嘴唇,但什么也没说,只是打开音响,那些四十五分钟、六十分钟或九十分钟的磁带不停地转动,我们在里面录了好多音乐,有时是整张专辑,或者加上我们想放给对方听的曲子,齐柏林飞艇、杰思罗·塔尔、鲍伊、Utangarðsmenn乐队、平克·弗洛伊德和披头士。有时,斯瓦瓦尔很难隐藏他对快速马车合唱团和飞扬乐队的热情,但我们包容他有问题的品位,给予他谅解,因为我们的确把他当作自己人。我们都在某种程度上受过伤害,不太合群,但还是觉得自己很幸运,能差不多同时开始在德朗盖岛为马尼工作,那个来自斯特兰迪尔的沉默寡言的男人,他的名字的意思是"月亮",他就像月亮一样安静,像月球表面一样冷漠,不过有种东西激励他雇用了我们,还有老克里斯蒂安,那个慢慢被生活、时间或者衰老排挤到人生边缘的人。因为他的勤奋和经验,过去他一直在流水线的中心工作,可现在的他全无用处,成了一个荒废的麻袋,一无所有,除了记忆、疲惫不堪的身体和一大堆诗歌。

这些诗歌别提有多好了;在寒冷的世界里,它们能当毛毯用,能变成时间之外的岩洞,岩壁上布满奇形怪状的符号,但假如你的身子累了,假如生活拒绝了你,诗歌说不出什么道理,你的咖啡是唯一能在夜晚温暖你双手的东西。

凯夫拉维克

——现在——

假如诗人无法帮助我们生活的话，要他们有什么用？

阿里呷了一口咖啡，从桌上的袋子里拿出一块饼干，斯瓦瓦尔伸出他的长胳膊，把收音机调大声，里面正在播放比吉斯乐队的《活着》。他在音乐方面无可救药。他组织环绕雷克雅内斯的旅行——"发现熔岩的魔力"——售卖火山岩、惹人怜爱的海雀、照片、赫尔约马尔的专辑、二十厘米高的雷克雅内斯灯塔的复制品，每一座上面都刻着一两节诗句，出自汉内斯·西格富松的《激情守夜》，这是他于一九四九年冬在灯塔脚下所作的一首长诗："然后大提琴把沉重的哀伤拖到岸上。"[1]这是我的王国，斯瓦瓦尔说。他们穿过商店；他把糖放进咖啡搅拌，开心地笑着，因为阿里在他身边。你肯定知道我们的阿尔尼结婚了——谁能料到呢？斯瓦瓦尔摇着头说；从来没人见过他和女人在一起！按照我的理解，他老婆就是把他塞进了自己的衣兜里；他们就是这么在一起的。不过，他们有个可爱的儿子，去了丹麦，在计算机行业工作。一切看起来称心如意，但后来他离家出走了，唯一

---

[1] 汉内斯·西格富松（1922—1997）是冰岛"原子诗人"流派的代表人物之一，这些现代主义诗人活跃在二十世纪四五十年代。他的作品《激情守夜》（冰岛语：*Dymbilvaka*）被视为冰岛最优秀的现代主义诗歌之一。

的解释是他要去寻找自己！这是多么艰巨的任务，老朋友，寻找自己！在我看来，我从不为这样的事烦心；我不像你，任何时候都在思考；我只是享受生活。反正我的生活一团糟。一切都开始得很单纯，虽然我有时会改变方向，放弃一份安稳的工作重返学校，但这背后什么也没有，或者是我自己这么想，除了对新鲜事物的渴望。我慢慢但明确地意识到，在某种意义上，我的生活中没有，好吧，没有思考，也许我早就不爱我老婆了。尽管我曾一度为她疯狂。生活啊，哥们儿；它不是我们想象中的摇滚歌曲。

我常常，斯瓦瓦尔说，他抓起两块饼干，把带有巧克力涂层的两面粘在一起做成夹心饼，遗憾地看着它们，这么多卡路里，我常常思考这些问题——你什么时候真的活着？为什么爱变成了一种习惯，给人安稳而非幸福？是的，为什么这么多年想把爱和习惯区分开来这么困难——这不是糟透了吗？我们就应该这么接受吗？假如有什么事情我们该去弄个明白，难道不应该是爱吗？这种事难道不是你们诗人应该帮助我们解决的吗？——即便只是做出解释，只是顺口提及，为什么人这么难快乐？我的意思是，假如诗人无法帮助我们生活的话，要他们有什么用？

于是永恒降临世界

阿里从斯瓦瓦尔的房间里出来时，斯奈弗丽聚尔·伊斯朗德索尔的灯亮着，浓咖啡让他浑身发抖，路面上方钟表店橱窗上的霓虹灯在闪烁。已是午后，居纳尔的修表店和珠宝店正向着凯夫拉维克的居民和全世界播送通告，或是求救电话，营业，营业，营业，我在营业，看在上帝的面子上光顾我吧，我没事做了，来吧，我会为你安排时间，什么东西我都能修理，我能把你的手表调到过去，一九八一年怎么样，早在因特网诞生之前，自由完全不受网络的干扰；假如你愿意，我能把时间调到零，它意味着新的开始，一个重新开始的机会，很多可能！

天空很平静，也许在凯夫拉维克的任何地方都很平静，除了哈布那加塔大街，仿佛小镇这条荒凉的大街在制造风，人们反复尝试在这一带种植树木，可是盐抑制了一切植物的生长——不仅如此，假如有树木能不受盐的阻碍得以幸存，风也会把它吹倒。唯一能在这里生长的是人。还有近年来的失业。还有肥胖症、糖尿病、消化功能紊乱、压力、袋装饼干、巧克力——它们都在生长和膨胀。一切都变成了特大号的；特大号的士力架、Prince Polo巧克力，特大号的床、扶手椅、平面屏幕，特大号的幸福。特大号的阴茎。网络和媒体上到处都是特大号的广告；阿里在飞行酒店吃了一顿丰盛的早餐，边吃边读《每日新闻》，他看见一则广告，承诺让阴茎变得更长、更粗——甚至还有可能变成特大号的！我也看到过那则广告，当时我在叔叔的老木屋里醒来，早餐吃了谷物粥，我叔叔坐在旁边，哼哼唧唧地念叨着自己的剧本《一只基地老鼠的记忆》；我在读《每日新闻》，看见"沐浴伴侣"承诺给人们带来特大号的幸福：

"沐浴伴侣"能提供一种快速有效的方法增大你的阴茎：最多能增长7厘米，增粗30%。很多女性都说，更粗大的阴茎能带给她们更具满足感的性高潮。没有女人会拒绝更长、更粗的阴茎。研究表明,更长、更粗的阴茎能够增强男人的信心和幸福感。首次使用"沐浴伴侣"就能让您的阴茎变粗!

在哈布那加塔大街上,风从四面向阿里吹来。他站在原地,斯瓦瓦尔的旅游商店外,感到不舒服,因为他的阴茎并不特别粗长。谁会用"沐浴伴侣"显而易见!一个更大的阴茎能够提高自信,给你更多光彩,助你的事业上升,挣更多的工资;你能买下更大的房子、度假别墅、一辆漂亮的SUV。女人都想要更粗长的阴茎;它给她们带来更广大深刻的快感,帮助她们接近神灵。

斯奈弗丽聚尔站在按摩院的窗前,看着窗外,顺着空旷的道路看去,她的目光像一只翅膀般轻拂过阿里。一个春天金色的梦——她的金发如此秀美,也许能为她写一整部小说,一支梦幻的钢琴协奏曲;短暂的冬日,她起床很困难——你又能怎么办呢?风冷冷地吹着;它根本不考虑幸福,不担心癌症、体重超标、阴茎太小或是不够粗,也不会考虑乳房下垂得越来越厉害,就像疲惫的人,阿里就更不必说了,他最终悠闲地在街头漫步,庆幸斯瓦瓦尔没看见他,也许他正忙着和孙子进行网络通话,学着小孩咿咿呀呀地说话,对着四岁的孙子做鬼脸,让他一边打嗝一边笑,若非如此,他肯定会走出来,担心地问,嘿,你怎么还在这儿?你没事吧,我的朋友?多年以来,斯瓦瓦尔一直深爱着斯奈弗丽聚尔,可他一直一个字都不敢说,不敢有所暗示,害怕破坏这段珍贵的友谊,却对她日思夜想,渴望着她。爱与幸福和不幸之间的距离是相等的。

阿里走远了，他编写了一条短信发送给我："我见到了斯瓦瓦尔，他胖了三十到四十公斤，其他没变，音乐品位还是那样有问题，眼神还是那样温暖。"

眼神还是那样温暖——你没事吧，我的朋友？斯瓦瓦尔的血液中流淌着对别人的关心。他忍不住；他不忍心看着别人受伤害却没人安慰，没人帮助，他太诚实，因此总是直截了当地提问，无法回避问题，我想这可以解释他为什么在桑德盖尔济的小学被欺凌：不是因为他的牙齿太大，仿佛一不小心被安上了马牙，这是天生的错误，无法纠正。除此之外，他的笑声听起来像一匹马发出的声音；这些都不是原因，真正的原因其实是他对他人与生俱来的关心，当身边的人被烦恼所困，他会感同身受。他感受得到孩子们的悲伤、弱小、痛苦、恐惧和可怕的忧虑，他们感觉得到，感觉到他的大眼睛——是的，它们也有点像马的眼睛——带着怜悯凝视他们，他们把他甩开，在他来得及问一切是否还好之前，就让他成了校园的沙袋。也许因为一切都不好，也许全家人都害怕他们父亲的手，他的指节，他的脾气。害怕他疲惫不堪地回家，带着怒气，喝得醉醺醺的，他老婆絮叨个没完，她的大腿粗壮，头发暗淡无光，她的身体就像一条死了几天的鱼一样让人"躁动"。一切还好吗？不，一点也不，爸爸打我，我回家的时候妈妈喝醉了，爷爷前天去世了，我的眼睛都快他妈的哭瞎了：最好的做法就是在你开口之前痛扁你，大骂你一顿，让你来不及揭穿我的伪装。

一切还好吗？阿里该怎么回答？像我们大多数人一样撒谎

吗？或者说，什么，不，是的，我的上帝，一切都很好，我有点恍惚，你知道，我刚回到这个国家，等等。或者就这样说：不，几乎一切都不好。斯奈弗丽聚尔不快乐，她渴望有人抱着她，你虽然爱她，却没有勇气采取行动；我怀念在我爱的女人身边醒来的感觉，我和她一起生活了二十年，我背叛了她，因为我的心一分为二，因为我爱着两个女人，这是背叛吗？我不知道，但在爱情陷入困境的时候，我没有面对，而是从妻子身边逃离，逃离了生活；不能每天和孩子们见面，不能参与他们的生活，真让我难以忍受。不，老朋友，几乎一切都不好，因为我妻子委托我的表弟奥斯蒙迪尔，他不是别人，正是昔日我们心目中的英雄和榜样，把他的食指插入我的直肠，可能是为了搜寻我背叛的证据。昨夜，我发现就在三十多年前，我目睹了一场强奸，可我什么也没做，什么也没想清楚，光为自己感到难过；我在凯斯楚普机场买了一本色情杂志，看着封面照片突然感到欲火中烧，期待私底下仔细翻看，谁知封面女郎却是一个和我女儿一般年纪的年轻姑娘，不知怎的，我觉得认同她们的身体是男性的商品是不公正的；当你有两个活在一个由男性设计的世界里的女儿，你又如何问得出口"一切还好吗"；社会、文化、宗教全都为他们量身定做；我的祖母玛格丽特从未过上自己想要的生活，所以从未正确认识过自己；我不知道她的儿子——我的父亲——年轻时梦想过什么样的生活；我的父亲，可能就快死了。我正赶去看望他，我们已经快有三年没见面了，也许从没谈论过要紧的事情，恐怕现在也不会有什么改变；不过有一次，我们躲在窗帘后面，太阳快把我们烤焦了，我们没动，我们不能被发现，因为我们确信她的生命取决于此。斯瓦瓦尔,这就是当时的情景:我们躲在窗帘后面,那是一个夏天,太阳在空中颤抖,天空是那样蓝,仿佛永恒正降临这个世界。

宇宙的尺寸
—— 过去 ——

无尽的幸福！

　　一切要从一次死亡说起。时值七月，冰岛最温柔的月份，当月亮被鸟鸣托起，温暖的太阳是来自幸福的重要信息——在这种时候，哪里还有空间容纳死亡？当太阳在天空普照，雷克雅未克的冰激凌店里挤满顾客，黑暗又怎能对人发起进攻？无边的幸福；孩子们跳绳、玩跳房子、踢足球，他们呐喊、尖叫、大笑，绕着萨法米利的公寓楼跑来跑去，那栋楼坐落在路的最高处，高耸在山头，所以比别的公寓楼离太阳稍微近一点。三四十个孩子绕着街区奔跑，阳光烘烤着阳台上的母亲们，香烟的烟气像叹息一样飘起来，喧闹的笑声从三楼的一间公寓一直传到中央楼梯的左边。现在是暑期，阳台的门大敞着，面向着阳光和呼喊敞开着，向这不管怎么看都美好得像一个祝福、像我们所期盼的一切的日子，敞开着。大汗淋漓的冰川，被太阳烘烤着的家庭主妇们，还有兴高采烈尖叫着奔跑的孩子们，他们的生命力是这样蓬勃，仿佛天空离得更近了，仿佛上帝靠近了冰岛，为这生命幸福的一刻拍下照片；当冬日的黑暗降临在这个世界时，他带着摄影机靠近了冰岛，然后把这一天投射在了天堂的银幕上。在拥挤的礼堂放映它，爆米花和天使的翅膀嘎吱作响，宇宙的黑暗在门外，而上帝正在放映电影《欢乐——世界为什么存在》。星星：三楼左边的笑声，这栋公寓楼，萨法米利52—56，三十九个在欢乐和游戏中喜笑颜开的孩子，商店老板瑟贝克站在店门外微笑。更远处，壮丽的冰川像愁肠百结的姨母们一样汗流不止，斯奈山冰川除外，它是天空的圆筒冰激凌，上帝和他的天使们在天堂拥挤的电影院里。《欢乐——世界为什么存在》。

导演、编剧兼制片人：上帝。摄影兼助理编剧：耶稣。

上帝和耶稣。

两只眼睛瞎掉的鸡。

什么都看不见，除了他们眼前，所有人希望他们看见的东西。看不见三楼右边的老索罗尔非尔，我们小孩都害怕这个坏脾气老头儿，他正躺在主卧室，窗帘拉着，他老婆在厨房对着冷掉的咖啡独自抽烟，收音机里正在播放系列节目，约恩·K.马格努松读完了他翻译的威尔基·柯林斯的《梦中的女人》[1]。她原本很期待这次播送，但一个字也没听进去。他们两人都想念北方的群山，想念羊棚和羊群，想念狗和鸡。他们并非一直那么老；他们也年轻过，天不怕地不怕。一天夜里，他们睡得正香，时间向前跨出了一大步，然后他们醒来的时候就老了。突然变得惹人讨厌。变得不合时宜，面对生活顽固不化。就在此终了一生，在雷克雅未克的这栋公寓楼，在北部山间的一座农场，依靠一间三居室公寓和泊着路虎车的车库维持生计。索罗尔非尔拉上窗帘，遮住了阳光，遮住了白天，遮住了欢乐及天堂的摄影机，因为他有

---

[1]《梦中的女人》是英国作家威尔基·柯林斯（1824—1889）所著的小说，1874年首次出版（由1855年出版的早期小说《马夫》改编而成）。

时太怀念群山和乡村了,他在山里长大,整整七十四年,群山都一直在他眼前。他躺在那里,沉重与悲哀地向往着那些已经将他遗忘的山。

两只瞎了眼的鸡带着摄影机扑棱着翅膀跑来跑去,他们对着世界拍摄,比方说,好吧,现在,看看三楼右边,窗帘放下了,有人冲出来,冲向幸福,速度快到忘了把帘子拉开。摄影机拍摄公寓楼的全景,二楼左侧的阳台上有两个家庭主妇,没穿上衣,美国佬电台正在播放五度空间合唱团的歌曲《让阳光普照》。让阳光普照,它的光,它的温暖。好主意。"让幸福进来,它无法穿过一扇锁住的门",四十年后,阿里在丹麦编辑一套"十大秘诀"系列书籍,这句话出现在其中一本书里;让它进来,别让一天的忧虑、压力和事业上的抱负把它拒之门外;让幸福进来,它会给予你慷慨的回报。当然,是的,我们会照做,没问题,任何时候都可以;但摄影机对准一楼左侧。哦,耶稣开心地说,你看,窗帘后面藏着两个男孩!多有趣,上帝说,接着摄影机沿着田野拍摄,镜头里的孩子们在阳光里奔跑。多有趣,上帝又说。是的,太棒了,耶稣表示认同。两只鸡,像蝙蝠一样瞎。

这是我的主意。

嘿,我说,咱们藏在卧室的窗帘后面吧;它们在阳台门前,那么长那么重,能遮住光线,没人会看见我们,没人会找到我们,假如你溜到窗帘后面,世界会变成两只瞎了眼的鸡,你就安全了。好极了,阿里说,所以我们藏在那里,藏在一天的幸福里,膨胀的太阳在蓝天上慢慢转动,我们听见笑声,听见从楼上阳台传来的歌声,我们听见雅各布和他姐姐胡尔达的声音,还有我的叔叔，后来我和他一起住在凯夫拉维克，他们都在呼唤阿里。我们没出声。我们闭上眼睛，紧紧拉着手，几乎不敢呼吸。我们绝不能被人发现。假如有人发现我们，一切就毁了。昨天他们来了，找到了阿里的母亲。现在轮到他了。所以我们才藏在厚重的窗帘后面，后背被昏暗的阳光晒得发烫。

雷克雅未克

——20世纪80年代初——

> 有人需要改变思维方式,但
> 上帝仍在统治!

在五十年代,普雷斯利正欲突破自己,变得更强大,苏联人接连不断地发射航天器,把它们送到地球大气层之外到处窥探。太空犬莱卡,一只三岁的流浪狗,在一艘飞船上。她对着星星恐惧地低吼着,吠叫着,没过多久,她孤独地死去,远离生命,为了科学的进步。

阿里的母亲和雅各布同居了。

那是一个秋天的早晨。他一边读《人民的意愿》,一边等着吃吐司。不过,他先喝了两杯咖啡,让自己醒来,和世界建立联系,阅读报纸,一如往常,世界上的某一个地方正战火纷飞,但冰岛现在刚早上七点。今天下午,G.A.金将发表一篇题为《上帝仍在统治!》的讲话,他来自一个基督复临安息日会的国际组织。遗憾的是,此声明并未提及谁会威胁上帝或从上帝手中夺取权力:可能是冰岛领海上的英国军舰、美国总统、魔鬼、罪行、埃尔维斯·普雷斯利。重点是,上帝当然没有失去他的王国。尽管如此,一大早,天还没亮,我们还是很震惊,上帝的权力阵地岌岌可危,斗争是存在的——因为"尽管如此"这个词告诉我们,即使是上帝也不能掌握一切,某件事物或某个人可能会对他产生威胁。说到底,这是一则很难接受的消息,我们被迫面对一个不完美的上帝,除此之外,他还看起来极度关注权力,对别人说的关于他的话、批判过分敏感,害怕别人眼中的自己不够强大,有复仇心理,爱卖弄学问,对着星星发出恐惧的吠叫。但假如我们改变一下思维方式,我们能改变上帝。

什么?雅各布咬了一口吐司,发出一声惊呼,因为她一直在说话,阿里的妈妈,而他睡眼惺忪;清晨天很黑,生活缓慢地行进,只能向前爬,小心翼翼地慢慢挪动,不管怎么说,这是最好的办法,慢慢地读报,少说话,喝非常多咖啡,抽两支烟,你就整装待发了:生活,我来了!她很不体贴,不停地说,他根本不理解她在说什么,还没准备好面对如此激烈的探讨,现在还不到早上七点!他只听见有人在嚷嚷,有人必须改变他的思维方式。就是那个该死的英国人,坐着拖网渔船和军舰走水路踏入我们的边境,他说着,嘴里塞满食物,抬起头,正要吞下去——而她赤裸着身体。她脱去睡裙,露出纤细的肩膀,小巧而结实的乳房,这一天才刚刚开始。工地砌墙的活儿等待着他,开往维菲尔斯塔齐尔医院的公交车二十一分钟后会停在斯卡夫塔利兹街,她就在那家医院的后厨工作——但也许生命太过短暂,没时间留给这种智慧。至少她没在听他说话,她得快点换好衣服,她还没吃饭,她吃东西太少,公交车很快就会到站,清早天很黑,他只吃了两口吐司,还没读完报纸,甚至还没读到体育版。她没在听。有时她仿佛无法容忍智慧,会尽一切办法挑战它。可惜她知道怎样激起他的欲望:他跟着她走进客厅。笑话他的她。此刻正躺在沙发上的她。她轻佻地说,我们得动作快点——然后张开双腿。

这按下了他的开关。

他脱掉裤子,向她身上压过去,进入她,她喘着气,他动得很快,太快了,无法抑制自己。

后来,他疲倦地躺在那里,心脏怦怦直跳。但同时对这一切感到有些震惊,控制不住。她匆匆把两腿之间擦干,接着把手放到那儿,插入两根指头,深呼吸,闭上眼睛,进入她自己的世界,消失在极乐之中——然后呻吟起来。

然后她就得去赶车了!

雅各布从未想过会如此幸福,他体内能容下如此巨大的事物。一个纤弱女子竟然可以轻而易举地颠倒一切,这既让人自由,也让人心生恐惧。黑暗的清晨,他尚有睡意,前一分钟他还想阅读报纸的体育版,咬一口涂满黄油和果酱的温热的吐司;后一分钟他已经去了客厅,一半身子在沙发上,一半在地板上,他的裤子堆在脚边,而她脸上的表情是那样狂野、那样傲慢,她是那样火热、那样潮湿,让他忍不住开始吼叫。他从不吼叫,除非是在喝醉酒或者看球赛的时候,要不就是和别人在一起的时候,但肯定不是在早上七点,当他刚刚吞下一口吐司,牙上还沾着果酱,当他的家、斯卡夫塔利兹街和这个世界还一片寂静的时候。群山也尚未完全苏醒,天空还在沉睡,他的吼叫却在这一片寂静中震荡!他们——楼上那对七十出头的夫妻一定听见了这吼叫。雅各布从他们那里租了两年房子,这对老夫妻和这个来自东部的温柔、礼貌又勤劳的男孩处得很愉快,老妇人甚至还帮他熨衬衫，但自从那个年轻姑娘搬进来，原本的祥和宁静就变得嘈杂不堪，这甚至会在其他场合给他们带来困扰——尽管从没在早上七点发生过。竟然还有这种事！他们被这姑娘的声音吵醒了，她显然没法放低音量，他们听见了她的或放肆或娇嗔的笑，听见了她从厨房冲进客厅——以及接下来雅各布的吼叫。吼叫！

丈夫从床上起来。他拿来扫帚，用扫帚柄敲地板。雅各布听见了，感到抱歉和难为情，可她自然什么也没听见，假装没听见，或者根本不在乎，两根手指放在大腿中间，快速地动，老人又敲了敲地板。她快要高潮了，头向两边甩着，用呻吟抑制着自己的爆发，快感几乎令她发狂——但她仍然感到表象之下更深处的一种无尽的悲伤，她孤独地感受着极乐。独自一人。此后不久，她顺着斯卡夫塔利兹街奔跑，满脸通红，披头散发，她在想，为什么幸福不跟着我一路抵达？为什么我享受快感的时候还是觉得孤独，仿佛雅各布离我很遥远？在我身边，却够不到我？幸福从来不会一路随行吗？说到底，是不是爱从来都不够用？假如是这样，我会不会孤独地死去？

假如是这样，我会不会孤独地死去？

让我们放下这个问题。

阿里的母亲躺在客厅的地板上，两根疯狂的手指，她猛烈地晃着脑袋，露出牙齿，时而呻吟，时而发出其他声音，有些就像被压抑的叫喊声，她头顶的天花板传来扫帚不断敲击的声音。

真难为情——但我们不在乎

丈夫更使劲地用扫帚敲击客厅的地板。这种事应该禁止，他恼怒地说，只穿着睡裤，没穿上衣，六十年的苦工让他的身体严重劳损。他现在的样子并不好看，拿扫帚用力敲着地板，他的皮肤很松弛，胸膛更像乳房，沉重的腹部像一只死掉的爬行动物一样耷拉着。他们夫妻两人都睡眼蒙眬，被她喧哗的声音惊醒，当雅各布突然从餐桌边站起身来，尾随那位大笑着的姑娘进入客厅时，他们醒了，听见有东西掉落在地板上摔碎了，一个杯子，一阵大笑，一声浪叫。把生活凌驾在爱之上并不算合人心意，它可以被形容成一处地产的隐藏缺陷。这种事应该禁止，他重复道，又开始敲客厅的地板，尽管我们不清楚他到底是什么意思，是爱应该在普遍意义上被禁止，还是仅仅针对人类群体？肯定不是指在一栋公寓楼里，让爱尊重房东的条例，尊重礼貌行为的规矩是不可能的——也许他的意思是，人应该被禁止衰老，因为你曾经年轻过，浑身上下迸发着活力与可能，没有人质疑你的地位，你的身体也没这么靠不住，用背痛、膝盖酸痛和胃病唤醒你，可紧接着你就老了，你的胸膛变成了女人的乳房，你形同废物，没人征求你对任何事的意见，你唯一能想起去做的事就是用扫帚柄敲打客厅的地板。

一次有力的抗议。

仿佛谁会在意似的。

当然，除了扫帚和你的妻子。

不错，岁月也让她的皮肤变得苍白，把她的嘴角和乳房拽了下来，它们曾经大而丰润，秀色可餐，其他男人的眼睛总在她身上打转，克制不住，暗送秋波，他们羡慕他艳福不浅，总是忍不住地说她长得像一个丰满的电影明星，对他并不避讳，可现在它们却像一对皱皱巴巴半空的垃圾袋挂在她身上。他弯下腰，抱怨自己的右膝时，她看向别处，他假装要把腰弯得更低，以保护自己的膝盖，可其实只是为了掩饰自己的难为情和突如其来的勃起，掩饰他，这个老人，这个被装得太满的、破旧不堪的粗麻布袋，这个燃尽的生命，这个祖父和曾祖父怎会因为楼下年轻人的呻吟在早上七点勃起。因为那个该死的小娘们儿淫叫连连，让他，这个祖父，这个大腹便便的粗鲁的老人感受到了脚下的能量；他的脚底发颤，这颤动向上蹿入他僵硬老迈的双腿，穿过他几近无用的膝盖，进入他可怜的大腿，接着他惊骇地感到血液带着一股强烈的暖意涌入他瘪皱的阴茎。他几乎想不起他的老伙计上一次努力站直是什么时候的事了。他把腰弯得更低。他很慌张，害怕妻子看见。真丢脸，一个老人竟然他妈的因为两个欲火焚身的年轻人勃起了——她永远不会原谅他。永远不会让他忘记这件事。真是见鬼，他嘀咕道，拿着扫帚又开始敲地板，仿佛这举动能骗过谁似的。他感到妻子正看着自己，感到她的眼睛审视着他，愤怒又震惊。曾经，一切都比现在好多了。他记得她的笑声，她的舞步，没人能像她那样跳舞。

　　在他脚下，年轻姑娘呻吟着。

　　不，更像尖叫。

　　他妈的，他想，用扫帚敲地板。

　　他妻子说了几句话。

什么？他大喊。什么？他装作沮丧的样子，抬起头。她站起来，走向卧室，扭过头说，你过来，老鬼，假如你还有胆量的话！她的口吻中带着一种富于挑逗又奇妙的幽默，他还以为多年前她就已丧失了这些。她脱下睡裙，仿佛自己依然年轻，娇媚地脱下，她老了，几乎有点羞耻，非常难为情，可他不在乎。他小心又迫切地直起身来，因为膝盖和心脏，不得不小心翼翼，他扔了扫帚，任它掉在地上，然后跟着她过去。他得意地脱掉睡裤，差点因为急切而摔了一跤，她躺在床上微笑，仿佛时间并不存在，仿佛死亡的使者还不存在。他紧挨着她躺下，凑近，进入她，就在这时，阿里的母亲睁开眼睛说，糟了，该死的表！她穿上衣服，跳着出了房间，大口喝下咖啡，接着沿着斯卡夫塔利兹街跑走。雅各布看着她离去，青少年偶像泰布·亨特的歌曲《青涩的爱》在他脑海中响起："他们说在每个少男少女看来/全世界只有一个爱人/我知道我已找到了我的。"

青涩的爱和词句变成太阳系

干活儿的时候，雅各布唱着《青涩的爱》，天空亮了起来。阳光从东方照过来，照亮天空，以它的光芒将群星温柔地覆盖，让群山显现，变出大海。

"他们说在每个少男少女看来。"

他抓起铁锹，想象她沿着斯卡夫塔利兹街奔跑，总是差一点就赶不上开往维菲尔斯塔齐尔医院的公交车，这是一家最初为了肺结核病人建立的医院，在遥远的荒原上，远离大海，阳光刚刚把大海照亮，供我们欣赏。

"只有一个爱人。"

她在大街上奔跑，在他脑海中奔跑，在这首《青涩的爱》中奔跑，从一个词跃向另一个词。

"全世界。"

她一边跑，一边穿上夹克，头上什么也没戴，一头乱发，满脸绯红，她刚体验过高潮；还有比这更妙的方式来开始新的一天吗？他放下铁锹，看着混合器里旋转的混合物。

"我知道我已找到了我的。"

一天慢慢过去。以蜗牛的速度一寸寸挪移，雅各布比她回家早，这样的事不常发生，他太忙了，许多建筑在这座年轻的城市拔地而起，城市在荒原、沙砾地、荒野和田野上迅速扩张。这个国家的人民从农村流入这里，仿佛在逃离它的过去、土地上的苦役、密不透风的草房和数百年的停滞。雅各布常常工作到晚上六点、七点或八点，而她在四点到五点回家，等着他。不耐烦地等着。无法忍受的等待。秒变成分钟，分钟变成小时。她经常从图书馆借一些关于索林霍茨斯特雷蒂的书，还有诗歌和小说，假如没有这些书，等待就太痛苦了；有些书似乎让生活变得更宽阔，包含着变成太阳系的句子。她一边读，一边随手写几句话，打发等待的时间。否则，烦躁的情绪会让她发疯。当她听见他回来了，就会把一切抛开。理应如此，他比她晚回家。今天，他因爱而感到困惑，看上去心不在焉，他的大脑是一个电台，不断播放着那一首歌，《青涩的爱》，其间他想象她在斯卡夫塔利兹街上奔跑，两颊通红，头发蓬乱，有不可抵挡的魅力。喝咖啡休息的时候，有人在谈论金字塔，它们是怎样建起来的，带着五千年的历史，高耸在沙漠中，完美的形态和工程制造，可是他想，嗐，这和清晨的她相比简直是一堆垃圾！假如她顶着一头蓬发、红着脸去埃及，埃及人就会集体站起来把那些该死的金字塔全都拆掉！

他回家了。

你是不是病了，科布？

是的，真该死；我今天感觉一团糟。我觉得我发烧了。

他回家了。

比她早三个钟头回到他们的地下公寓，这所结实的老房子空空荡荡，家徒四壁，悄无声息，让人完全无法想象他在遇见她之前是怎么活下来的。他坐下。他站起来。他坐下。他踱步。他重重地躺在床上。他拧开水龙头。又把它关掉。他刮胡子。他坐下来拿起纸笔，给内斯克伊斯塔泽的人写了一封信，他已经三个月没写过信了。与此同时，收到母亲玛格丽特的三封信，她在东部生活，日渐老去。亲爱的母亲！我一切都好。我的工作很忙。我经常工作到晚上八点。星期六也上班。我也经常去打桥牌。

他放下笔。"经常去打桥牌"——听起来会不会让人觉得他好像很懒散？准确地说，他又加上一句，我是说，在不上班的时候。其实我们有大量的工作要干。我的老板奥古斯特对我很满意。他一直在鼓励我参加工匠考试，说我会成为一名优秀的砖瓦匠。你觉得怎么样？上周我买了几条牛仔裤。我现在不是自己一个人住了。我遇见了一个很好的姑娘。你肯定会喜欢她。她读书很多，就像你一样，也像她的叔叔和婶婶，他们其实写过书。大部分是诗歌，我想。她的祖父是个出名的歌手！或者曾经是，不管怎么说。你觉得怎么样?虽然我不确定爸爸会不会觉得这算得上一个加分项!我还没告诉他。她在维菲尔斯塔齐尔医院工作。我也没什么其他特别的事要和你说。工作使我疲惫。

雅各布放下笔。

昨天,她问他的最后一件事是东部的山脉是不是特别广阔。他应该把这个加上吗?算了,这个意义不大。也可能没什么意义。他也没法确定那些山脉是不是很广阔。

他拿来一个信封。写下:玛格丽特·古斯慕德斯多蒂尔。

北峡湾
―――过去―――

他们征服了群山，然后下了地狱

玛格丽特凝视着北峡湾上高耸的群山，心里想，憎恨它们一点用也没有。夏天，它们有时会捕捉阳光，把它们变成一首歌，可今天它们什么也没捉到——天空通过乌云的缝隙悲观地注视着大地。没有阳光，没有音乐，山坡下的一座房子边，邮差正和一个女人聊天。他们在笑。玛格丽特坐在厨房结霜的窗户边，仿佛她不想看见世界清晰的模样——只要看看轮廓就好，不需要别的——接着她又把手指按在窗玻璃上，用它的温度融化冰霜，仿佛在说服自己她还活着，透过这个清晰的圆点去看那个女人和邮差。他们一起说话，一起大笑。她从不出门去和邮差说笑。她任由一个婴儿死在她腹中；她仍会梦见十年前那个夭折的男孩，他有时会在夜晚来找她，纯洁的脸庞，蓝色的、含着指责的眼睛……她是个无聊的人。沮丧的人。让烦琐的事情包围自己。她太自以为是，尽管自己几乎一无所有，没有什么可吹嘘的。她又抬起手指，在玻璃的冰霜上写下"失败"，光线穿透这个词照在她身上。前门被人推开，埃琳用明亮的嗓音喊着什么，她踢掉鞋子，因为期待显得迫切而急躁，因为邮差省了几步路，递给她一封索聚尔的来信。她进了屋，脸蛋冻得通红，她已经五岁了，如此伶俐可人，甚至能融化生命之窗上的冰霜，天空明媚起来，四处寻找太阳的踪影，抓起几只飞鸟，把它们撒播在大地上——埃琳不耐烦地在母亲的拥抱里踢蹬着，母亲用双臂环抱着她，仿佛有谁溺水了。妈妈，她喘着气说，读信吧！

信很厚，充满感染力。这是索聚尔寄给他们的第五封信；他的信一封比一封厚，玛格丽特能看见索聚尔坐在艏楼潮湿的铺位上，凉爽的空气挟着海水的潮湿，泛着盐、鱼内脏和劳作的气味；或是在寒冷潮湿的渔屋里；也许只有他一个人醒着，一页接一页地写，拿膝盖当书桌，讲述着他周围的环境、人、他们说话的方式和铺满地平线的冰川。他们的渔获量很大，在所有北峡湾的渔船中他们捕捞的鱼最多，而且不打算停手。他们备好鱼饵，夜色尚未退去时就早早启航，他们喜欢用从入海口逆流而上的小海鱼做饵。起航之后，他们等船载满鳕鱼才会返回，除非为了躲避狂野的风暴，不得已逃回陆地，驶进霍尔纳峡湾，它或许是全国最危险的海道，需要过硬的技术、经验和耐心，才能让船穿过碎浪而不受伤。索聚尔是这样描述的：天气、浪高、海道，以及他们怎样看着另一艘北峡湾的渔船被汹涌的海浪吞没，看着一个浪头把桅杆打烂，两名船员被甩到船外，一个人获救，另一个三天后才被发现，被一起坠入大海的渔网线缠住。

有些夜晚，索聚尔仿佛写得停不了笔。仿佛他无法控制。这些词语像一座火山盘踞在他的内心，像岩浆必须找到可以喷发的出口。他停不下来，熬夜写信，不睡觉也不休息。他尽量不吵醒别人，但这很难，因为住处太狭窄，有一次奥迪尔醒来，勉强睁开沉重的眼皮，仿佛笔的声音把他的睡眠划得稀碎，他很愤怒，简直怒不可遏，看见男孩弯着腰，没去睡觉或休息，反倒在纸上匆匆写着，精神十足。他四下摸索，抓起一个钩子，扔向儿子，嘴里说了些什么，声音嘶哑，听不出他说的是什么，但他的意思很清楚。奥迪尔翻过身去，睡着了。

索聚尔没在信中提起这个，但他说有时候当特里格维在他们摆弄渔网线、上饵，或是狼吞虎咽吃饭的时候谈起诗歌，爸爸就忍不住咧嘴直笑，或者傻笑。特里格维善于让船员们忘记疲劳，和他们谈起"大山诗人"克里斯蒂安[1]，有时他的写作语言仿佛来源于黑暗——或者重述意大利诗人但丁写的那首伟大的诗歌，那本诗集是去年春天他和奥斯勒伊格从一位旅行书商手中买的。特里格维读的是这首诗的丹麦文译本，它讲述但丁在一位死去的诗人的带领下坠入地狱的故事。他们游历了整个地狱，遍走地狱的每一层，穿过构成地狱的九个环，但丁详细地描述了罪人们所受的惩罚，有些人要忍受数千年甚至更久，没有被救赎的希望；他们所受的惩罚就是他们的永恒。这本书没有折扣。这是一个引人入胜的故事，一连几周，斯莱普尼尔号的船员们都被它迷住了；这首诗用非凡的技艺精彩绝伦地描述出悲惨的人们如何遭到无情的惩罚，无论罪行大小。罪人们甚至连睡个好觉的权利都没有，因为死人不需要睡眠；他们的梦也一起下了地狱——没有梦可做

---

[1] "大山诗人"克里斯蒂安：冰岛浪漫主义晚期诗人克里斯蒂安·荣松·菲亚拉斯考尔德（1842—1869）。

真是糟透了。地狱最外环的罪人境遇最惨：天堂和地狱都不接收他们的灵魂，没有人想和他们有任何关系，他们遭受着永恒的惩罚，没有一丝解脱的希望，没有一毫宽容的迹象，没有片刻休息，因为正如诗中所说，这些可怜的人生前从没有人责骂，也没有人赞美。[1]他们还没有真正活过就死了，从未努力过，始终在顾虑，生活在犹豫之中，没有梦想，甚至更糟，就算心中有梦，也从不敢追逐；让你不禁对这些可怜的人抱以怜悯。这就是现实：你无法改变事实，无论是用武力还是金钱；没有梦想、随波逐流的人不该得到天堂的恩典，也不该遭受地狱的折磨。上帝和魔鬼都会拒绝他。

所以你最好活得充实，索聚尔写道——但有时渔获量实在太大，他们过于辛劳，睡眠不足，实在太累了，所以几乎不说话，只是工作。只是工作，尽量保持神志清醒。他们捕捞了太多鳕鱼，都开始眼冒金星了。他们脚下跟跟跄跄，口中胡言乱语，突然开始大笑，无缘无故地相互咆哮；奥迪尔和特里格维有三次不得不把相互呵斥、咒骂、拳打脚踢的船员拉开。不过努力是值得的；鱼就是金钱，金钱意味着这个拥有千年历史的国家，有机会摆脱长达七百年的殖民统治获得独立。当然，他们是为了自己和家人捕鱼，但同时要知道，国家的未来也取决于此。就这样，索聚尔献出了他的全部，他明白，假如他们捕捞的鱼足够多，就有可能建设更多更好的学校、更多更大的医院，铺设更多更平坦的

---

[1] 原文为丹麦语：uden Skam og uden Ære.（参见《地狱》，第三首，第35行）特里格维阅读的是丹麦作家和翻译家克里斯蒂安·K.F.莫尔贝克（1821—1888）的译本：*Guddommelige Komedie*（1865）。

道路。目前还没有通往北峡湾的公路,他们必须捕捞更多的鱼,在这崇山峻岭之中开辟一条道路迫在眉睫,千百年来这些高山让人丧命,让他们在风暴中迷失方向、耗尽气力,把他们置于令人窒息的风、让人睁不开眼的暴风和骇人的大雪中自生自灭。奥迪尔在北峡湾的工人权利集会上站起来发言,反对可耻而不公的财富分配,同时对众表明他坚如磐石的信念:冰岛渔业存在的目的应该是让国家摆脱贫困和历史的黑暗——这样我们的男男女女就不必仅仅因为困在山里无路可走而白白送命。这就是每一条鱼背后的梦想和愿景。更好的时代。这是奥迪尔和玛格丽特共同的梦想;她也站起来言明了自己对这一问题的看法,尽管一位船长的话远更有分量。这是个简单的事实,与常识无关,它的力量来自传统。"梦想"和"愿景"是美好的词,但假如没有坚定意志的支撑,词与美好就没什么用处。还有巨大的工作量。这就是为什么在时间允许的情况下人应该休息。睡觉。恢复体力。疲惫的人干的活儿少。人应该睡觉,而不是浪费时间写长得出奇的信,何况几周之后他们就会见到收信人。甚至连特里格维也明白这一点;他写给奥斯勒伊格和孩子们的信都很短,最多两页。我们抓了这么多鱼,我的肩很僵硬,除了鱼什么也吃不到,除了捞鱼什么也做不了,真是够了,我可能要变成一条鱼了,几乎肯定是鳕鱼,等我回家你会认不出我的。哦,多么肥大的一条鳕鱼,你会这样说,然后拿起刀,把我片开,再扔进锅里煮。

太美妙了,这个词:以后

埃琳不耐烦了。邮差把索聚尔的信给她已经过去很久了,可妈妈一直在默读——她什么也听不见!她带着信冲回家,兴高采烈地想听索聚尔给她和居纳尔讲过的故事的接下来的情节。妈妈,她不耐烦地说,妈妈,她可能重复了一百遍,烦躁地跺着脚。玛格丽特终于读完了信,但可惜她不能告诉埃琳接下来发生了什么,在这个惊心动魄的故事里,这个聪明、善良但有点暴躁的胆小鬼拼命救下了一对兄妹,纯粹出于偶然,他们也叫埃琳和居纳尔,在山里迷了路,被残忍又愚蠢至极的巨怪追赶。埃琳只能等到晚上再听了,这些都是索聚尔明确的指示,为了缩短等待的时间,她坐在餐桌旁,怀里抱着玩具娃娃罗莎,为哥哥画了一幅画,并用粗粗的笔大大地写了几句话,里面错误百出:每天晚上我都要给罗莎唱歌,因为她很想念你,所以哭得睡不着觉。你为什么非要离开这么久?

你为什么非要离开这么久?你为什么非要死去?自你离开以后,世界就一点也不好了,群山把我们分开,死亡的荒原,我们把问题、怀疑和苦涩的绝望扔进黑暗,什么也拿不回来。

为什么?

嘘,嘘,以后你就会明白。

太美妙了,这个词:以后。

我们几乎能把一切丢给这个词。脏脏的内衣、承诺、让人不适的问题、未说出口的话,以及最后,你的死亡,尽可能把什么都扫进去,这样等宾客到来的时候,一切都井井有条,我们自己光彩照人。

你为什么非要离开这么久，不留在家里给我们讲故事，让我们骑在你肩膀上，帮我们翻跟头？

为我们留在这儿。

为我们留在这儿——这会是我们生活的根基所依靠的黄金准则吗？

嘘，嘘，以后你就会明白。

同时，还有一个更有力的解释：因为在冬季，从霍尔那峡湾到渔场的路线比从北峡湾——世界的中心——到渔场的路线短得多，所以北峡湾的渔船才会开到那里，停留数周，在最阴郁的月份，那时候低压系统就像一群喜怒无常的巨人，让我们惊慌失措——这就是斯莱普尼尔号随着大海和近处冰川的呼吸起起落落的原因。他们航行，捕捞，处理渔获，也捕捞鱼饵，给渔网线上饵，有时一连几周也睡不上一个好觉。就连特里格维也像其他船员一样，陷入沉默，他们抓住每一个睡觉的机会，贪婪地把握那些时刻，坐着，站着，倚着任何稳固的东西，闭上眼睛就能睡去。这里偷一分钟，那里偷几秒钟，甚至嘴里的食物没咽下去都能睡着。他们的下巴放松了，还能在食物漏出来之前及时醒来，把嚼了一半的食物吸回嘴里。他们迅速吸进嘴里，偷偷摸摸地环视四周，仿佛自己做错了什么。索聚尔一辈子都没感觉这么累过，虽说他也还没活多久，只有十六年而已。奥迪尔不在场的时候，船员们待他很好，最后一个叫他起床，尽量保护他，不过他比起他们也恢复得更快，毕竟他很年轻。这次新的经历，作为一个成年人，远离家乡，在新的环境中生存，给他带来了活力。他的世界因为新的经历、新的视角而得到拓展，然而他对家乡的思念让距离变得更难忍受。索聚尔想念他的母亲，想念在她身边，想念她做家务的时候，用颤音唱着冰岛摇篮曲、美国歌曲，甚至她自编的歌，他想念和她愉快地分享他新的体验，也非常想念他的弟弟妹妹。尤其是年纪更小的那两个——埃琳和居纳尔。思念令人痛苦。但这座冰川——仅仅看着它不就让生活变得有希望了吗？有时候它看起来更像空气而非陆地。这里的空气瞬息万变，前几个小时的晴空不见了，冰川突然变成一个肮脏的庞然大物，沉重得可怕；我要碾碎你，它对脚下的山脉说。这种时候它不再纯洁，异常凶狠，对驶向大海的船只咆哮，对鱼和浪涛、苦力和深邃的海域咆哮，它对他们咆哮，向大海发出诅咒与威胁，它在索聚尔的体内咆哮，撼动他的灵魂，他不得不抓住什么才能站稳。一个名叫约恩西的甲板水手问道，孩子，你是不是不舒服？他回答，不，不，没关系，没事，不过是冰川在我体内咆哮罢了。

凯夫拉维克

——现在——

这个我们能做到，我们这些凯夫拉维克人！

十二月是地球最黑暗的月份。凯夫拉维克上空，云几乎是白色的，不带一丝表情，仿佛它们的头脑一片空白。阿里在哈布那加塔街和蒂亚纳加塔街两条街的街角停下脚步，想看看赫尔约马林德唱片店，但它显然已经关了一段时间了——里面空空如也，肮脏的窗户向他张开着。

凯夫拉维克再也没有唱片店，南半岛区也没有，没有前赫尔约马尔乐队主唱塞给年轻人莫扎特的《安魂曲》或摇滚唱片。他现在在哪里，带着他那甩动着的胯；有谁会给凯夫拉维克和附近的年轻人带来丰富的生活，送给他们天使折起的翅膀，彼得·格林辛酸的吉他独奏？也许互联网已经替他做这些了。当然，和一位凯夫拉维克的老歌手相比，它更强大，更广泛，但无论是YouTube还是Spotify都没改变这样一个事实——那些空旷的窗户就像蒂亚纳加塔和哈布那加塔两条街的街角上一个裂开的伤口。

蒂亚纳加塔街很长，拥有凯夫拉维克最高的建筑——建于八十年代中期的储蓄银行，从前它是一栋两层的灰泥大楼，俯瞰凯夫拉维克植物园。一座美丽又亲切的建筑，但金钱永远不会乖乖坐着；它的活力远超过我们的理解，它想要成长，这是它的天性，渴望更多空间，在钢筋水泥中，也在我们的生活中。它不断地追求权力，很容易潜入人身上，把神经冲动变成克朗，把梦想变成一沓沓钞票。因此，新的储蓄银行大楼的规模比原来大了五倍，它也是凯夫拉维克最大的建筑，十多年来一直让我们感到骄傲和喜悦，直到后来银行宣布破产，令人头晕眼花的债务在兄弟般的情谊下被瓜分给了这个国家和凯夫拉维克的居民。

阿里摘下绿色毛线帽，那是去年他女儿格蕾塔在哥本哈根送他的生日礼物，他把它装进挎包，回想起他在凯斯楚普机场因为一瞬间的兴奋买下的那本情色杂志。他看见封面照片，那张美丽的脸，大胆而诱惑的表情，吸引人的标题：性感、赤裸的女孩们在等你！他出乎意料地兴奋起来，失去控制；他匆匆买下杂志，还顺手拿了一本《滚石》和一本天文杂志《宇宙》，把情色杂志夹在这两本之间，试图把"性感、赤裸的女孩们"藏在宇宙间。赤裸的女孩们；这样真实——没有更好的表达了，赤裸的女孩们，因为封面上的不是一个女人，而是一个女孩，可能和格蕾塔一样大，或是和西格伦——阿里在西边的布扎达吕尔屠宰场爱上的那个女孩一样大；你记得，你不能忘记，她的右眼是"这里，那里，无论何地"，左眼是"如果我陨落"。杂志上的女孩名字叫简，她想成为一名兽医。杂志里有九张她摆着不同姿势的照片；在最大的两张照片中，她趴在地上，抬起屁股亮出她的阴户和肛门，因为研究表明，这个姿势对于男人最具挑逗力。

在凯斯楚普机场，阿里打开杂志翻到那张照片，感觉热血涌入他的阴茎；他不得不买下杂志，控制不住自己。今天早上他强迫自己再次翻开杂志，还是那个女孩，那样撅起屁股，露出了一切,尽管她的表情昨天看起来如此大胆、轻佻、侵略感十足,仿佛她觉得那样才让人血脉偾张,全世界的儿子、父亲、祖父和曾祖父都会对着她的照片手淫,现在却不一样了。阿里凝视着她的眼睛,发现她的眼神很空洞。

他迅速地把杂志塞进垃圾桶,塞进深处,让自己摆脱它,他感到释然,感到满意,他让它消失了,这种感觉不错,仿佛他有所成就,在道德上获胜了,他把它塞进去,摆脱它,让它消失,我们看不见的事物就不复存在。他的手不知蹭到了什么东西,黏黏的:一块香蕉皮,一个吃了一半的三明治,格蕾塔的生殖器。他在皮夹克上蹭了蹭手,感觉他的挎包仿佛轻了好几公斤——里面只有他的帽子和围巾,一本辛波丝卡的诗集,外加一个小笔记本。阿里匆匆穿过停车场,路经埃蒙德松书店,它的前身是凯夫拉维克书店,开店的是对恩爱夫妻,这家店他们开了四十多年,两个人恩爱到离世的日子只相差两天;三周后,埃蒙德松连锁从他们的孩子手中收购了书店,像它收购这个国家的其他书店一样;市场似乎天生就追求统一性,这就是为什么我们有时感觉生活中的机会比三十年前更少,这听起来真矛盾,阿里想。他甩甩手,转身走向父亲住的养老院;高高的储蓄银行大楼盖过了社区电影院、大海和地平线。阿里穿过马路,眼神锋利地扫过那座物质主义的庙宇,债务的庙宇,他看见大门入口处新贴的标志,看见由三个字构成的语言中最美的词语之一:图书馆。

阿里大吃一惊,突然在路中央停下脚步,差点被飞驰在蒂亚纳加塔街上的一辆车撞上;司机是一个中年女人,猛地一踩刹车,车在结冰的路面上打滑,女人努力控制车身,它在路面上转了半圈,刚好从阿里身边擦过,后轮撞上了人行道,车这才停了下来。方向盘后面的女人一连做了三次深呼吸,以平缓自己剧烈的心跳和体内血液的奔涌,接着摇下车窗,看着阿里,他还站在马路中央,在惊喜之间慌了神,惊的是自己差点被车撞了,喜的是这块写着三个字的标志竟能如此改变一座高楼,轻而易举地把贪婪与傲慢变成了乐观与谨慎、知识与探求。我的天哪,老兄,女人说,她没有指责,似乎只是担忧,看起来很平静,我差点撞上你!阿里看着她,不太确定她的年龄,四十多岁,五十多岁,还是六十多岁,但接着她笑了,或许是被他的表情逗的,他时不时流露出的无助的气息。她的笑容在眼周刻下深深的皱纹,一对酒窝让她看上去更美,也更神秘;她才四十出头,他想。原来是你,那个作家,她说。我妹妹昨晚来电话说,你永远猜不到我开车送谁从机场去飞行酒店,中途还在桑德盖尔济停了一站!不用说,我猜不出来,想想我要是在图书馆前面撞了一个作家的话,该是多大的罪过呀!

然后阿里想起了她,认出了她,她名叫琳达·萝斯,是出租车司机的姐姐,那个昨天从机场开车送他的女人,曾当选选美皇后,其实她现在依然美丽,实在太美了,值得每天都获奖,每个新的一天都这样开始,但愿有人在这么做,用她的丈夫、孩子和生活,用一个吻、一个笑容和一句善良的话语奖赏她。琳达·萝斯没妹妹那么漂亮,也不善交际,但她以前是个好学生,理科一直考第一;阿里上一次听说她的消息时,她在美国一所知名大学学习物理,而此刻她就坐在面前,面带微笑,镇定自若,虽然她差点开车撞到阿里,但她在刹那间做出决定,让车身水平旋转了一百八十多度，撞上了人行道，这才勉强救了他。她笑了。我刚才没注意，阿里深吸一口气，抱歉地说。我刚看见图书馆的标志；没想到凯夫拉维克人竟然有能力把银行大楼和它所有的负债变成一座图书馆！是的，她说，这个我们能做到，我们这些凯夫拉维克人——我们能把损失和犯罪变成收容所和喜乐。你应该写写这些，诗人，她说，开车离开的时候她给了他一个飞吻，如此性感的一吻，有好几秒钟阿里感到膝盖发软，像一个脆弱而天真的少年。

假如我还是个作家的话，我会写的，阿里对着自己嘀咕，他拐上基尔丘韦居尔街，她给他的飞吻仍留在他体内，栖落在他膝盖上，像一只快乐的蝴蝶。

埃拉刚去世了？

阿里走上一座低矮的小山，看见父亲住的公寓楼，每走一步就离大楼更近，离雅各布更近，作为父子，他们一起生活了二十二年，共同经历过死亡和困境。在一起，但同时又彼此疏远。"会有包裹来。"几周前父亲在哥本哈根写信给阿里，然后包裹到了，里面装着奥迪尔的证书和他们二人的照片：阿里的父母，雅各布和他们从不提及的她，死神降临维菲尔斯塔齐尔医院，接走她，带她远离一切，把她从痛苦的地狱中拯救后，就从不提及。她奄奄一息，除了沉默什么也没留下。假如我们不能说，假如我们不敢说，那么死亡留下的沉默就会随着时间的推移变得比生命本身更大、更重。

楼里大约有四十间公寓，大厅里有一堆垃圾邮件。阿里找到了父亲房间的门铃，但按响之前，他有些犹豫，看着自己放在门铃上的手指，看着门上的名字：雅各布·奥德松。他的父亲是船长奥迪尔，一位东部的传奇人物，在老人中享有盛誉，却被青年一代遗忘。人们可以在《北峡湾历史》的第二卷中读到他的事迹；书中有五处提到他，还有一张原始配置的斯莱普尼尔SU329的照片。海上英雄奥迪尔。人们会讲他的故事，雅各布就听着这些故事长大。其中一些故事屹立在他面前，就像环绕北峡湾的群山一样巍峨。

阿里决定不按门铃。他从未这样想过自己的父亲——一个在父亲的阴影下长大的儿子。假如我们离得太近，显而易见的事物会变得无形。他又看了看门铃，接着入口大门开了，一位老妇人扶着齐默式助行架费力地走出来，这很好，好的不是她这么年老，没有助行架哪里都去不了，而是阿里此刻不需要按门铃，不用去听对讲机里父亲的声音了，因为阿里该怎么说？喂，是我。谁？雅各布会粗声粗气地问。他该怎么回答？阿里，你的儿子——这是个令人满意的答复吗？雅各布一定会把门摁开，因为这声回答太诱人了，他不能假装没听见，太诱人了，他不能挂断，拔掉对讲机吗？

阿里走到入口处，老妇人还在门口，努力扶着齐默式助行架挤过大门，她走得太慢，看起来几乎没有前进，向着外面冷飕飕、半明半暗的十二月的天气前进。阿里帮她扶着门，她抬起头，浑浊、略微呆滞的蓝眼睛中藏着戏谑。向卡里·格兰特问好,她拍着助行架说,我的石头;他还可以更活泼一些,这亲爱的老家伙。接着她慢慢走到外面,天色正在变暗,失去光彩,沉入冬的黑暗。

阿里走进大楼。它散发着老人和往事的气味,一种几乎不动弹、比起生命更接近死亡的东西的气味。他走在一楼的走廊上,109号公寓在走廊尽头,那里就是他去过的并且一直前往的地方,也许以某种方式延续了很久,也许有四十五年了,至少要从某天晚上他从一所大房子里跑出来,跑向荒原算起。然而,他没去那里,并不是马上就去了,他把它推后了,反而顺着楼梯上了四楼的餐厅和顶楼。

走楼梯的感觉很好,活动的感觉很好,给血液充氧,停滞需要花费更长时间,他顺着楼梯上去,来到餐厅,看见意想不到的景色。四周都是巨大的窗户,楼建在一座小山上,视野开阔,一览无余,十二月暗淡的日光允许他看多远,他就能看多远。他是一口气走上来的,于是停了一会儿,喘口气,向窗外俯瞰凯夫拉维克的房子,一直看到老基地,美国军队在那片几近贫瘠的荒野上待了六十多年,饱经风雨。士兵们严格的训练和完美的武器与那里的乏味比起来不值一提。成千上万的士兵在那里生活,无所事事,周围没有敌人,只有没完没了的飞镖游戏、电视节目、啤酒,他们当中的某些人和一两个冰岛女人成就美事,其他人则在不幸、酒精和毒品中迷失了自己。除此之外:什么也没有。除了风和黑暗。在严冬,它们将凯夫拉维克重重包围,以致士兵们衣服穿得不够,就会被冻死在室外,黑暗像雪堆一样难以洞穿。他们主要的战斗包括消磨时间,一场不间断的防御战,对抗着致命的乏味——他们的指挥官写了好几封信,漂洋过海向西寄到美国:亲爱的夫人、先生,我们很遗憾地通知您令郎的死讯。他死于乏味,无法保护自己。他勇敢地迎接死亡,为美利坚合众国尽忠,直至痛苦辞世。

阿里慢慢地转过身,欣赏风景。眼前就是大海,它浩瀚无边,雷克雅未克的灯光已经在法赫萨湾的另一边闪烁。阿里被眼前的景象深深吸引,并未注意到其中一张餐桌旁坐着三个人,两个女人和一个男人。男人凝望着窗外的大海,含着一颗方糖呷着咖啡,似乎沉浸在自己的世界里,女人们则在聊天。阿里有一种强烈的、近乎不适的感觉,他觉得认识他们中的某一个,却又无法认出这人,直到她说,是的,是的,她就死在驾驶座上,我坐在这里的时候!然后阿里记起她了——她甩动的头,摇动的头发——以前是红色,现在褪成了红棕色,还有她从嘴角绽放的笑:她是安德烈娅。八十年代初和我们一起在德朗盖岛工作的安德烈娅,一个强壮的女人,肩膀很宽,手臂粗圆有力,性格坚定,始终很平静,显然不受疲劳和困难的影响,平静到似乎生活不能给她任何干扰。不过,她也确实有过艰难的时候;生活也曾对她拳打脚踢——在我们来到德朗盖岛的第二年,她遭受了最沉重的打击,一个巨浪夺去了她唯一的儿子。同船的水手们看着他消失,他就像被大海冲走的一小块垃圾,大海冲走他的思想、记忆、渴望、在坚信礼上得到的并一直戴在左腕上的手表、一个口袋里的梳子,以及另一个口袋里的钱包,里面装着几张钞票、利物浦足球队队标和他的未婚妻阿格尼丝的照片。

他在二月的一个星期二下葬;这是安德烈娅生了女儿以来

十二年里的第一个休息日。她休了一天假——第二天早上八点又复工了。在黎明寒冷的黑暗中。她与我和阿里一起站在鱼桶边；我们从冰冷的浓盐水中捞出鱼片，用刀子清理，洗净，寒霜裹紧了这栋建筑，减慢了水、血液、生命流动的速度，屋顶吱呀作响，天空也一样，她弯下腰抓起鱼片，一片接一片，沉默无语，从不看我们，我和阿里什么也没说，她的悲伤让我们感到难为情，我们一边工作，一边跺脚，寒冷轻易窜进我们的靴子和羊毛袜，啮咬我们的脚趾，卢拉和另一个女人站在一起，腌制桶里的鱼子，不知因为什么发笑。时间似乎静止了，阿里偷瞥了一眼时钟。安德烈娅见他撸起袖子，胳膊上沾满了盐，冻得僵硬，她直起背，严厉地看着我们，几近冷酷，抓起一片新鲜的鱼片，飞速地清理干净，说，我有过憎恨上帝的念头。

　　接着她陷入沉默，继续着刀上的活儿，但速度加快了一倍，她动作中的暴力吓坏了我们。她抓起手边的一块钢铁，把刀磨利，再把手伸到桶里，捞出一片白色的鱼片，仿佛从盐水中捞出一个溺死的天使，她把刀对准，切下去，说，但为了什么？仇恨有什么用？我十分怀疑上帝是否感受到了我的仇恨，尽管我肯定能感觉到，它在我体内燃烧，因为请相信我，年轻人，仇恨是严峻和强硬的。我失去的东西比我所能忍受的更多，我觉得仿佛只有仇恨才能给我站起来的力量。仇恨让我昨天早上起床收拾变得容易一点。在教堂里，他们分别坐在我两边，我可爱的索莱和阿格尼丝，阿格尼丝好像肚子疼似的抱着肚子，她美丽的肚子，她已有七个月的身孕。我知道他们都需要我，后来我才明白，我真是个蠢女人，就像那个糟糕的牧师出于习惯滔滔不绝讲述那些有关上帝的蠢话，有一种力量比我们从仇恨中获取的更大、更好、更强。你们要知道，她补充说，突然弯腰拿起一片新鲜的鱼片，瞧了我们一眼——我们看见她嘴角的微笑，仿佛有点为自己所说的话道歉的意思，因为可能没有人在德朗盖岛说过这样的话。她一边清理鱼片，一边说，不管怎样，你们这些小伙子都很好。我们的心燃烧着，这种夸奖让我们既紧张又羞怯，我们太幸运了，恰巧做出了最正确的回应，我们问她：阿格尼丝的宝宝哪天出生？安德烈娅对我们笑笑，就像此刻的她坐在桌边，对着另一个时代的阿里微笑一样，当时那个还未出生的孩子现在已经三十多岁了，是第一位成为桑德盖尔济小学校长的女人，是她祖母的骄傲和喜悦。

　　安德烈娅对着阿里微笑，但另一个女人呆呆地看着前方，仿佛在沉思，埃拉刚去世了。

　　安德烈娅：死在驾驶座上，我坐在这里的时候！人生啊，劳拉！她开车走在赫林布勒伊特街上，然后死在了驾驶座上；只是睡着了。车还在走，闯了红灯，向左急转弯，碾过了一只得了关节炎的可怜老猫，撞倒了奥古斯特的垃圾桶，你知道的，居加的奥古斯特，其实它是个装可回收物的垃圾桶，他们很仔细地给垃圾分类，一直都是杰出市民，报纸满地都是，高尔夫杂志，《所见所闻》，可怜的奥古斯特或他儿子们的脏兮兮的杂志，风把它们吹得到处都是，甚至吹到了小学的操场上；他们就住在学校旁边。

　　埃拉刚去世了？

是的，亲爱的，我刚刚告诉你了。死在驾驶座上。你记得她是什么样子，那么惹人喜欢，那么善良，但也没什么用。她给一个已婚男人生了个孩子，那男人是个来自基地的彻头彻尾的失败者，后来她开车沿着赫林布勒伊特街行驶，时速五十千米，闯了红灯，撞倒了一个垃圾桶，肮脏的杂志，《所见所闻》，高尔夫杂志，各种各样的报纸被吹到小学的操场上，还有……

《所见所闻》？

是的，亲爱的。《所见所闻》对天真的孩子们也有害，虽然我想得更多的是肮脏的杂志。但后来，你知道吗，一辆警车刚巧在恰当的时间出现，从蒂亚纳加塔街拐进赫林布勒伊特街，当时埃拉正闯过红灯，没有减慢车速，所以警察立即打开车灯，拉响警铃，不用说，她没注意到，直接把车开进了奥古斯特和居加的院子，从那只可怜的猫身上碾过，撞翻了可回收物垃圾桶，最后被一棵二十年的花楸树拦住。

埃拉刚去世了？

没错，不过她至少没被罚款。现在闯红灯的罚款金额可高了，但你没法罚死人的款，无论他们违章有多么严重。这就是死人和富人的相同点：规章制度对他们无效。

埃拉去了哪里？

问得好，亲爱的。我一直很喜欢天堂这个说法，我想它足够宽敞，容得下我们所有人，甚至还能容纳桑德盖尔济的老家伙们。希望我有一天能到那里去，即使我不够资格；其实根本没有资格。

安德烈娅摸了摸那个女人的手，仿佛在安慰她，仿佛在说，一切都会没事的。同时,她转过头去看阿里,他几乎从她的嘴角觉察出一丝笑意,并且知道那是她认可他的方式。另一个女人——劳拉,笨拙地站起来,走到窗前,向外俯瞰着荒原。春天会很快到来吗?她对着昏暗的天色说。下午携带着大袋大袋的黑暗向凯夫拉维克逼近。男人清清嗓子,把方糖从嘴里拿出来,干脆地说,对于有些人,春天不会到来。说完他又把方糖放回嘴里。劳拉似乎没听见他的话,用额头抵着窗玻璃。我什么都看不见了,她说,言语中几乎带着欢快,仿佛她被逗乐了,仿佛少看见一点更好。我的意思是,春天总是为那些知道怎么过好日子的人而来,安德烈娅说。你怎么看,古米,你觉得我们活得好吗?那个男人,古米,伸手去拿咖啡壶,把自己的杯子续满,口中说着什么,但同时一直咬着方糖,这让他的话不太容易听懂,他啜了一口黑咖啡,咖啡流过方糖,黑暗在甜蜜中滤过。也许这就是一种答案,阿里想,他对安德烈娅微笑,希望她看到,他微笑着问好,他没有勇气留在这里,必须下楼,立刻,马上——然后敲响父亲的房门。

他没耽搁,直接下了楼,站在109号公寓门外。门内是他的父亲,是过去。他抬起右胳膊,握起拳,准备敲响通往过去的门,突然,音乐从门后响起,从门里涌出,穿过挡在父子之间的木板。阿里立刻听出了这首歌——梅加斯唱的《赫莱米尔的老加油站》:"我欠银行一百万,室友请我/吃老式木头食槽里的腌肉……"

* * *

阿里放下胳膊，闭上眼。清晰地想象着一切。奇尔丘泰居尔，小房子，他在自己的卧室里，继母在厨房里，在洗衣房里，忙个不停，雅各布在客厅里，在红色的高背转椅上，刚放上梅加斯的音乐，然后他们知道接下来会发生什么。伏特加酒瓶藏在客厅窗帘后面或者他衣服的大口袋里，一杯果汁或可乐，当雅各布确定他俩都没看见的时候，他站起来，伸手拿起瓶子，给自己倒一杯酒。他和梅加斯。阿里在自己的房间里，继母不知在什么地方，他们俩都假装没看到。希望他能坐在椅子上睡着，出去见见谁，这种事情经常发生，尽管阿里曾三次把父亲雅各布摔倒在地，因为父亲出手打了继母，拉扯她的头发，尖声骂她长得丑，骂她是最糟糕的女人，骂她毁了他的人生。

雅各布。梅加斯。伏特加酒瓶。

分不开的三样东西。当然，这就是阿里为什么迟迟不愿进入梅加斯的奇怪的世界。

他站在109号公寓门外。门内是他需要对话的人，是他需要打破的沉默。梅加斯依旧唱着歌，他嗓音沙哑，愤世嫉俗，不浪费一个字。他的歌声就像一个人已经对生活做出了重要结论，却并不怎么满意。

阿里轻声骂了一句。

他敲敲门。

现在，某件事物即将开启。

北峡湾
―――过去―――

"一个冰岛春天的人[1]"

索聚尔写了一首诗。

这当然没什么大不了的。

几个世纪以来,遥居在这北大西洋边的人们都写过诗,有时他们心怀热情,不让辛劳、单调的食物、黑暗潮湿的居所和狭隘的集体阻抑他们。他们写诗,仿佛灵魂依赖于它,仿佛写作是一件生死攸关的事,至少关乎尊严。他们在冰岛创作出这么多诗文,因此一个十七岁的少年写出一首诗,根本算不得什么新闻。当然,他写了好几首诗,但此刻我们谈到的这首诗曾经发表在《东峡湾人》周报上。它写的是大海,诗里有一只鸟。该报纸的编辑在社论中特意提到了这首诗,指出作者年纪很小,是北峡湾斯莱普尼尔SU382渔船上的船员:"的确是一个冰岛春天的人。"

索聚尔把鸟写进诗中的选择很妙。鸟类更接近天空而非陆地。索聚尔曾给特里格维看过这首诗,虽然有些害羞,却毫不犹豫;你几乎不需要向特里格维隐瞒什么,你可以放下防备,允许自己变得可笑,变得失败。除此之外,他和奥斯勒伊格居住的房

---

[1] 春天的人(冰岛语:vormaður),指在春天工作的人(如在鱼汛期工作)。在某种意义上,这一术语也适用于国民生活兴旺时期业绩出众的人、实干家和预言家。

子占据了索聚尔的大部分世界,在那里,他可以像在自己家一样跳舞,从橱柜里拿食物,找一张床躺下来,和他们的三个女儿说笑。他带着他第一首成功的诗去那里,完全在情理之中。这首诗诞生时,他立刻就意识到这是一首真正的诗。一首关于大海的诗,海浪生出如此奇异的景观,唯一能让人想起陆地的是这只鸟,正如我们所说,它更接近天空——是上帝草绘的天使。诗分为三节,最后一节,也是最有力的一节,写的是那只鸟。诗意袭来时,索聚尔正坐在北峡湾的山岩上,描写鸟儿的时候,他体验到一种强烈的飞翔的感觉,他闭上眼睛,抬起手臂,相信自己能飞起来。当他睁开双眼,才发现自己根本飞不起来,就像他身下的岩石一样。那是他的第一课,可能是最难的一课,但也是相当重要的一课:一个作家永远不会和他的作品一样成功。

特里格维在他和妻子的"阅读角"读了这首诗,他们都认为家里需要这样一个角落,尽管这一角落在并不宽敞的房子里占据了宝贵的空间,但当他们需要一些平静,需要暂时从日常生活、责任和奔波劳碌中抽离的时候,这是一个好去处;换句话说,这是一个只有两三平方米的小角落,堆满书籍。特里格维读完这首诗,把它放在膝上坐了一会儿,发着呆。他发了很久的呆,索聚尔都开始担心是不是这首诗写得太差,让特里格维失望了,觉得浪费了他的时间,世上没有什么事情比浪费时间更糟糕,把时间花在完全无关紧要的事情上;这是不可原谅的。特里格维沉默着,因为他被深深打动了,他想跑到仅仅距离他五十米远的姐姐家里,告诉她索聚尔写了一首足以证明他是个诗人的诗。想想看,一个诗人,在这个家中——假如母亲能看见就好了!索聚尔烦躁不安地坐在椅子上，特里格维清了清嗓子，三周后，这首诗登在了《东峡湾人》上。

这首诗引起了人们的关注，编辑说这位诗人是"一个冰岛春天的人"。人们来敲玛格丽特的家门，祝贺她的儿子，还有牧师——一个年轻人，也在弥撒中提起这首诗。我们的诗人，他说。这是诗人，诗人来了，人们看见索聚尔的时候这样说。玛格丽特把这首诗从报纸上剪下来，挂在厨房里，居纳尔和埃琳把它背了下来，从未忘记，它变成了埃琳的传统，几乎成了一种仪式，当她准备圣诞晚餐的时候，就会和着一段自编的旋律，对自己念唱这首诗，仿佛圣诞的神圣伴着这首诗降临。但没有人对奥迪尔表示祝贺。有两三个人犹豫地向他提起过这首诗，仿佛在试探：《东峡湾人》登了你儿子的诗！我也听说了，他的回答只有这句。别人也就不再多言了。

然后一切都陷入了沉默

别误会我。知道如何在诗歌中描写具体事件当然很重要。没错，绝对要知道如何描写太阳，不久它就会在东方的天空上升起，唤醒我们，驱散黑暗，照亮它，把光芒洒向北峡湾的山巅，把它们变成上帝突然放在一边的照明灯，然而东峡湾这儿的渔业经济却一片狼藉，个人和公司债务纷纷失控——事实上全国各地都如此。除此之外，东峡湾的道路稀少；有些地方一条路也没有，或是不能被称之为路。假如不先有道路，世界上为什么会有车，为什么会有发展？我们重复这一点，这样你就不会误解，做到上面提及的事，把太阳在东方的天空上缓缓升起的过程转化为文字绝对值得，报纸刊登一首写大海和鸟的诗歌，是一件多么美好的事；然而冰岛已经遭受的，并将继续遭受的苦难的日子这样多，所以我们不能让任何事情干扰我们与不确定性的抗争。冰岛成为主权国家仅仅十五余年，其完全独立的可能性几乎全部取决于我们自己如何应对，我们是否有办法在艰难的荒野中开辟出道路。假如我们梦得太多，做梦的时间太久，我们就会死去，或者永远无法摆脱贫困与艰辛，走向独立。总而言之，假如我们忘记出海打鱼，那些意义越来越重大并将变得比农业更举足轻重的鱼——这听起来难以置信——生存将更加艰难，我们独立的梦想永远不会实现。索聚尔开始忘记自己。这太明显了。他熬夜阅读自己那首意大利语诗歌，或是写长信，不再去争抢宝贵的休息时间，因此他一天比一天羸弱，最终耗尽气力，精神涣散。有时候，他一动不动地站着，拿着鱼叉，他的工作是趁着绞盘收线的时候叉鱼，精准地叉在鱼头特定的位置——鱼鳃或者鳃骨下方。一开始索聚尔做得很利索，但最近他常常叉错位置，破坏了鱼身，这真是一种耻辱；要不然就是他根本没在意，那这就更糟了，他只是手握鱼叉站着，看着远方发呆，仿佛他就是被雇来干这个的，仿佛这正是国家所需要的——看着远方发呆。对着远方做梦。他阅读，而不让疲惫的身体休息。好吧，让我们把国家的未来推到一边，暂时让它见鬼去吧；它是那样不切实际，离我们那样遥远，在大海上漂荡的我们，随浪涛沉浮的我们，在辛劳和疲乏中挣扎的我们；任何一个发呆而没有努力干活儿的人都会走神，因为他太累了，睡眠不足，鱼叉没有对准，叉坏了鱼身，因为比起休息,他更喜欢阅读——他很单纯,只是背叛了其他船员。威胁着他们之间的凝聚力。降低了产量,令船员们沮丧。在缺乏睡眠的人看来,这种沮丧无异于毒药,简单又纯粹,消耗着他们的精力。奥迪尔一边履行职责,一边关注索聚尔,自己的儿子。他知道别的船员已经注意到他儿子的懒散,见过他用鱼叉叉坏鱼身。他们什么也没说,只是间或瞥他一眼,是的,也许晚上在艄楼或者渔屋里对他说上一两句话,让他休息一下,别总是懒洋洋地躺着看那些该死的书,写该死的长信,仿佛除了疲惫和鱼之外还有别的东西可写似的。他们说这些话的时候很平静,似乎不是对哪个特定的人说的,但奥迪尔却能看出他们背后的沮丧。然而索聚尔却什么也没察觉到;他完全没放在心上,只是读书,写信,"一个冰岛春天的人"。要是那首该死的诗从没发表过就好了,它已深入男孩的脑海。把他引入歧途。所有的祝贺,牧师的蠢话,那个苍白的男人的全部意义只在于他的长袍和布道。是的,当然还有后来校长的造访,为玛格丽特对教育和一个远离大海的未来的幻想——还有特里格维不断给外甥提供书籍的热情——点燃了一把欢腾的火。所有的一切。奥迪尔的挫败感与日俱增。挫败,烦躁,愤怒。他们捕捞了大量的鱼,船员们拼命地干,绞盘收起渔网线,渔网里装满了鱼,可索聚尔只是站在那里,一动不动,脑子里又一团糟,鱼叉闲挂着。他个子很高,几乎比父亲还要高一头,身材挺拔,美丽的棕色眼睛,高鼻梁,也许现在的他才长得更像他的母亲。他站在那里——弯下腰,叉中一条鱼,一条成色很好的鳕鱼,可叉在了错误的地方,胸鳍后面。古德永,在索聚尔身边工作的船员,换了姿势,几乎背对着他。前天,奥迪尔终于抓住了索聚尔的胳膊,温柔而严厉地对他说,别让那些该死的书和诗歌把你吞噬;在这里,真正要紧的事是完成自己的任务!索聚尔红着脸说,知道了,爸爸。可他还是呆呆地站着,仿佛一分钟也懒得管这些了,他对别人的目光无动于衷,根本不在乎古德永因为再也无法忍受他如此懒惰而用背对着他。奥迪尔呼了一口气,慢慢走向被索聚尔毁坏的那条鱼,仔细检查后抓住鱼尾,径直走向自己的儿子,儿子心不在焉地转过身,脸上还挂着那种微笑——奥迪尔把鱼砸到他脸上。用尽全身的力气。沉重的鱼身打在索聚尔的脸颊和颧骨上,力道大得连鱼肉都被打烂了,鱼身裂开,力道大得让索聚尔手中的鱼叉掉下来,让他差点翻到船舷外。然后一切都陷入了沉默。

宇宙的尺寸
——过去——

应该有人把阿里、上帝和美妙的话丢进垃圾堆

雅各布不经思考就动了手。不经思考，还没慎重做出决定就动手打人，这样做究竟更容易被接受，还是一种更严重的罪行？你动手打人是因为你承受着压力、紧张、疲惫和失眠，这些会扰乱你的思想，把你的感觉变成眼泪或拳头——有时候仅有微小的差别。在这种情况下，动手打人并不那么严重，有可能得到谅解。但这一击真能被原谅吗，尤其当打人的是一个父亲、一个丈夫的时候？况且，是谁说应该原谅的？或许它只是无心的一击，但力道很大，因为它一直潜伏在你心中，潜伏在你的血液中，一根紧绷的弦，某种愤怒，巨大的不平衡，一直在寻找一个出口，它意味着永远不存在假如的问题。就在这时：雅各布挥手把窗帘扫到一边，大喊了一声，然后动了手。

雅各布找遍了整个公寓，这间位于萨法米利的三居室公寓，找遍了这栋在四栋楼中最高的公寓楼，他找遍了所有的地方，和他一起寻找的还有他从东部来的姐姐胡尔达，以及我的一个叔叔，当时他还年轻，大约三十岁；他们三个人一起找阿里找了很久，喊着他的名字。已经过了太久，我们两人都确信这个世界早

已忘记了我们，我们安全地躲在窗帘后面，温暖的阳光照着我们的后背，楼下的田野里传来孩子们活泼兴奋的叫喊声，两个年轻的妈妈在我们头顶的阳台上晒日光浴。两副只有二十出头的年轻女人的温热的身体，在阳光下发光。生活仍旧应该是一场冒险，一连串发现，可这些女人却从早到晚待在家里；生活一直如此，以后也将如此。她们在某种程度上存在于社会之外，她们内心的一切，力量、能力和想法都被尘封在她们的皮肉之下，藏得那样深，以至于她们自己都几乎意识不到，也许根本没有意识到它们的存在。只是有时候，某些事物突如其来地触动了她们，她们就会坐立不安——一首狂野的摇滚歌曲，书中的一句话，商店里的一瞥。这种躁动会突然化为愤怒，仿佛她们被压抑的能量正在热切地寻找出口，可她们的颤抖只维持了几秒钟，接着消失不见，什么都没剩下。没有出口，社会没有裂缝能为她们的能量提供出口，消失了的能量，窒息了的美。

　　她们在收听美国佬电台，米克·贾格尔正在唱歌，用他的生殖器唱，让她们剥掉衣服，她们都袒着胸，其中一个突然咯咯地笑起来，脱去内裤，轻轻分开双腿，仿佛两腿之间藏着唯一的裂缝，她们被压抑的能量能由此释放。天哪，要是有人看见怎么办？另一个说着，把笑声憋了回去。哦，没人能看见我们，那个浑身赤裸的女人答道，她在阳光下焕发光彩，压抑的能量。贾格尔在唱歌，他是一个下半身歌手，她张开赤裸的双腿，她金色而卷曲的头发有些潮湿，不知是被汗水还是什么打湿——雅各布一把扫开窗帘，吼了一声，并张开手掌打了阿里。这一巴掌打得很重。宇宙发出回响，行星被撞离轨道，两只瞎了眼的鸡惊讶地回头，阿里差点从我们站立的窗台上摔下去，我努力抓住了他。

我们准备在窗帘后面站很久。胡尔达搜查了卧室，看了看床底和衣柜里，挪开了床头柜，仿佛我们能藏在那后面，仿佛我们的身高只有二十或三十厘米出头；她从没想过去窗帘后面找。我们在那里待了这么久，被太阳烘烤了这么久，甚至开始相信世界已经从我们身边经过，使改变一切成为可能。她会康复，她会回来，会在晚上讲故事、唱歌，会煮鱼，却忘记在锅里放水，会帮阿里把裤子反着穿上，这意味着他能解开拉链，从裤门里放屁，让大家发笑。他们两人会去面包店，从面包师博德瓦尔那里买两块糕点，博德瓦尔和她一起在复调合唱团唱歌，他说过，她的眼睛是他见过的最美丽的事物。

就是因为她，我们才会躲到窗帘后面。

昨天，他们又来接她了。她已经回家四周了。身体太虚弱，没法唱歌给阿里听，他们只是一起躺着，他听着她的呼吸声，博德瓦尔给她送来了每分钟三十三转或四十五转的歌剧唱片，外加一张字条，上面写着美妙的话，仿佛美妙的话能有什么用似的。雅各布一去上班，阿里就爬上床陪她躺着，她呻吟着，她的内心正在被吞噬，什么都帮不了她。阿里就像那些美妙的话以及上帝一样无用。应该有人把阿里、上帝和美妙的话丢进垃圾堆——后来他们来了，把她带走了。

那是在昨天。现在轮到阿里了。

他也应该一起走。

远离那间装着她的衣服、唱片、咖啡杯和书的公寓。直觉告诉我和阿里，她的生命取决于他是否留在这间公寓，用她的杯子喝水，读她的书，听她的唱片，抚摸她的衣服。所以我们躲起来，并相信这种做法会奏效——但是后来雅各布一把扫开窗帘，大吼一声并扇了阿里的脸，力道大得连宇宙都在回响，响亮得连行星都被撞离了轨道，上帝拍了拍他无用的双翅。

那一巴掌你记了多久？从什么时候开始的？神经冲动什么时候会带着打人的信号涌出，它能走多远，这一巴掌是否会留在你的血液中，一代一代往下传，以此确保打人者的身份绝非巧合——被打的人也一样？奥迪尔拿着鱼动了手，他打了人，雅各布粗硬的手掌扇到阿里脸上——阿里把餐桌上的一切拂到地上。然后，他举起拳头，重重敲在凯夫拉维克一栋公寓楼里的房门上，梅加斯在唱歌。

问题就是这些。答案在哪里？

间奏

阿里去探望他了吗？

黑夜像一只巨大的黑鸟降临在凯夫拉维克，叔叔准备了肉丸、卷心菜和土豆当晚餐。他把肉丸和卷心菜煮成糊；他一向这样做饭，把所有的食物煮到熟得不能再熟。他一边用口哨吹着赫尔约马尔的一首歌，一边从锅里捞出滋味寡淡又很饱腹的肉丸。当代人迷恋食物，数不清的烹饪节目和各色食谱像祈祷、安慰和赞美诗一样通过媒体传播，他忽视了这一切。我舀了一大勺大黄果酱放在肉丸边；叔叔把海米尔男声合唱团的唱片放进留声机，男人们唱着"我探究昔日的精神，向着荒野的宁静前进"[1]，我差点流泪了——因为这首歌让我想起一个久远的时代，一种昔日的气氛，因为我的叔叔似乎并不清楚食谱已经取代了祈祷，厨师已经取代了牧师和心理学家。你失去上帝了吗？假如真是这样，那就把一只鸡切成八份，放进油锅煎至焦黄，用盐和胡椒调味，撒上些许面粉，再进行烘烤——敬请期待。

叔叔帮我添了菜，把男声合唱团音量调大，打开客厅的窗户，让它向着黑夜敞开，那里有诸如星星、北极光和沉默一样美

---

[1] 美国歌曲《牧场上的家》的冰岛语版本，曲调相同。

丽的东西。他把黑死酒倒进牛奶杯，倒了半杯，小啜一口，什么都不看，我看见他眼中有一丝悲伤。恐怕这对雅各布不太好，他抚摩着一只猫说。你说阿里今天去探望他了，怎么样？我知道科布在等他，等了很久，盼着见到他，尽管他不敢表现出来。阿里去看他了吗？

是的，我说，他去了。

阿里去了。而且在通往他的过去的门上轻敲出"刮胡子，理发/两毛五"的节奏。

凯夫拉维克

——现在——

"刮胡子，理发/两毛五"

阿里敲门。敲了两次。第二次敲得很笃定，出于习惯，自动敲出"刮胡子，理发/两毛五"的节奏，他不禁骂了自己一句；荒谬的是，这听起来很欢乐。仿佛他很高兴，满腔热情地站在这扇通往他的过去的门外，并不僵硬和紧张，因为梅加斯的歌声意味着他父亲在喝酒——告诉我们，无论是谁，最好是站在那里的你：我们在这儿该用什么词？该用什么合适的词来形容酗酒，形容你已经不可能再躲、逃避和忽视它？该用什么词来形容自私、残忍和软弱？形容他心里的谎言。让你伤害你所爱的人、你应该保护的人的谎言，让你带给他们永远无法愈合的创伤的谎言？这就是眼下的状况：阿里在通往他的过去的门上敲出"刮胡子，理发/两毛五"的节奏，梅加斯在瓶子里唱歌，我们在凯夫拉维克。刮胡子，理发——两毛五。

此刻宇宙正穿过我们

我等待的是死神，不是你。

雅各布开门的时候说，欢乐的敲击声终于穿过梅加斯和弥漫在公寓里的香烟烟雾抵达了他的耳朵。欢乐的敲击声——这是死神到来的宣告吗？"刮胡子，理发/是死神"，去安抚它要带走的人，某个老人，某个年轻人，某个充满惊恐的孩子，给他们安抚和慰藉：没关系，我能成为黑暗，让一切看起来都会在黑暗里消失得无影无踪，但我身后却是阳光和鸟鸣。

* * *

我等待的是死神。父子俩看着对方。他们快三年没见面了，三周前阿里收到雅各布寄来的奇怪的包裹，里面装着他和阿里母亲的合影，还有奥迪尔的证书，除此之外，父子俩几乎没有任何联系——之后不久，雅各布寄给阿里一封信，漫不经心地说自己快要死了；死神正在靠近。香烟烟雾太浓，阿里几乎看不清这间两居室公寓客厅的窗户，还有那两个笨重的书架，书架顶层放满了过去几十年里赢得的桥牌比赛的奖品。他们看着对方。时间并不长，我是说，根据我们用以测量一切的时间，经过地球表面、在星辰之间穿梭的时间和用时钟测量的时间，时间并不长。对他们而言，这短暂的瞬间相当于沉重的好几分钟，就像与时间对抗的巨石。至少对阿里来说是如此；我们对雅各布一无所知，他就在那里，不给我们开门，喝醉了，穿着浴袍，靠在门框上，因为他喝醉了，或者因为他将不久于人世，死亡缓慢地吸光了他的力气，他的生机，他唯一能站直面对他儿子的方式就是倚靠着什么。我们不清楚究竟哪件事对他来说更困难，死亡或面对他的儿子，可他们就在那里，都活了很久，经历了不同的时代，经历了生活，经历了生与死，读过各种文字，阿里通晓克尔凯郭尔的思想，读过大量的小说，他知道冥王星有多远，黑洞是怎样形成的，雅各布也知道点东西，他活了七十多岁，见过世界变化，人类征服月球，可他们就这样站着，不知道该说什么；大脑一片空白，仿佛他们都是沉默的专家，见面是为了相互切磋。

有一次，他们都在她身边，他们三个人站在高高的荒原上那家医院的一扇窗边，一起望着天空，月亮在春天的昏暗中飘过。两个月后，尼尔·阿姆斯特朗和巴兹·奥尔德林小心翼翼地跃上月球表面，就像担心月壳可能会破裂似的。他们站在窗边，她实在太瘦了，乃至几个月后死神都会被她的身体割伤，可他们就在那里，都还活着，一对快三十岁的年轻夫妻和他们五岁的儿子，站在大大的窗边。宇宙正穿过我们三个人的身体，她说，所以我们永远是一体的。

这是阿里为数不多清楚记得的和她有关的事情之一——也是她说的唯一他清清楚楚记得的话。她把他抱在怀里，用她的右手拇指轻抚他的脸颊，一边说，一边紧紧抱着他，仿佛要说，所以我们俩会永远在一起。

此刻宇宙正穿过我们。

阿里唯一记得的话。她唯一留在世上的话，四十五年来他一直把它们保存在记忆的保险箱里，无数次将它们取出来，就像贵重的红宝石或一只陪伴他入眠的旧泰迪熊。最神圣却也最令人恐惧的话，在内心深处它从未存在过，只是一段伪造的记忆，用虚构、遗憾和悲伤的元素编织而成。他从来不敢问他的父亲这件事是否真的发生过，他们三个人是否曾经真的一起站在宇宙的光芒中，或许是害怕雅各布否认，摇着头，挥手让他走开，她从未说过这样的话，红宝石只不过是傻瓜的黄金，他的记忆中再也没有泰迪熊。他从来不敢——况且询问这样的事是不可能的——对雅各布提起这样的感情问题。她死了；四十五年过去了，从来没人提起过她。仿佛连她的名字都死了，仿佛她从未存在过。他们两人谁都无法承受大声说出她的名字。阿里是因为疼痛和永远无法愈合的伤口，雅各布是因为别的事情，假如我们追根溯源，假如我们能让他敞开心扉，或许能稍后再谈这件事。他们从不提起她。

事实上，这四十五年来，他们根本没说过话，除非需要对方递一下牛奶、遥控器和泥刀。雅各布从未说过，我的儿子；阿里从未说过，我的父亲。想要他们一同体验任何关乎情感的事从来都不容易。或许那时他们在看电视上的新闻和天气预报，之后是一部美国电视剧，里面的人说，我爱你；没有你，我的生活什么都不是；你是我呼吸的氧气；吻我，吻我，再吻我；父亲，母亲，儿子，女儿——我如此爱你！他们像两个失落的魂魄，坐在沙发上，在电视机前，所以阿里总会记得坐下来之前先查看节目单，这并不是很困难，因为只有一个电视台，节目一般都没什么意思；假如雅各布也在沙发上坐下，他就要做好随时起身离开的准备，除了新闻，电视上还播放《最新科技》，或是有关油漆怎样干燥的节目。然而遗憾的是，生活不像电视台那样体贴；它不会公布节目表，让你自己选择时段，这就是为什么我们不可能总是避开困难时段。有几个夏天，阿里和雅各布一起盖房子。一个夏天，他们在凯夫拉维克植物园上方修复一座建成没多久的养老院，它建在那里的原因是便于镇上那些迫于生活压力、为工作所

131

累的老年居民眺望绿地，观赏植物生长，万紫千红的花朵从近乎黑色的土壤中绽放，像一个奇迹，一则来自上帝的信息，它说，生命和它丰富的色彩可以穿透黑暗。市政委员会把养老院建在那里的想法很好，可惜它的建造者并非专业人士，那个夏天，阿里和雅各布一连工作好几周修复它，房子才建成五年而已。有的时候阳光明媚，天气晴朗，好像上帝突然想起了住在凯夫拉维克的我们，那些老人或是坐在阳台上，或是缓慢地行走，还有一些费力地迈着步子穿过植物园，那里草叶碧绿，繁花如簇，叶片弯曲而焦枯的常绿植物就像在明媚的日子里享受生活的肺结核病人。这是我们在夏季偶尔会碰上的美好一天，船在光滑如镜的海面上航行，天空蔚蓝，人们走在哈布那加塔街上，再沿着苏乌尔加塔街上行，经过养老院，有些人走路的时候牵着手，当时这种行为并不常见。阿里想不起曾经见到成年人手拉手走路，除非他们喝醉了；看着正值青春的伴侣亲密地手拉手走过他们身边，他们俩都觉得有些尴尬。雅各布决定绕到楼的另一侧，稍作等待再去修理朝向马路的一边，南侧的活儿多得做不完；这里不必要的干扰太多了。好的，阿里一边说，一边收拾他的泥刀和水平仪。他们绕到楼的西侧，那里什么也没有，空间狭小阴凉，是垃圾桶的存放点。他们刚刚绕过拐角，就看见了那个老妇人。他们拿着工具和水平仪，看见她靠墙坐着，两条腿笔直地伸在前面，拐杖平放在地上，把手冲着另一边，仿佛它不再关心这位哭得正伤心的老妇。她并未哭到发抖，那眼泪苦涩却安静。她满是皱纹的脸被泪水打湿，她哭得更像一个孩子，而并非一个历经世事、手无寸铁、被世界和幸福遗弃的老妇人，她痛不欲生地哭着。他们走过拐角出现的时候,她没有停止哭泣;他们经过她身边,眼神相遇了。很明显,她没法忍住眼泪,努力让自己平复,甚至试着微笑,但她做不到,绝对做不到,她的脸变得扭曲,变成一处湿透的创伤,他们从她身边走过,阿里闻见一股淡淡的尿味。他急忙开始调和新的砂浆,虽然没有必要,但手中有事可做能让他感到释然。把黑沙与水泥铲进搅拌机,看着它旋转,把不同的材料混为一体。我们不可能对那些努力投入工作的工人提要求,不可能期望他们有时间发现生活的苦痛,探讨敏感话题,因为我们无法用痛苦和眼泪制作混凝土;无法用感情来建造窗台。雅各布拿起水平仪摆好,测量一切是否准确。

而此刻雅各布没有水平仪可拿,阿里也无法制作混凝土;他们只是站在那里,看着对方,在犹豫中感到不知所措,仿佛他们两人都丢失了各自生活的剧本,不知道即将面对什么。香烟烟雾很浓,酒精的味道十分刺鼻,梅加斯唱起了另一首歌,仿佛他知道这一切般地唱着,世界早已无法带给他任何惊喜,仿佛答案就在他手中——他根本不需要它们的帮助:

> 没必要咒骂做棺材的人,
> 他为自己找了最好的伴侣,
> 他接收殡仪员的订单
> 送货从不迟到。

* * *

  没必要咒骂做棺材的人,尽管他为死神效力。——公寓里的香烟烟雾浓得就像几百年来阿于斯特峡湾吞没群山的大雾,不费吹灰之力,静静地吞没它们,吞掉、抹除了大海,船只就像海的脊背上不会飞行的海鸟。把北峡湾的房子吞没,所以玛格丽特几乎无法透过厨房的窗户看见她的邻居;世界就这样消失了,她可能刚刚在日记里写下有关生活的一些想法,记录每天的细节:今早七点,胡尔达和奥洛夫去了咸鱼烘干场,居纳尔和埃琳在学校,雅各布像往常一样摆弄着卡片,沉醉在那个世界中。有很多事情要做,"但我懒得把它们写下来,这样做会很无聊,所以我也不打算把它们写成文字"。她站起来,去做那些我们不会用语言牵累的家务事,以此支持玛格丽特。她干了家务,照顾了雅各布,当她站直身体的时候,她感觉到时间的力量,它就依附在她的下背部。接着她给自己倒了一杯咖啡,心不在焉地望着外面的雾,她感到有什么东西碰了她的手背,吓了一跳;是雅各布,他把视线从卡片上,或者他的玩具上移开,抬起头看,被吓到了,雾让一切消失得无影无踪,也许除了他们母子,所有人都死了。他站起来,去母亲身边躲着,把他那纤细的孩子的手放在她疲倦的手背上,她对他笑,弯下腰亲吻他柔软的手,与七十年后从门上放下的那只苍老干枯的手是同一只。

  雅各布后退几步,像是在邀请他的儿子进来,他把手从门上放下,但他的手显然有些费力,他不知该拿它怎么办,它无力地悬在他身体的一侧,似乎毫无用处。阿里注意到这只手萎缩了,父亲整个人都萎缩了,仿佛死神正一点点把他削薄,带走他便更容易。阿里想,所以他就快死了——说些好听的话,一些能表达出他们属于彼此的话,阿里无法忽视这种渴望,它让阿里心中充满热情,这甚至能从他的脸上看出来。雅各布后退几步,脸上挂着扭曲的笑容,重复道:是的,我等待的是死神,不是你。

阿里:我没有死。

你永远不知道那个狡猾的银行主管和股票经纪人会以什么形态出现,雅各布回答,他枯萎的胳膊突然有了存在的意义,他把它抬起来,又放到一边,仿佛要说,好吧,你既然来了,就进来吧。

阿里走了进去。

他从门口走进父亲的公寓,走进梅加斯,走进满是烟味的、闷浊的空气,关上门,看见被门遮住的警棍,像一段夏天的回忆似的被挂在那儿,那时我和阿里在凯夫拉维克机场当警察。阿里从未归还他的警棍,它就到了这里,挂在雅各布公寓的墙上,挨着门,仿佛他想把它用在一个他不欢迎的不速之客身上。我可以打开窗户吗?阿里问道,没指望得到回答;他走进公寓,打开阳台的门呼吸冷空气。妈的,来点新鲜空气真不错,沙发上传来一个女人的声音,你真的能感觉到,说实话,我都忘了有种叫作新鲜空气的东西存在。它能帮你更清楚地思考,虽说这不一定是个优点,我是说,谁想看见世界的真面目?那个女人重新点了一支香烟,仿佛是在表明立场,宣称最好把视线弄得模糊一点,有两件事是一个人不堪直视或面对的:上帝和世界赤身裸体的照片。

我是安娜,她又说,对阿里笑着,阿里本能地回以微笑,虽然他因为这个女人在这里而不开心,但也因为她在场而松了口气;他一直为要和父亲独处而担忧。要怎样,阿里坐在和沙发同色的红椅子上想,才能像和别人说话那样和他说话呢?有些人曾在我面前说过他是个有趣,甚至好玩的男人,而且很有主见;为什么我看不出他是这样的人?

你叫什么名字,亲爱的?那个女人问道,她在烟雾中觑着眼,年纪看起来大约和雅各布一样大,但头发的颜色太黄,一定染过。她涂了口红,化了妆,头发做得很美,费了一番力气收拾,精心打扮过,可身上穿的却是松松垮垮的运动服;她燧石色的眼睛始终没从阿里身上移开。她的脸微微浮肿,深深刻着古老的符咒,就像一段有关美貌的模糊记忆。

你在喝酒,阿里说,雅各布刚刚把他们互相介绍给对方:阿里,这是安娜,安娜,这是阿里——我的儿子,他又加了一句,打破了降临在梅加斯两首歌之间的意外的沉默。我的儿子。他的口气就像一个男人举起一块沉重的石头。你一直在喝酒,阿里条件反射一样地说,他看着桌上几乎空了的伏特加酒瓶,两个啤酒罐,一想到他衣服上弥漫的烟气,他的脾气就突然上来了,感到恼怒,陷在恼怒中出不来;这比困扰着他的令人不适的悲伤来得更容易。安娜对着一个扬声器挥挥手;她的手指纤长洁白,涂着近似粉色的指甲油,哦,亲爱的,把你的朋友音量关小一点,这样我们才能听见彼此说话。雅各布正准备坐到沙发上,因为他现在就是这样,甚至连坐下都需要准备,他停下来,骂骂咧咧走过去把梅加斯的歌声关小。阿里忍住愤怒、火气和震惊,他听见那女人用同样亲热的方式——亲爱的——称呼他和雅各布,仿佛他们是同一个人,父与子,那样亲密,以至于用同样的称谓来称呼他们是一件自然而然的事。你说什么,亲爱的?安娜问。阿里冷冷地回答,你一直在喝酒,不过他看着父亲,直视他的眼睛,显然吓了他一跳,无论是因为阿里的直视,还是因为他说了有关喝酒的话,提到了他们一直避讳的东西,房间里一直存在的大象,大象,蓝鲸,黑暗的行星。雅各布的脑袋微微晃动,仿佛他几乎没有力气再支撑它,仿佛里面所有的记忆令它变得无比沉重,所有未说出的沉重的话,可他接着露出扭曲的笑容说,是的,我们一直在喝酒,也许我们太老了,做不了别的事了。一种简单的逃避,阿里说。声音发紧,怒气和失望在他心里酝酿,因为局面是这样糟糕,他们之间的距离已经遥远得几乎无法进行对话,不知道怎样对话,无法对话,也不敢。他们之间相隔四万年。当然,雅各布表示认同,打算重新在沙发上坐下,那当然是种简单的逃避,但也无法否认一个事实:许多人通过逃跑成功地拯救了自己!

宇宙的尺寸
——过去——

然后。夜晚。来临。

雷克雅未克高高的荒原上矗立着一座被熔岩包围的大房子。它坐落在湖岸上,你的年龄越小,它就越大。近岸处水浅,往里水位加深很快,有些地方水真的很深。

这是一座两层楼的房子。尽管它不像我们在萨法米利的公寓楼那么大,当有人让阿里下车的时候——他坐着这辆车上了荒原——这座房子还是大得让他感到更脆弱。天气晴朗,房子却投下一个黑影。

雅各布找到我们了。他带走了阿里,却把我一个人留在窗帘后面,现在一定是七月。太阳高挂在天上,高得不能再高了,活着很美好。阿里从车上下来。一个女人让他跟着自己进屋。日子就这样过去。然后是夜晚。阿里有一个朋友,名叫埃纳尔。我叫埃纳尔,因为我总是自己一个人[1],第一天他对阿里这样解释道,在阿里从一群在屋外玩耍的孩子中间溜走之后。五个女人坐在房子的墙边,边看边露出笑意,因为阳光很温暖,白天很漫长,孩

---

[1] "einn"一词在冰岛语中有"独自"的意思,埃纳尔这个名字印证了这一点。

子们在宽阔的草坪上玩耍。一些人向湖中丢石块和火山石,看着它们黑暗的轮廓消失在蓝色湖水中令人感到愉快。假如我们能把悲伤、难过和恐惧投入生命的蓝湖该多好,看着一切像那些黑色石块一样沉下去,永远不再浮出水面。

现在去和别人一起玩吧,没有什么比和其他孩子一起玩耍更能抚慰一个孩子悲伤的心灵,我亲爱的小家伙,女人对他说——就是那个把他领进大房子、告诉他该在哪里睡觉的女人。把你的包放在床下,她说,接着他们在床上坐了一会儿,这是一间宽敞的宿舍,窗子对着湖,他们能听见孩子们的笑声和叫喊,上帝是一只瞎了眼的鸡,在宇宙中啄食。女人轻抚阿里的头。你介不介意,她问,给我几缕你的卷发?有那么一瞬间,他觉得自己要哭了,但她接着告诉他她怎样做游戏,怎样安抚一颗悲伤的心,她把他带到屋外,叫来附近的三个孩子。这是阿里,她说,他刚到这里,能让他加入你们的游戏吗?可以,可以,他们说,可他却趁着没人注意,早早溜掉了,在长满青苔的熔岩间给自己找了一个位置,独自坐在那里,也许是希望这个世界把他忘了,可是埃纳尔突然出现了,疑惑地看看他,然后转身去撒尿,接着他说自己名叫埃尔纳,因为他总是自己一个人。几天就这样过去了。

几个夜晚也过去了。

我特意提起这一点,并划定两者的界限,因为白天和黑夜根本不相像,它们各自都有自己的世界,几乎没有共同之处。白天,比方说,都不相同。有的日子充满阳光、天空和鸟鸣,有的则灰暗,阴雨不断,乌云当头,连天空都在费力地支撑,所以大房子的室内,尤其是地板和侧翼很冷。有时候食物很好,孩子们能吃到牛奶和饼干；但有时候食物却很难下咽，盘子里的东西永远都吃不干净。有时候这里充满欢乐，游戏的趣味十足，孩子们几乎忘了死亡、疾病、饮酒、重拳和辛劳，只是活着，阳光照耀着地面和天空之间的一切，照顾他们的女人们温暖地拥抱他们，散发着女性好闻的气息。然后夜晚来临。

然后。夜晚。来临。

万籁俱寂。

人。鸟。天空。

黄昏最先到来，远处有些黑暗，忧虑笼罩着这座大房子。他们都躺在床上，在被子下面，在女人的带领下一起祈祷，感谢上帝赐予人们白天、世界、鸟、太阳、雨水，感谢世间万物，没有上帝的话，世界会有多么糟糕，也许只有黑暗、寒冷与邪恶，我们感谢主赐予我们阳光、雨露和生命，为能够躺在遥远荒原上的大宿舍里感谢主，为死去的爸爸、脑子不正常的妈妈感谢主，为爸爸喝多了殴打妈妈、大哥和我，为妈妈躺在医院里感谢主，为我在一个继母打不到我的地方感谢主，我们感谢你，上帝，感谢你的创造——作品为它们的主人代言。阿门。晚安，老师们说。

门关上了。

他们听见老师的脚步声在走廊上远去，一切都安静下来，黑夜带着睡意和梦境降临，把它们向着人类、动物和世界释放，连岩石都在打盹。宿舍里的寂静愈加深邃。接着有人开始抽泣，也许正努力把哭声闷在枕头里，然后另一个人也开始抽泣，接着哭出声来。那是阿里在那里度过的第一晚，他很久都睡不着，听着此起彼伏的哭声，可孩子们渐渐睡去，止住了哭声。他们的头疲倦地陷入湿透的枕头，他们全都睡着了，除了阿里，他清醒地躺着，盯着天花板：他枕在干燥的枕头上，哭不出来，他把所有的眼泪都留给了躲在窗帘后的我。

他的前额皮质一片混乱

雅各布猛地拉开窗帘，嘴里骂着，一个巴掌扇到阿里脸上，把他拖出卧室，留下我一个人哭泣。我冲进厨房，站在窗前，胡尔达和叔叔把阿里带到一辆陌生的车上，雅各布站在人行道上，天空，整个世界，都在阳光下瑟瑟发抖。这绝对是夏天最好的一天，就像上帝一声令下，在这一天每个人都要开心。雅各布握紧拳头，阿里转身去看，胡尔达对他说了些什么，叔叔也对他说了些什么。没有言语的话，我们走不了多远；它们能让我们感到快乐和悲伤，能改变世界，真好，他们说这些话，表达他们的喜爱，描绘他们心灵美丽的形状，但却如此无用，阿里心中充满恨意，因此他没和他们告别，也不看他们，仿佛他们不存在，他几乎对远远地站在人行道上的父亲心存感激。不，没关系，雅各布上了特拉贝特，发动汽车，从车道上倒出来，右转，加速，骂骂咧咧，他从上班的地方出来已经两个小时了，他以为最多一小时就够了。他驱车驶下米克拉布勒伊特街，心烦意乱，他用哆哆嗦嗦的手点了一支烟，猛吸了一口。他的大脑在飞速运转。

人脑是一个极其复杂的器官，有很多我们不理解的方面。它分为两部分：大脑和小脑。大脑分为左、右脑。小脑负责调节平衡；它控制身体的协调性，把我们学习到的行为信息储存起来,比如怎样骑自行车、点烟和揍你的儿子。前脑下部和前额皮质与记忆、情感和认知功能——根据判断和预见控制一个人的行为——有关。正是前额皮质做出了动手打阿里的决定,但可怜的雅各布啊——也是同一块区域控制着判断、情感和预见,它们彼此之间并未达到良好的协调;或许这该被归结为设计缺陷,因为判断、情感和认知功能各自居住在自己的星球上,几乎不在同一个太阳系,难怪我们总是没有方向,糊里糊涂,认为全世界都遭受了不公的对待。难怪雅各布绕了路,把特拉贝特停在雷克雅未克一栋公寓楼外的停车场里,在那里又抽了一支烟,看着自己颤抖的手。

他的前额皮质一片混乱。

他把右手伸到座椅下面,这是他的新皮质,大脑最年轻的区域在起作用,把他的手送到那里,但又是哪个区域做出了把伏特加酒瓶藏在座椅下面,此刻拿出来喝两口的决定?雅各布喝着酒,闭着眼睛,感觉好极了,它让人放松,让人感觉到一种完全不同的生活。雅各布睁开眼睛,又喝了一口,把酒瓶放回原处,他的双手握着方向盘,他认真地看了它们一眼,此刻它们很平静。他活动了一下双手。真了不起,他的手既能是手掌,又能是拳头。手掌温暖,能抚摩和安慰,拳头坚硬,能伤人,能让人拒不宽恕。我的拳头,我酒中的兄弟。他发动汽车,向着他砌砖盖楼的地方开去,那是他的日常,他的未来,那里不再有她,那个曾经顶着一头乱发、红着脸颊在斯卡夫塔利兹街上奔跑的女人,几乎错过了开往维菲尔斯塔齐尔的公交车,可她最终还是上了车,当雅各布赶来的时候,她正躺在那里,因为疼痛和吗啡的麻醉而感到精疲力竭。在他赶来的时候,在挂着二挡的特拉贝特费力地开上山路,越走越高,越来越接近死亡的时候。

雅各布把特拉贝特停在诺尔聚尔米利的一栋大楼外,下了车,他继续工作,拿起水平仪,他有着像父亲奥迪尔那样强壮的双手,有力的拳头,我酒中的兄弟——夏日悠长。她在高处的维菲尔斯塔齐尔医院里。一个黑发女人前来探望,带着鲜花、两块大理石蛋糕和一些可以被称作借口和无助的东西。花摆在病床旁的桌子上,那上面还有一张阿里的照片和一个小笔记本,她已经很多天没动笔了。最后一次记录还是在初夏的时候。后面是一首短诗,它就那样涌现了,并非出于她的刻意,不过有一阵子痛苦变得能够忍受了,她心中充满乐观,充满更多对生活的热情,她想写写她很快就会失去的太阳,很快它就会永远熄灭,把她留在黑暗中,可她没写出关于太阳的东西,只有拳头,我酒中的兄弟。

雷克雅未克,米涅斯荒原
——本世纪——

可是，哦，亲爱的，我依然爱你（他依然爱你）

他们在斯卡夫塔利兹街住了快两年。住在一间地下室，楼上是一对老夫妻，起初他们似乎不喜欢她，甚至不再和雅各布打招呼，他害怕会失去这间公寓，会被赶走，要知道，在这座迅速发展的城市里租一间公寓是多么困难，但不知因为什么，他们的态度突然发生了变化。一天下午，他下班回家，这对夫妻正坐在地下室，带着老妇人烤的蛋糕，后来一切都恢复了原样，甚至比从前更好，有时他们会把阿里的母亲称作他们顽皮的天使。有点尴尬，他们到底是什么意思？雅各布总在他们这样说的时候转移视线，塞点什么东西到嘴里，假装在忙着嚼东西。他们在一起的第二个秋天，她出人意料地离家去了东峡湾，在鲱鱼产业工作——当水手！

她在埃斯基峡湾外的一艘鲱鱼船上找了一份厨师的差事，没对雅各布透露一个字，这是个仓促的决定，引发了他们之间第一次严重的口角。雅各布大发雷霆；他抬脚踹了两下冰箱，不准她走，我不准你走！她发出嘘声，眼神透着疯狂，他怎么敢这样对她说话，好像他觉得她在他的掌控之下似的！她带着怒火离开了。

一个多星期后，她从东边寄来一封长信。散发着鱼和大海的味道。一封带着一千个吻和道歉的信："哦，我太想你了！都不知道我这可怜的心要怎样才能继续跳动！"她对他的想念并没有阻挡信中满溢而出的喜悦，她用如此活泼多彩的语言描述船员们，以至于他对他们每个人都心生憎恶。年长的船员认识奥迪尔，对他未来的儿媳做他们的厨师这件事感到高兴，甚至感到荣幸。雅各布却对此一点也不高兴，相反他从骨子里感到愤怒。他们让她向年轻的雅各布问好，问他过得怎么样，怎么奥迪尔的儿子不一起出海。"就好像我会让你出海似的！我不想让这些大浪把你卷走！我的上帝，我不知道海居然这么大！"

他们问起奥迪尔的状况，提他名字的时候充满敬意，大家都知道她是奥迪尔的儿媳，对此她很骄傲，仿佛年老的船员也尊重她，并且谅解她以一个女人的身份出海。她骄傲到给奥迪尔寄了一张明信片。"为什么你从来不给我讲他的故事？我等不及再见到他，我肯定会以完全不同的眼光看待他。我不得不就此搁笔了，船颠簸得厉害，我拿不稳笔，我不知道我的话会不会被冲走，当我看着外面时，几乎分辨不出天空和大海、鱼和鸟。我很快会再写信给你的！我太想你了，有时候想你想到放声大哭。"

放声大哭，雅各布想，是的，没错，然后他们就会趁此机会安慰她，比如说那个达维兹，她称他为"好玩的傻瓜"。雅各布想象着这样一幕，想象达维兹在她哭泣的时候走过来，他知道像达维兹这样的傻帽儿会怎样安慰姑娘，年长的船员都好奇为什么他没有一起出海。是的，没错。奥迪尔收到了她寄的明信片——从海上。妈的。妈的。妈的。她已经走了七周了。写了八封信给他。里面都是大海、颠簸的船、鲱鱼和锅碗瓢盆的噪声;第三封信:"上帝啊上帝,我多么想你!我从未想象过思念一个人的滋味竟是这样痛苦。"

我从未想象过——还有那个好玩又调皮的达维兹出现在她所有的信里。读到她第二封信的时候,雅各布期望看见他的名字,当这个名字出现的时候,他的整个身体骤然紧绷,像一个紧握的拳头。好像我看不穿似的,雅各布对着自己嘀咕,他说,红桃三,他只给她写了一封短信,在她回家前不久。信虽简短却饱含着怒意,悔恨就像他心中黑色的炉渣——他要去基地参加桥牌比赛,一个短期联赛。他说,红桃三。

打桥牌很好。没有什么东西比一副五十二张、四种颜色的新牌更美好。你握着牌,仿佛世界变得更安全,变得和谐和有序。上帝发牌,有这样的说法,所以以为自己的手气痛哭没用;上帝不会发给你一张新牌。上帝发牌,有这样的说法,是的,当然,但每个人要打自己手里的牌,这就是自由意志的意思。没有命运这回事,只有自由意志——以及上帝发给你的牌。一些人拿到的只有小牌,另一些人则拿到了很好的花牌和大量的王牌,桥牌告诉你,纸牌本身只起一半作用,或者连一半都不到;另一半得靠你自己。警觉、记忆、猜牌的能力、根据情况灵活出牌的诀窍,最后还有,学会了解你的牌友——它甚至可以让你只凭借一把小牌就赢得胜利。除了桥牌,几乎没有别的情境能让你如此深切地感觉你还活着。假如生命是一种纸牌游戏,那么这个游戏就叫作桥牌。

雅各布打桥牌打了很多年,参加过锦标赛,获过奖,一开始还试着教阿里的妈妈打牌,带她了解其中的神秘,可她没有耐心,桥牌充满策略的世界只让她感到恼怒。他说,黑桃二,可她却说,我觉得黑夜是一个来自非洲的神秘女孩。那或许是他们的第一次冲突,第一次爱的考验,她无法在他最爱的世界里感到自在。这伤了雅各布。他看她的眼神仿佛她背叛了他,辜负了他,可她轻抚着他的头,亲吻他蓝色的眼睛,用舌头在他唇上胡乱写画,她说,对不起,我太蠢了。她轻声对他说,来卧室吧,在那里赢我的牌。

她似乎总是明白怎样缓和他的怒气,让它平息,但此刻她离他太远,无法对他低语,他们之间隔着好几个沙漠,他生气是因为她在海上,身边都是那些该死的男人,其中一个名叫达维兹。雅各布想象着他们在一起的画面,粥煮着,她煎着鸡蛋,想象他们一起在地板上,在桌子上,乐此不疲,呻吟不断——有时他半夜醒来,怒不可遏。可接下来他却说,红桃三。他们在基地,他和西吉——他的牌友、工友和多年的朋友,他们是在雅各布十六岁那年的冬天认识的,那时他刚从东部过来,托特里格维的福在基地工作,奥迪尔对此却充满愤恨;为此他两年都没和儿子说话。从那时起,他和西吉就走得很近,西吉结婚的时候,雅各布是伴郎,他常常和这对夫妻一起吃饭,直到后来,阿里的妈妈像一颗炸弹一样闯入他的生活。他和西吉是非常默契的牌友,配合得天衣无缝,牌打得妙极了。雅各布觉得这感觉简直棒极了,让人直起鸡皮疙瘩,当他们叫牌相互试探,由此得知对方手中的牌,仿佛一条心打牌的时候,他对他的搭档充满了一种剧烈的、几近痛苦的情感。他从未想象过自己会和另一个男人有如此强烈，同时如此微妙的联系。他们相视而坐，手里握着牌，用眼神交流，全力以赴地去赢得胜利。雅各布说，红桃三。他们在基地参加一场桥牌锦标赛，她出海六周了，海里全是鲱鱼，在渔网里扭动的银色的鱼，装满整条船，扭动的鲱鱼变成钱，还是钱，更多的钱，一大堆该死的钱，改变了整个社区，改变了社会，鲱鱼和美国军队让我们变得富有，把我们从屋顶上长满金凤花的草皮农场，那个停滞不前的世界里拉出来，和上帝对话。但上帝从未给过我们答复。就像雅各布从不给她回信，尽管他收到了七封："写信给我，亲爱的，我开始担心了。你不爱我了吗？你绝对不能不爱我，不然除了去死，我还能有什么选择？或许你只是太累了写不出来？你工作这么卖力！可一到写信，你就成了这么一个该死的懒鬼！现在天快黑了，夜晚越来越黑，我总觉得上帝一到秋天就变得疲倦，黑暗是上帝的睡眠，星星是他的梦境。"

上帝的睡眠和梦境挂在雅各布和西吉头顶，他们勾肩搭背地走着路，两个人在举办锦标赛的俱乐部搭了顺风车，刚从这辆美国大汽车上下来，参加比赛的有八个冰岛人和十二个美国佬，西吉把他的车停在了俱乐部门口。今晚步行去那里很好，他说，醒醒酒。他们在组织比赛的军官住的公寓外，感到很高兴，他们打赢了，赢得很漂亮，作为一个团队、一条心、一个灵魂。你是世界级的，他妈的，那个军官说，被冰岛人打败让他感到愤怒，但他们的战术、一致性与协调性让他很欣赏。真他妈该死，他又说了一句，并邀请他们两人和其他几个人去他住的地方，此刻他们一起在秋夜黑暗的天空下，它也许是上帝的沉沉睡眠，而明明灭灭的星星是他的梦境。从上帝的梦境中发出的光芒肯定是一种安抚，一种宽慰；肯定意味着希望终究存在。一对朋友站在米涅斯荒原上的停车场，军官的公寓开着窗户，跑跑烟气，旋转的留声机播放着埃尔维斯·普雷斯利的音乐，带着他的名气，他诱人的臀部，他与日俱增的苦恼和我们永远听不够的歌声。他们凝视着夜空，手臂搭在对方肩膀上；他们很年轻。雅各布二十三岁，西吉比他大两岁，这个年龄的友谊可以无比纯洁，无比热情，几乎像爱情一样，好像永远没有什么事情能给它投下阴影。他们只是凝视着，或许感受到天宇散发出的庄严，我们有时候会冠之以高深莫测的名号，例如上帝、永恒、意义。西吉深吸一口气，用力抓紧雅各布，也许在那个时刻，雅各布对自己朋友的喜爱超越了他对任何人的感情。他的情感变得如此强烈，甚至呼吸困难，不得不眨眨眼睛抑制自己的眼泪；也许这就是他为什么那样说，引用她信里的话，夜空是上帝的睡眠，星星是他的梦境，西吉什么也没说，没有回应，他又带着某种歉意地加了一句，这是她信里的话；西吉当然知道，她在东部的一艘鲱鱼船上当厨师。这女孩有不少智慧和美貌，西吉说。他松开了放在雅各布身上的手，手臂离开他的肩膀，温暖和亲密消失了，雅各布突然感到孤独。我们走吧，他点了一支烟，拿出一罐上美国汽车之前塞在口袋的啤酒打开，喝了一大口，然后递给雅各布。在冰岛的夜晚站在这里，像其他国家的上流人士一样喝着在这个国家已被禁止了四十多年的啤酒，真他妈妙。这对朋友叹着气，喝空了罐子，享受着啤酒和友谊，还有在南方时不时降临在我们身边的平静，它像圣诞节一样难得，可当它一旦到来，就像梦境一样盘旋在米涅斯荒原和凯夫拉维克上空。她有不少智慧，或者美貌。雅各布骄傲地凝视着天空，朋友的意见胜过这个世界上许多其他的事物，也许大多数事物，她这七封信里的内容在他脑海中回荡，他甚至想把其中的一些东西写下来，寄给他远在东部内斯克伊斯塔泽的母亲玛格丽特，可他还没有机会这样做，下班回家之后他都累得没有力气写信。西吉抽完烟，把烟头弹走，它在黑暗中画出一道高高的弧线。不过她有点危险。原谅我这么说，科布，不然我们为什么是朋友呢？好吧，也许不是危险，而是某些该死的让你碰不了或者无法理解的东西；你确定你能信任她吗？你了解她的家庭；她妈妈自然算不得淑女，而且我听说过她姑姑的事，那个在挪威的姑姑，什么样的姑娘才会抛下自己的男朋友两个月，在一艘鲱鱼船上和一群粗暴的男人混在一起？你听说过这样的姑娘吗？你的生活由你自己做主，雅各布本能地插了这么一句，当母亲想去捍卫某个受到责备、犯了错误，或是做了什么让人心生怨恨，甚至反感的人的时候，他经常听到她这样说。你的生活由你自己做主，他平静地重复这句话，仿佛是为了宽慰他的朋友，他露出微笑，遏制住在他内心、在他腹中升腾而起的一股出乎意料的愤怒，它在壮大，从那里蔓延开来，逼近他的心脏，或许是打算把它变成一个拳头，因为他突然如此清楚地看到这一幕——她和那个该死的达维兹在地板上乱搞，煮熟的鱼在沸腾，她在尖叫，不知何故，她的脸变成了韦加的脸，她的姑姑。你的生活由你自己做主，他说了第三遍，仿佛在说一句祷词、一句符咒、一个魔咒，接着又摸出一支烟。你说是就是吧，西吉说，他瞟了一眼雅各布，黑暗的天空沉甸甸的，眼前的平静居然能把这天空牢牢撑住，真不可思议。一辆黑色雪佛兰加速驶来，在离这对朋友不远的地方急刹车，一个美国人从车上下来，个子不高，身材健壮，留着寸头，盒式播放机高声放着约翰尼·蒂洛森的歌曲《没有你》。醉人的旋律充满了这个夜晚，明亮的歌声时而热情，时而悲伤，你让我快乐，你让我摇摆。这首歌实在太美妙、太迷人了，让你想跟着唱起来，随着旋律吹起口哨，甚至跳起舞，歌声牵动着你的双腿，可是，哦，亲爱的，我依然爱你（他依然爱你），我梦见你，你将永远在我梦中。美国人打了个响指，对两个朋友眨眨眼，走到车后，打开后备厢，嘴里唱着约翰尼的歌，帮两个姑娘，或者说年轻的女人从车里爬出来。其中一个像个诅咒一样从后备厢里冒出来，朝着男人的小腿踢了一脚，厉声说，我告诉过你别像个该死的白痴一样开车，我们差点晕车，浑蛋！我爱你的热情，宝贝，美国佬大声喊道，毫不在意被人踢了一脚，他关上后备厢，熄了火，关掉盒式播放机。军官从他的公寓里出来，对着黑夜大叫，要是有天才的话，锡德，就是你！锡德，这个矮个子的敦实男人，搂着女人们的腰高声回应，语气很高兴，因为这是个绝妙的夜晚，风平浪静，繁星满天，有喝不完的啤酒和葡萄酒，有音乐、好朋友和两个甜妞，女人让生活太他妈值得一过了！

这会是怎样美好的一晚啊，西吉说。他们又干完两罐啤酒，走进音乐、烟气和快活，把夜空和它的梦留在了门外。

宇宙的尺寸

——过去——

夜晚比世上所有的白天更大

几个星期过去了,很多个星期,住在这片高高的荒原上,住在湖边的大房子里其实没什么问题,湖水里都是鱼苗,像快乐又意外的念头一样从湖面下方蹦出来,老师们抚摸你的脸颊,对你说友善的话,他们高大而善良,那里的孩子很多,日子在游戏中度过;这里没什么可抱怨的。这个地方,留在这里的这段时间。要不是因为这令人痛苦的距离,要不是因为近在眼前的死亡。要不是因为不管每天天气多灿烂,阳光多充足,白昼似乎无穷无尽,夜晚总会随之而来,令万物噤声。有的孩子每晚都哭。在自己的枕头里哭,对着枕头轻声念着他们的父母、祖父母、兄弟姐妹、狗和他们思念的每一个人的名字。他们的枕头一字不落地听完,却不给任何人以安慰。

阿里躺在那里,睁着眼睛,望着屋外昏暗的夜色,他看见月亮几乎是黄色的,看见每天晚上老师们离开宿舍的时候紧紧关上的门,门的把手太高了,孩子们够不着,没法逃跑。有些孩子祷告,背诵《主祷文》,背诵"天父啊,请做我的父亲",背诵着每一句他们知道的祷词,甚至还添加了一些从心底涌出的话,亲爱的上帝，请让我今晚长大吧，这样我就能变成大人，拥有自己的孩子，并善待他们。

阿里听见这些祷告升起来，穿过屋顶飘出去，飘向黑夜，像受惊的小鸟一样被黑夜抓住。他醒着躺了太久，听见所有的声音逐渐消失，那些呜咽声，那些祷告，过了一会儿，他终于快睡着了，就在这时，一只手落在他的肩膀上，异常温柔，让他免于受到惊吓。是埃纳尔，他的朋友。埃纳尔是在这里待得最久的孩子，他和阿里常常藏身于他在熔岩中发掘出来的无数个藏身之地，他们之间没有任何阴影，只有信任。阿里睁开眼睛，埃纳尔把手指放在嘴唇上，示意他不要出声，接着轻声告诉阿里穿好衣服，阿里照做了，他看见埃纳尔穿戴整齐，接着他们从床间悄悄溜走，经过那些沉睡的孩子，经过梦境、噩梦和悔恨，走到把手很高的门边。埃纳尔跪下来，示意阿里站在他肩上，他再驮着自己的朋友慢慢站起来，他很强壮，根本不需要扶着门支撑，最后完全站直身体，他比阿里几乎高出一头，阿里终于用指尖碰到了门把手，往下拉。门开了，发出轻微的咯吱声，眼前是一条昏暗的长廊，长得不可思议，四周一片寂静，黑夜在屋外等待。

很快，他们就一起坐在了藏身地之一，这里在晚上看起来全然不一样，隐藏着它的熔岩颜色更黑了，几乎是纯黑色的，看上去似乎在呼吸，可埃纳尔并不害怕，很久以前他便不再害怕了，找不到害怕的理由，这个世界上没有任何事物能威胁到一个失去一切的人，这也正是他不会和阿里一起出逃的原因，外面的世界没什么在等候他。他的爸爸去世了，他是个木匠，有一次他不知在哪个该死的公寓楼那该死的房顶上干活儿,被一阵突如其来的风从楼上刮了下来;这件事发生在两年前。过去下班回家后,他常常把埃纳尔扛在肩膀上,带着他到处转悠,把他称作哥们儿,晚上唱歌或者读书给他听。我们俩是哥们儿,他说,永远都是。他母亲并不一直在家,她不知在想什么,有时候让人感觉古怪。后来就是那阵突如其来的风。有一天来了一个陌生人,和他们一起生活,按道理说,埃纳尔应该叫他"爸爸"。就是从那时起,他开始寻找藏身之处。在床下,在衣橱里,在地下室,在沙发后面,最糟糕的是埃纳尔被继父找到的时候,他母亲从来不护着他,继父总是能找到他,最后一把揪住他,打他,扇他耳光,这是他唯一能学会礼貌的方法,或许她松了一口气,自己可以得到安宁;他无法同时打他们两个人。后来她也开始打埃纳尔了。起初很轻,仿佛是在抚摸,接着手劲就大了。别打了,妈妈,他乞求道,别伤害我,可她之后却打得更狠了,抓住他,使劲揪着打,就像停不下来似的;他努力挣脱她的手,跑到阳台上,他们住在三楼,外面刮着风,下着雪,可他却爬到了隔壁阳台。从那时起,他就待在这里。现在阿里必须离开。某种东西告诉他们,他是唯一能拯救他母亲的人;他需要去到她身边。看,你沿着这条路走,然后会看见另一条路,更宽的一条,左转后一直走,直到你看见一些房子,你就到雷克雅未克了。现在就出发吧,我们不会再见到彼此了,我打算去湖边等着,这样老师们醒来发现我们不在的时候,他们就会找到我。我会告诉他们你蹚进湖水里淹死了,我想阻止你,却被你打了,所以你现在得打我一顿,给我身上留下瘀伤,打我这里,用力打,他指着自己的右脸说。我不想打你，你是我的朋友。我是你朋友，所以快打我，现在就打，你必须离开这里。阿里拍拍他的脸，再用点力，埃纳尔说，于是阿里更用力地打了一下，力气大得让埃纳尔打了个趔趄，他说，这样打才对。现在走吧，你永远是我的朋友，我会坐在湖边，把衣服全部打湿，这样那些保姆出来的时候就会认为我想救你，这会给你更多时间，我都想好了，现在就走吧。

他不想向阿里道别，甚至没有看着他离开。阿里回了五次头，每一次埃纳尔都站在那里背对着他，垂着脑袋，仿佛在等待一阵突如其来的风。

那么我们就去那里，那就是我们即将前往的星球

夜晚有多漫长？对于两条向雷克雅未克进发、从荒野上走下来，必须赶在天亮之前、赶在老师们醒来看见两张空床之前离开的短腿来说，夜晚是不是足够漫长、有耐心了？对于行走在路上才不过五岁的两条腿来说，去雷克雅未克的路很长，距离长得可怕。一开始，他想唱他从母亲那里学来的歌曲，但很快他就不唱了。歌声只会让他注意到自己孤身一人的事实，独自行走在夜里，某种东西让他知道，死去的人会被生命所吸引，就像苍蝇追逐着光。他最好保持安静，尽可能安静地行走。正因为这样，他才脱掉鞋子，希望自己的动静更小，这的确有效，可他的袜子很快就被磨破了，路上的砾石把他的双脚划出血痕。能不能测量一下，夜晚有多漫长，或是量一量从这里到雷克雅未克的距离？不是公路管理局发布的地图上的距离,而是对于两条五岁的腿而言的距离。真该死,这个世界该有多愚蠢,认为只要有一个计量单位就够了,认为孤独的人和爱情中的人一样,觉得夜晚只有几分钟那么长,认为公制具有测量人类世界中所有不同距离的想象力和理解力。举个例子,好像从荒原到雷克雅未克的距离,对两条该死的五岁的腿来说和对一辆配有不错的暖风装置的汽车来说是一样的。上帝,帮帮我们吧,到底还有多远才能走到大路上,他才能在那里左转,走向城市的心脏,我猜等他到达的时候,该有七岁或八岁了,他走了很久很久,太久了,累得要死,腿脚酸痛得厉害,甚至当一辆去往雷克雅未克的汽车从东边开来的时候,路边的他都没有力气躲避。

汽车前灯发出的光芒让阿里摆脱了昏暗,车身驶过,灯光把他留在夜色里。他看着尾灯的光亮逐渐消退,一时间感到犹豫,不知道自己是否应该从大路上跑到熔岩中藏起来。就在这时,汽车在很远的地方停下来,停在路上不走了,引擎突突地响,仿佛司机意外地想起了什么,不得不停车思考一番。接着,车开始向后倒。离阿里越来越近。他必须逃走,躲起来,可是这一夜他又累又怕,害怕眼睁睁地看着这辆车消失不见,看着车灯在远处越变越暗,直到熄灭,把他一个人留在黑夜里,这里四处都是幽灵和可怕的距离。他站在那里,一动不动地等着。车向后倒,司机慢慢摇下车窗,他们两个人看着对方的眼睛。阿里觉得过了好一会儿,男人才说,仿佛在自言自语,好吧,这深更半夜的,荒原上有个小男孩。阿里点点头,仿佛是在对他话中的细节表示肯定:小男孩、荒原、深更半夜。引擎突突地响。男人点了一支烟，抽了一口，眼睛看向别处，又突然回过来看着阿里。他又抽了一口烟，说，我只是想看看，要是我不看你，你会不会消失。幽灵才会那样，我是说消失，假如你不看它们的话。别问我它们是怎么做到的，这该死的世界上没有一件事是我能搞懂的。无论如何，你也许只是深夜荒原上的一个小男孩，不是幽灵，而是个活生生的人，像我一样，也就是说，假如你足够慷慨和仁慈，可以把我的存在称之为活着的话。男人停下来，抽烟，引擎突突地响。男人看着阿里，他低下头，他只有五岁，因此不知道该说什么。男人抽完了烟，把烟头扔到路上。最简单的做法，他说，就是把你丢在这里；我不能完全肯定你真实存在。可后来阿里抬起头，害怕被丢下。没过多久，他就坐在了车的前座上。

男人把手放在阿里的大腿上，捏了捏，点点头说，不错，你是个活人，接着把车开走了。

坐在温暖的车里，歇歇疲惫的双脚，让劳累的脚趾得到休息当然舒服多了，黑夜突然变得温柔和善，像一只想要保护你的大狗。车继续开，离雷克雅未克越来越近，离大房子、湖和埃纳尔越来越远，埃纳尔在夜里独坐着，无所畏惧，因为这辈子他已经一无所有。汽车一边在接近，一边在后退。车开得不够快。男人开得很慢，好像这让他很痛苦，两只手都放在方向盘上，一言不发，直直地看着前方，只在点烟的时候，在从他的夹克口袋里拿出一个银色瓶子喝酒的时候，才把手从方向盘上拿开。他把车开到路边停下，下了车，走到车头站住，似乎是想借着前灯的光拉开裤子的拉链小便。阿里稍稍坐直身体，看见男人的阴茎很大。

这么大一个东西吊在身体前面一定不太舒服。男人坐回车里，转头去看，看见阿里的时候似乎吓了一跳。真该死，他一边说，一边对着瓶子喝了一大口，仿佛在使自己镇定，我把你给忘了，荒原男孩！对了，你要去哪里；我问过你了吗？也许等我们到了雷克雅未克，你就蒸发了，或者你会一直坐在那里，逼我想办法把你甩掉。我不能留你，他继续说，阿里什么也没说。我的生命容不下一个荒原男孩，真该死，甚至容不下我自己。他盯着在夜里发光的前灯，灯光让夜色更黑，后来月亮又出现了。引擎突突地响，男人盯着路面看了很久，他喝了一口酒，瞥了一眼阿里，看起来吓了一跳：哦，是的，你还在这里！你回答我的问题了吗？不，也许没有；我刚才问你什么了吗？是的，嘿，也许我正在去往地狱的路上；你想去哪里？找妈妈，阿里说。他的声音突然变得如此单薄，听起来仿佛在破裂。真该死，男人说。那么我们就去那里，那就是我们即将前往的星球。

有没有可能对死亡进行报复？

我们到了，男人说，我们会一起成功的，虽然夜里路况不好，条件很不利，对不对，嗯？他从车上下来，不知哼着什么悠闲的小调，他们站在一家大医院的门口，看见屋顶像绝望一样红，红得仿佛这座大楼正对着上帝咆哮，除了痛苦与死亡，上帝几乎什么也不回应。男人又要小便了，阿里和上一次一样惊讶，其实是被他阴茎的尺寸吓坏了，它让他想起地狱的怪兽；成长必然是一件糟透了的事。你知道她在哪里吗？男人问，抖了抖最后几滴尿，接着把手伸进夹克口袋里掏出瓶子，喝了一口，递给阿里，阿里摇摇头，既拒绝了喝酒，又对男人的问题做了否定回答，他不知道她在哪里。男人叹了口气说，好吧，管他呢，接着领着阿里走进大楼。

迎面而来的是寂静和长长的走廊。有的房门半开着，房间里灯光昏暗，里面的人在躺着睡觉或是打瞌睡，等待着生还或死亡。男人叹了口气，突然消失了。我们不知道他去了哪里，为什么走得这么突然，是否和阿里说了什么，有没有解释，比如说要去询问信息，不过，他要么碰见了一个对他来说意义重大的人，以至于把一切都忘了，包括一个正在寻找母亲的五岁男孩，要么仅仅是无法忍受待在这家大医院里，它是二十世纪二十年代在偏远的荒原上建起的医院，专为救治肺结核病人，很多人都死在那里，死者中有不少人还很年轻，所以这座楼从未被报复性地拆除也挺奇怪的。顺便问一句，有没有可能对死亡进行报复？是否有人能回答这个问题，任何人都行，而且就这件事来说，为什么这个男人突然消失了？也许他感到不适。这个地方散发着强烈的药味，一些房间传来低沉的哭泣和痛苦的呻吟；也许他需要迅速离开，呼吸夜晚清新凉爽的空气。我不知道，也不再纠结于此；我不能把阿里弄丢，他还在走廊上徘徊；就在那里，他的身影消失在一个拐角，我得赶过去，我们不能失去他，他只剩下我了。没有我，他会变成一个没妈的孩子，漫无目的地流浪，在昏暗的永恒长廊里走失。

东峡湾
——过去——

没有多少事物能在阴影中成长，人肯定不能：
居纳尔·贡纳松先生收到一封信

也许我们的生命将以我们没有做的事情来衡量。世界在沉睡，玛格丽特在缝补裤子。

她面前放着一本摊开的书，一边干活儿，一边读，把时间都利用起来，过不了多久天就会亮了，昏暗的夜晚很快就要结束，春天来了。她在读居纳尔·贡纳松写的《空中的船》[1]，他是东峡湾人，十七岁那年迁居到丹麦，成为一名作家，征服了世界。用冰岛语当武器征服世界并非惊人之举，但长期以来，我们穷得养不起作家，几乎没什么人买书，况且冰岛萨迦的黄金时期过后，我们这里全是诗人，他们一边为了日常生计而工作，一边写诗。在放羊、割晒牧草、捕鱼、在灶边烧水做饭的时候写，不过居纳尔想要的更多，他只想当作家，不想做什么农民诗人、牧师诗人或走霉运的诗人，就是纯粹的诗人和作家，正因如此他才去了国外，抛开自己的家乡和语言去追梦。人们对他微笑的样子就像对着白痴微笑，一个最终会被世人关起来的梦想家；贫穷竭尽全力

---

[1]《空中的船》（丹麦语：*Skibe paa Himlen*，1925），是居纳尔·贡纳松的自传体小说《山上的教堂》（*Kirken paa Bjerget*，1923—1928）的第二卷。

想把他击败,想把他饿死,他却把逆境变成了文学,用丹麦语写了多部小说,其中一些举世闻名。玛格丽特读着:"清晨,路上的每一颗石子都苏醒了。它们就像星期日教堂里的人一样,各不相同。[1]"

很久以前,玛格丽特就开发出了一种不用眼睛看就能做针线活儿、编织和缝补的技术;假如你有诀窍和意志,你的手指就能看见,自己工作,让你的眼睛同时去看书。她起得很早,为了给自己留点时间而缩短了睡眠。她补完居纳尔·特里格维的裤子,又拿来一条埃琳的裙子,但是在窗口站了一会儿,望着外面的寂静;不久晨光就会照进峡湾,把世界唤醒。今天她暗暗期盼着奥迪尔和索聚尔,她每周都给奥迪尔写信,上一封信寄出后已经六天了,和她之前寄出的信一样简短,只说了主要的消息,关于村子和他们的生活,结尾写了这封信的主旨以及写信和寄信的原因:北峡湾海水的温度。这是奥迪尔给居纳尔交代的一项任务,八岁的他带着骄傲和责任感承担起这项任务,每天清晨跑到码头测量温度,当他回来向她汇报数字,刻意皱起额头显得自己更成熟的时候,玛格丽特不得不屏气凝神不让自己笑出来。上周气温上升到六摄氏度,这意味着海水的温度回暖不少,鱼类会开始向东部洄游——奥迪尔就会更安全,不必在冰川下方捕鱼,可以起航回家,在家附近捕鱼。

玛格丽特倚在窗框上,感受到体内的疲劳,她的身体衰老了,已经没有昔日那样的承受力,有时她把自己关在带镜子的小

---

[1] 原文为丹麦语:Stenene langs Vejen er vaagne hver og en, lige fra Morgenstunden. De er saa forskellige som folk paa Kirkesøndag.

浴室里，脱去衣服审视自己的身体，有时候它似乎属于另一个人；她所熟知的身体去了哪里？平坦的小腹，紧致的乳房，结实的大腿，那个穿上漂亮衣服就风情万种的身体，那个轻盈得可被随手抱起的身体被谁夺走了？只留给她……这样的身体。她轻轻叹了口气，穿上衣服，回到书本，充分利用自己的时间，她很少有机会一个人思考。有一次，她见到了居纳尔·贡纳松的父亲。是的，见到，这其实不是正确的说法，有些言过其实，不过他离她并不远，不超过两米，中间还隔着两个人。就在去年夏天的斯奈达鲁尔，在一个每年都举办的、人人盼望的节日上。有人发表演说，有人唱歌，有人参加各种各样的运动，接着就是舞会。居纳尔的父亲一直在和亲戚说话，玛格丽特不止一次走过去站在他的近旁，这举动显得有点傻，因为她和他没什么关系，也不怎么认识他的谈话对象。她只是很想听他说话，她坚信和别人相比，他是个更丰富的人，他的作家儿子用勤奋摆脱贫穷，完全依靠自己取得突破，学会新的语言，写小说让世人阅读，几个世纪以来，每一本书的出版都是极具新闻价值的事件。但居纳尔的父亲说话的口气和其他农民别无二致。他看起来和别人没什么不同，是那样平凡无奇，玛格丽特失望得简直想哭。但后来她又开心起来，一脸喜庆，那次节日没有人跳舞比她跳得更欢。

假如成就斐然的居纳尔·贡纳松的父亲根本没什么特别的话……好吧，假如东部一个普通男人的儿子能够从山里走出去，走上世界舞台，那么同样的高山又怎会成为索聚尔的阻碍？有什么能阻挡她的儿子直上青云？

为什么不走出去？

她给居纳尔·贡纳松写了一封信。

她，一个无名小卒，给蜚声世界的作家写了一封信！

去年夏天，她在斯奈达鲁尔做出这个决定，在那里见到了居纳尔的父亲，一个平凡无奇的男人，一个和其他农民别无二致的农民，接着她跳起舞——不过她需要一整个冬天的时间来积攒勇气。奥迪尔不在家的时候，她更方便坐下来写信。她知道在奥迪尔的梦中，他老了，站在房子下方的山坡上看着自己的儿子索聚尔扬帆起航，他已是一艘崭新的、更大的斯莱普尼尔号的船长。一个真诚的美梦，我们无意为它蒙上阴影，可那个梦和给居纳尔·贡纳松先生写信并寄给在哥本哈根的他这件事毫不协调，只为问问他的意见，信中说得很清楚，虽然有点委婉，我的儿子并不是他父亲梦中的样子。"我认为他的个性极其复杂，因此没法像我们一样在鱼和大海之间生活，从中找到什么乐趣。如你所知，并不是说这样的生活就是恶劣和渺小的，但我相信他有才华，那是一个全然不同的方向。您比任何人都清楚，一个无法施展才华的人不可能过得幸福，他将永远生活在从未实现但本可以实现的阴影中。没有多少事物能在阴影中成长，人肯定不能。"

在信的开头，她为自己道歉，理所当然，因为冰岛人几个世纪以来都这样，原谅我的存在，原谅我，一个来自北峡湾的普通女人，打扰了您，一个作家……除此之外，她还能怎样给这个写出面向全人类的小说，并创造出对全球人的心灵产生深远影响的异常美丽而复杂的世界的人写信呢？"母爱给了我力量，让我能厚着脸皮给您写信。我的儿子名叫索聚尔。他的父亲奥迪尔是当地一位受人敬重的船长，几乎没人能和他媲美。我说这个不是为了向您夸耀我的丈夫，只是陈述事实……但我的儿子是谁？他能否证明一个普通女人的确很有必要在仓促之中给一位除了读信之外还有一堆事要忙的大作家写信？"

我认为他能证明，她写道，并附上索聚尔的三首诗。"其中一首的题目就叫《诗》，最后一句写到了鸟，曾经发表在《东峡湾人》上，受到编辑的赞赏。"

玛格丽特还在信中这样描述索聚尔：性情温柔却充满极富感染力的热情；书生气很浓，在学校功课很好，校长甚至想把他送到南方去接受更多的教育。她描述了校长一年前的探访，尽管不是我们前面说过的情形，她的双手红肿，粗糙不堪，她表现得仿佛他——这个严厉地看着她的博学的男人——的探访让人厌烦；她把他对索聚尔的评价写在了信里，那句"假如他的才华得不到施展，那就太可惜了；也是极大的浪费"。

现在您可能会想，玛格丽特写道，为什么不送孩子去读书？假如他真的才华横溢，申请奖学金不会是件难事，况且一个成功的船长也不太可能受穷……没错，他们有能力负担他的学费，但现在我们谈的可以说是这封信的目的；事情并非这么简单："我希望您能原谅我的直率。您要知道，除了我的弟弟和弟妹，我从没这样和谁说过话；我和我丈夫在儿子的问题上拨起了河。我和您说过我丈夫怎样看待儿子的前途，你也看得出来我期待的东西不一样。他与我比与他父亲更亲近，可他很尊重父亲。除此之外，他也是一个勤劳的渔民，强壮又能干，无疑能成为一个优秀的船长。但随着时间的流逝，索聚尔被埋没的才华会不会让他越来越不快乐？他有他的理想，必然会选择我为他设想的道路，但他对我和他父亲两个人都很尊重,他这个人从来不想给任何人带来伤害。有时候这样的人到头来只会重重地伤害自己,他们的伤痕永远不会完全愈合。您的建议,哪怕只是一句简单的话,给我的儿子指明方向,对我来说都是极大的帮助。您觉得我们的儿子应不应该像校长建议的那样,去南部的雷克雅未克深造?还是像您一样勇敢向前,为写作奋斗终生?或者像我们这些人一样在山海之间平凡度日?上帝知道我更希望让他永远待在我身边,可每个人都必须坚持自己的生活。您真诚的仰慕者,玛格丽特·古斯慕德斯多蒂尔。"

……因为爱既是牺牲,也是兼顾

去爱别人,比我们所认识到的更难。

他们从霍尔纳峡湾回家了,奥迪尔和索聚尔。居纳尔一连三天在沿岸的低沙丘等待他们,那里离村子有一小段距离,到岸边可能有二十米陡峭的下坡要走,俯瞰峡湾的视野绝佳,他急着要做第一个看见他们的人。他能轻易区分斯莱普尼尔号和其他的船,哪怕隔着很远的距离,也能通过船在水上航行的样子辨认,或许他是个天生的水手——他看见他们来了,立刻快步跑回家,大喊着,他们来了,他们来了!他太迫切了,几乎一边说一边打嗝,大喊着跑进家门,再从家里跑到奥斯勒伊格那儿,最后直接冲向码头,身后跟着妹妹埃琳。玛格丽特去了三次码头,但每一次又转身回去,拿不准索聚尔是否想让她在码头等待,一个惊恐的母亲的等待可能会让他看起来像个孩子；年轻人的骄傲和自我形象是极其脆弱的。所以她选择在家里等。她做了一些吃的，梳了梳头发，穿上体面的衣服，像个白痴一样；她究竟在为谁精心装扮？她的弟媳奥斯勒伊格没有犹豫，并不优柔寡断。不，她带着三个女儿径直奔向码头，当船靠近的时候，她们全都在用力挥手，像孩子一样无拘无束，特里格维这个老练的水手则变成了一个心急的大男孩，斯莱普尼尔号还没停泊，他就跳上码头，几乎被她们的亲吻淹没——还有什么死法比在亲吻中溺死更美好？终于，父亲和儿子一起走上山坡，索聚尔用肩膀扛着埃琳，她紧紧抓着他的头发，叽叽喳喳，笑容满面，居纳尔围着他们跳来跳去。他们进了屋，然后——我们该怎么说，该怎么描述，什么样的话才能形容，也许是这些：仿佛一把刀插进她的心脏。或者，仿佛一个千斤重担，半座山落在了她肩上。

　　索聚尔把埃琳从肩上放下来，走向他的母亲，拥抱她，亲吻她，可他是不是显得有些疏远，仿佛并没有全身心投入这个拥抱，仿佛有某种障碍，某种横在他们中间的、他的拥抱没有包围的事物？她也如鲠在喉；她必须说出来，所以她说了，尽管有些慌张，却又觉得假如不说的话，她会忍不住在他们面前流泪：上帝会赐予我们愉快的夏天。后来她想起奥迪尔，他站在那里，清瘦却强壮，浑身充满不断从他身上散发出来的无形力量，让他看起来比外表强壮得多。那种力量尾随她跨过大西洋去往加拿大，从不让她感到自在，她没法在那里安居乐业，尽管她有机会，至少有三个年轻男人想让她成为自己的伴侣。奥迪尔身上那股无形的力量早已潜入她的身体，在她血液里颤动，打断了亲吻，因为她既被人吻,也吻了别人,她在树林里有过激情的一刻,她把一个年轻男人拉向自己,她渴望活着,渴望存在,渴望发掘一切,而他也永远忘不了自己怎样将她抚摩,阳光温暖地射向林间——甚至那个时候,她都念着奥迪尔,念着他的力量……亲爱的上帝,她曾多么爱他。爱得如此长久。长久以来,她对他的渴求似乎总是不够,永不满足。然而,去爱别人也许比我们所认识到的更难,只有在最初,爱情的能级才和战争一样高,一切困难似乎都蒸发不见,荡然无存。接着它就慢慢降低。它的温暖依然留在内心深处——足以让行星变热,如果我们有足够的决心去坚守。并且准备时时牺牲自己,又不失去自我的独立。因为爱既是牺牲,也是兼顾。

玛格丽特躺在床上睡不着。现在也许是晚上。奥迪尔在她身边睡得很香,睡得很沉,起初翻来覆去,仿佛是在梦中腾地方,于是她挪挪身体,给了他更大的空间。这算得上对婚姻美丽的描述,为你的配偶腾出更多、更好的空间。这就是牺牲。

他们吃得很好,奥迪尔称赞了食物;事实上是很热情地称赞。埃琳一直坐在索聚尔腿上,居纳尔坐在这对父子中间,不时转头看着他们,仿佛带着困扰,不知应该更崇拜谁。她,玛格丽特,站在旁边,没有坐下,往他们的盘子里添饭,取笑埃琳的话太多,询问他们这八周的渔获好不好,有没有发生什么意外。奥迪尔答得漫不经心,说了很多话,索聚尔没有对她多说,只是和埃琳说个没完,用关于男孩的话题逗弄两个年龄大一点的妹妹胡尔达和奥洛夫,他漂亮的双手布满了上饵时留下的浅浅的伤痕,它们总会愈合，可为什么厨房里的他就像一个陌生人？他的脸肿了，在右边的颧骨上，或者说是一块红印。出什么事了？玛格丽特看见之后问了他，她不由自主地想去触碰他的脸颊，温柔地抚摩他泛红的皮肤，想确认是不是得涂一点药，她伸出手，可他把头扭到一边，她的手指悬在半空中，像五个悲伤的小矮人的脸。没事，他笨拙地说，接着又忙起别的。他闻闻埃琳的头发，又笑着问奥洛夫她是不是真的订婚了，玛格丽特又一次感觉到我们无法详细描述的东西，一把插进她心脏的刀，她肩上的千斤重担，因为她身体里的每一个细胞都感觉到了，也许索聚尔生平头一次对她说了谎。他们父子之间一定发生了什么，两个人心照不宣，都在回避她。她想这就是她在索聚尔的拥抱和亲吻中感觉到的疏离，他和父亲商量好了一起把她拒之门外；奥迪尔成功把他吸引了过去，从而远离她；她将索聚尔的盘子装满，虽然上面已经堆了不少食物。妈妈，我吃不了，他说。她只是对他笑笑，感觉自己老了十岁。

……她和黑暗融为一体

无常的春天终于转变成了东峡湾的夏天，黎明时分，奥迪尔和索聚尔在峡湾里航行，同船的还有特里格维、约恩西和阿西，管他们叫什么名字。他们向着大海和鱼的方向行船，阳光充满峡湾。有时候天还没亮，玛格丽特就醒来，轻手轻脚地下床，注意不把地板踩得嘎吱作响，走进索聚尔和居纳尔的房间，静静站在长子的床边，几乎不敢呼吸，以免把他吵醒，她凝望着他沉睡中的脸，盼望它在睡梦中对她摊开，那张永远仿若一本摊开的书的美丽脸庞。此刻就算在睡梦中它也合上了。清早，索聚尔和他的父亲一起出了家门，途中经过特里格维的家，她看着他们消失在一个对她关闭着的世界里。

你不应该这么担忧，奥斯勒伊格对她说。担忧就像害虫；假如你喂养它们，它们就会迅速繁殖，成为瘟疫。喜悦会主动寻找渴望接收它的人。让这个夏天顺其自然吧。记住，他只有十六岁，才意识到自己是个男子汉；他有些困扰，但会过去的，别对奥迪尔生气，试着理解他，索聚尔是你们的孩子，你要允许爸爸和儿子独处一个夏天。会过去的。

让他们父子在这个夏天相处，因为索聚尔会回来的。是的，但他会以什么身份回来？是作为他自己，还是别人？因为一整个夏天过去了，索聚尔一本书都没看，他过去一直读书，和她一样，会兴高采烈地等待乘坐沿海的轮船周游全国的书商，书商的箱子里装满了书，有冰岛语的、丹麦语的，还有一些英文书。这书商总是提前给他的老主顾写信，有一封写给玛格丽特和特里格维姐弟的信是五月初到的："嗯，我一年一度的探访时间又到了。根据航期，我六月二十四日就可以见到你们——这次我带的书比去年更多，但我脑袋上的头发可掉了不少！"

那些话不是谎言，无论是关于书，还是他的头发。特里格维与玛格丽特和他一起消磨了半日，索聚尔却借走了特里格维的汽船，和两个熟人一起钓鱼去了，仿佛对于往日自己甚爱的事物丧失了兴趣。这个男孩怎么了,这个过去手不释卷,在《东峡湾人》上发表过诗歌,被一些村民称作教授或诗人的年轻人;她的儿子怎么了,那个曾经在霍尔纳峡湾给她写了一封热情洋溢的长信的儿子,他笔下的一些句子似乎饱含愠怒和喜悦——他去了哪里?

夏天过去了。天色开始变得更加黑暗。

一天清晨,山顶披满了雪。秋天伴着夜晚的霜冻和星辰来临,有一次,凌晨一点刚过,玛格丽特就从浅浅的睡眠中醒来,去喝水的时候看见校长经过他们的房子,向山上走去,拿着望远镜和三脚架。他没有走直线,穿着他的英格兰或苏格兰的厚羊毛外套,头上没戴帽子,裹着一条宽大的围巾;北峡湾和东峡湾没有人这么穿。他走得很慢,但步履坚决,带着渴望。她觉得这种搭配很养眼。她在自己还没有意识到的时候,就已经哭了,站在厨房里哭,幸运的是夜色深浓,没人看得见她。事情有点不对劲,她一边想,一边离开窗边——但现在,一天之后,她又站在了同一个地方。

凌晨一点刚过,她又醒来,仿佛黑夜在召唤她。校长带着望远镜经过。她想,那条道也许不是上山最好的路径。

她听见索聚尔在床上翻来覆去,就进了房,小心地俯下身,吻吻他的额头。接着她走出家门。没有思考。

不,这样说不太准确。不知何故,这一天慢慢过去,她不停地琢磨着这件事:校长经过她的房子,温柔而专注地向着星辰前行。当一个人透过望远镜看见星空对他们敞开怀抱时,他必定会心有所动吧?他的生命会因此而变得更宽阔吗?

她琢磨过这个。心不在焉,把鱼煮过了头,嘴里说着胡话,此刻她正往山上走。

穿着厚厚的半筒袜、鞋、睡袍和一件厚外套,夜色将她遮蔽。

她努力加快步伐,想快点离开房子向山上走,天很黑,自不必说,尽管星辰闪着微光,尚能分辨得出有人经过,以及那人是谁,正如她刚刚看见校长。不可否认,他走过的时候距离他们的房子实在太近。虽说她走路的时候尽量远离别人的房子,却仍有可能被人认出。假如有人醒来,看向窗外,会先看见校长,紧接着是她,她走得很快;况且假如没有一个充分的理由,谁又会在深夜行色匆匆;心存疑虑的人会把二加二算成五。因为她没有追着他跑,这是自然——也就是说,看起来不像一个女人正在追逐一个男人,反之亦然;什么玩意儿——她绝对没在追逐一个男人,而是一个校长。她追逐的是知识、望远镜和星星,也想和他聊聊索聚尔。她并不是担心人们对她有所议论;有些人巴不得她干出什么奇怪的事来——虽然这次她有点过头,跟着一个有妇之夫在夜里游荡。追逐知识?当然,当然;可谁会相信?欣赏夜空的美景?当然——躺在地上观赏,这毫无疑问。她依然会容忍这种说辞,心里清楚很多人天生就不把别人的行为往好处想,不是出于恶意或者坏心,就是出于无聊和对自己生活的不满。她能容忍这些,尽管这对校长来说影响不好,毕竟他因为学识渊博、勤勉和正直而受人尊重;一个幸福的男人,娶了一个美丽的女人为妻,也一样因为勤勉和智慧为人熟知;他们都是幸福的人。话说回来,玛格丽特的确不该这样跟在他身后,因为那正是她此刻的所作所为,在黑夜里奔跑,她不该把他牵扯进来,让流言的污点落在这样一个男人身上。可她无法控制自己。她提起睡袍的衣摆,这样能走快一些,她离村子有一小段距离了,她的双眼能很好地适应黑暗,从村里的房子看过去,已经看不见她了,人们尽可以把眼睛瞪掉,她根本不在乎;她已经完全和夜晚的黑暗融为一体。我变成了黑暗,她一边想一边微笑,突然想大声笑出来,突如其来地感到一阵愉悦。你真是个白痴,她自言自语,咯咯地笑,仅仅活着就这么有趣,自由的感觉在她内心滋长,仿佛她又恢复了青春,生命充满了可能——无限可能!她跑过荒原,穿过柔软的野草,睁大了眼睛,带着笑意,解开睡袍,像撑开翅膀那样举起双臂,她全身充满了对飞翔的渴望,她是如此轻盈,轻如鸿毛——她一定能飞起来!她咯咯地笑,反正没人看得见她,就算有,也只会认定她是个疯子!她大笑着,她的血管里流淌着生机,她拍打着胳膊想要飞,在星辰之间滑翔,可她根本飞不起来——恰恰相反:她的脚趾撞进一块草皮,让她摔了个狗啃泥,四仰八叉地趴在草间。对着冰冷的草大笑,用牙齿将它们扯断。她抬起头,咧着嘴笑,满口的草,接着迎上校长的目光。

他站在她面前,穿戴考究,身边放着望远镜和三脚架。她躺在草地上,像一只嘴里塞满草的老绵羊。

一

与夜色和星光独处的感觉很好。总有什么事情发生。也许并不是什么惊天动地的事,甚至不值得在喝咖啡时拿出来分享,却能伴着你走完一生。

校长是个有教养的男人。一个属于我们这个时代的男人。

起码可以这样讲,他不信神鬼之说,自他八岁时起,就没再怕过黑。他透过望远镜看向夜空,沉浸其中,在万籁俱寂的天幕下感到如此畅快,突然他听见一阵奇怪的声响,四下张望,看见一个模样古怪、形状可怖的东西快速冲过来,他听见怪异的喘息,他的心脏漏跳了一拍。假如恐惧没有让他动弹不得,他也许会像一个受惊的孩子,一个迷信又无知的人一样,丢下望远镜落荒而逃,使出吃奶的力气向山下的村子狂奔而去,并且脑海中只有一个念头:亲爱的上帝,原来他们说的一切都是真的!

一切:关于那些物理定律无法解释、逻辑无法掌握的幽灵、可怕的存在和现象。然后,他的末日到了。

后来玛格丽特倒在他脚边。

脸埋在草里笑。

她笑着抬起头,牙齿间还有青草,棕色的头发搭在清亮的眼睛上。还有什么看星星的必要?

二

希望校长能原谅我深更半夜这样跑上山,像个疯子一样!有时候我是怪了一点,也许您曾有所听闻。我不知道自己是怎么回事……像白痴一样奔跑,我要从地上爬起来,把我又老又蠢的身体带回家,保证让您独自安静地看星星。

叫我索克尔吧,玛格丽特,他说,接着弯腰扶她站起来。

三

他为她调好望远镜,轻声向她解释她看见的东西,提到了距离,还说光以每秒三十万千米的速度穿过宇宙。他的声音太过轻柔,因此她不得不凑近些听。后来她把眼睛对准望远镜,看见了星星,在目镜上感觉到了他皮肤的暖意。

凯夫拉维克

——20世纪80年代——

伊恩·拉什和英格玛·斯滕马克摘到星星了吗?

一艘二百零八吨位的商业渔船急需甲板水手——时值冬天,波兰仍处于动荡之中。我和阿里每周工作六天,大多数的夜晚也要工作。我们开车在米涅斯荒原上来回穿梭,阿里在接近午夜的时候入睡,有时会晚一些,疲惫地下班回家,一身咸鱼味,累得没有力气看书,不过他会在唱盘上放一张唱片,戴上耳机,伴着音乐入睡,恐怖海峡乐队唱着:"朱丽叶,从前我们做爱的时候,你总是流泪/你说,我爱你,就像爱天上的星星……朱丽叶,我会和你一起去摘星星,任何时候。"

做爱——意思就是去摘星星吗?

和宇宙融为一体?

上帝保佑,和一个姑娘亲近的感觉到底有多美妙?生命是否会就此分成在那之前和在那之后?我们几个坐在萨博车里:我、阿里、斯瓦瓦尔(快满二十岁)、阿尔尼(年长两岁),只有斯瓦瓦尔一个人一路摘到了星星,就在我们认识之前,他和一个姑娘约会了三个月,但后来她又开始和一艘渔船上的一个甲板水手约会,那人比我们大四岁,他对自己宽阔的肩膀充满自信。斯瓦瓦尔在那三个月里拥有了与众不同的经历。你和她一起去摘星星了吗？那是什么感觉？你们一路抵达星星了吗？阿里问。斯瓦瓦尔叹了口气，看着外面的风景，熔岩消失在黑暗的下午，我们开车回到教堂，下了车，想着哈尔格里姆尔和那个小女孩，绕着墓地行走，读着十字架和墓碑上的铭文与姓名，那些名字什么也没透露给我们，有些名字无人铭记，再也没有什么能与世人说，然而它们曾经代表着一切有意义的东西。我们躺在墓地宽阔的墙头上，看着天色越来越暗，渐渐撒满星星。阿里用手做望远镜状，举到眼前看，我们也做了同样的手势，躺在一起看。

"朱丽叶，我会和你一起去摘星星，任何时候。"

阿里常常听着这首歌进入梦乡，时值冬天，我们身上泛着一股咸鱼味，一边打呵欠，一边读《冰岛晨报》，伊恩·拉什上周末进了两个球，英格玛·斯滕马克是障碍滑雪和大回转比赛的世界冠军——他们两个人摘到星星了吗？

今天是星期六，没有加工的活儿，我们可以早些回家，我和阿里走得这么早，才刚好赶在赫尔约马林德关门之前到店，好几个星期了，这是头一回。我们没时间冲澡；带着一身咸鱼味，冲向蒂亚纳加塔街和哈布那加塔街街角的唱片店。店主曾是赫尔约马尔乐队的主唱，他正准备关门，突然看见我们跑过来，脚下雪泥四溅。现在是下午四点，星期六之夜近在眼前，斯塔皮或别的什么地方会有一场舞会，伏特加酒瓶在等待我们，这种感觉真他妈的好极了，喝得酩酊大醉，尽情放纵，让这懒散乏味的世俗生活、鱼下脚料、睡眠不足、洗不完的尿布、沮丧以及蹩脚的电视节目统统见鬼去吧，自由挥洒激情，尖叫到深夜，劲歌热舞，挥汗如雨，管他是在斯塔皮，还是地狱的某个角落——我和阿里却只想在赫尔约马林德关门之前赶到那儿。几乎马上就要关门了：这位老歌手正要锁门，突然看见我们在昏暗的天色中踏着飞溅的雪泥跑过来。他笑了，似乎很高兴见到我们，尽管他妻子有些不耐烦，他们打算举办一个晚宴，需要筹备好一切，每逢周六他妻子都会在店里忙活，冲洗胶卷、做账目，这个时候其实可以听点更好的音乐，更欢快的调子。我知道，亲爱的，歌手说，歪着头笑，然后告诉我们，他给我们留了些东西，说着便走到柜台后面抽出一张唱片。莫扎特的《安魂曲》。他深情地摸摸唱片套。为上帝而谱写，他说，接着又说，在这里，美抚平了哀伤。

莫扎特不会帮你炖羊肉，他妻子说，急着在关门之前把店里的事料理完。我把手伸进口袋拿钱包，其实我们想买些与众不同的东西，最好是一张摇滚专辑，我们从未听过的东西，明天能在萨博车里，伴着和米涅斯荒原一样长的吉他独奏播放的东西，关于痛苦、性与爱的歌曲——最后我们却买了莫扎特。当我递给这位老歌手一张五千克朗的钞票时，他往后退了一步，举起双手，手掌朝着我们，摇摇头，不，不，这种东西不是用来出售的，那是不对的，是不被允许的！账目对此有不同意见，他妻子说道，并把灯打开；它们看待美的方式和你不一样。我爱你，女人，歌手说，转头看着她，我才不在乎账目怎么说呢；你是我心中永远的旋律！听听你自己在说些什么，一把年纪了，她说，接着她的身影消失在后屋，而我们尴尬地站在原地直冒汗。阿里盯着地板，仿佛在那里发现了什么有趣的东西，而我慌乱地拿了几张唱片，不仅是因为我不知道该怎么办，也是为了能花钱买一些东西，没有什么是公平的，况且账户也需要安抚——用它们能理解的东西来喂养它们。我们有的是钱可挥霍；每周工作六天，经常晚上也工作，每周五都能拿到一份丰厚的工资，我随手拿了两张唱片，说，这些我们也要；歌手拿着它们笑着走到收银台前。好吧，好吧，好吧，好吧，全是美洲乐队的热门歌曲，《无名之马》；这个在我这里很久了。还有什么？是的！这才像话嘛，你们已经回归了本质：《摇滚金曲》！里面都是些什么歌……他拿掉唱片套想看得更清楚，对我们大多数人来说，视力都会随着年龄的增加而衰退，仿佛世界开始灭灯了。是的，他说，脸上露出灿烂的笑容，原来是约翰尼这家伙，我的老朋友，你还记不记得，宝贝儿，他对着妻子喊，歪着头轻轻唱起来，柔软的声音似乎充满了整个店铺："你让我幸福，你让我摇摆，但现在没有了你，我一无所有。"仿佛他在用整个身体，用他柔软的肌肤、女人般的胯和天真的笑容在唱。别唱了，她的声音从后屋传来，不然我又会彻底为你沦陷，到时候谁来炖羊肉？！是的，年轻人，他说，接着对我们眨眨眼，把三张唱片放进一个白色购物袋，这些都是他们过去谱写的真正的歌，是真正能俘获人心的乐曲，但莫扎特，啊，是的，他不写歌！那他写的又是什么？我问道。就是那样，歌手一边说，一边为我们开门，外面到处是雪泥，昏暗的天色失去了光明，夜晚即将来临，带着绝望的电视节目、伏特加酒瓶和舞会。就是那样，他重复道，神色恍惚地看着门外，没人能为他谱的曲子作词，任何语言都不能。我想是因为这种歌词在任何地方都不存在，也许天堂除外，在那里，莫扎特每晚都会坐在漂亮的咖啡厅里演奏，俯瞰人间的幸福与永恒——但愿我们活得够漂亮，能为自己赢得一杯天堂的咖啡！

亲爱的，亲爱的，亲爱的，然后卡尔·萨根出现了

下午变成了夜晚，伴着电视机里的美国电影、伏特加酒瓶，还有在斯塔皮或别的什么地方举行的舞会，然而我们一边听莫扎特的《安魂曲》，一边想，在音乐里，美缓解了痛苦。我们一遍一遍地听着《赫赫君王》和《流泪之日》——阿里直到半夜才睡着。他只是躺在床上，睁着眼睛发呆；什么也不明白。

后面几天，阿里都心不在焉，星期一早上他忘了准备午餐，阿尔尼把自己的饭分了一大半给他。星期二早上，他一边喝粥一边读《冰岛晨报》，仍然因为没睡好而感到昏昏沉沉。雅各布很早就去上班了，他要铺一块面积很大的地板，想完工后早点回家，今天是桥牌之夜，西南区锦标赛，连赛两晚，他已经很多年没参加过比赛了，感到既紧张又兴奋，一反常态地讲了不少笑话，甚至成功逗笑了早上走进厨房的阿里，可现在他已经开着拉达车走了。阿里对着碗里的粥和报纸打了个呵欠，心不在焉地读了读电视节目单：新闻，天气预报，八点三十五分的《姆明一族》和八点四十五分的《宇宙——宇宙赋格中的一个声音》。

他把勺子扔进碗里。

勺柄打在碗边上，继母吓了一跳，咖啡洒了出来。搞什么鬼，她嘟囔着，拿来一块抹布，接着嘴角似乎露出微笑。他们醒得很早，六点之前就醒了。因为桥牌锦标赛，两个人都有些躁动不安，雅各布在床上翻来覆去，接着小声说，你还在睡吗？没有，她轻声回答，他凑近她，有些犹豫，而现在她拿来一块抹布；生活是多面的。阿里自顾自地读着："《宇宙赋格中的一

个声音》,一个关于天文学和宇宙科学的美国节目,由卡尔·萨根,美国康奈尔大学的一位天文学家主持。"

你打算把节目单瞪出一个洞来吗?继母问。阿里慢慢抬起头,看看厨房。所以这就是世界的样子;它还在原地,厨房的钟还在,现在是七点四十分,哎呀,阿里迟到了,他得去凯夫拉维克四个不同的地方接五个人,八点前赶到桑德盖尔济,这是不可能的,这辈子都不可能,但是光,电视里说光速是每秒三十万千米。阿里开车要跑将近三十千米路,他必须以光的速度尽快跑完这段路,但说不准光是否能以如此惊人的速度转个弯来到米涅斯荒原而不翻车、不受伤,就像去年的古米一样。以宇宙之声唱出的赋格。阿里大声读出节目单上的这句话,他忍不住,必须让这句话在厨房里、在粥碗上回荡。你要迟到了,继母一边说,一边伸手去拿咖啡壶。马尼会不高兴的。什么是赋格?她出其不意地问。阿里不情愿地站起来,仿佛无法把自己从节目表里的这句话中拉走。宇宙赋格中的一个声音。我不知道,我得查一查,我只知道那是个非常美丽的东西。他快速把碗冲洗干净,发现自己几乎没碰过粥,又忘了准备午餐。继母把报纸翻过来,一个关于天文学的节目,她读着。但愿你今晚没有加工的活儿,她说,紧接着补充道,快点,孩子!他动作很快,匆匆抓起外套,穿上靴子跑出去,外面风不大,微微结了霜,雪下得不小。我一边把车上的雪扫掉,把车窗和车灯上的霜刮掉,阿里一边发动了汽车,什么也没说,他说不出话,如鲠在喉。来自宇宙赋格的声音传来:这个节目到底是有关于天文学,还是莫扎特的《安魂曲》?

阿尔尼认为赋格和音乐有关，也许是一种乐器。假如宇宙是一种乐器，那它的名字一定是赋格，阿里说。问题是，今晚有没有加工的活儿；换句话说，船什么时候回港，渔获量有多大？因为船若是今天下午才返回，货又多的话，我们就得一直忙到晚上十点或十点半。阿里问马尼，马尼敲敲他的嚼烟罐，比约吉——船长的儿子，踩着柴油叉车踏板，二话不说掉转方向，又取来一水桶咸鱼，里面有大量的鱼在等待清理和腌制。马尼还没收到消息——一切都由鱼说了算。我们大可以说，光以每秒三十万千米的速度飞奔，以让人眩晕的速度转弯，也可以说宇宙浩瀚无边，当有人把同一个宇宙变成乐器的时候，"赋格"就是你所使用的词——一切都由鱼说了算。当一切被翻了个底朝天，接受检查的时候，就是这样简单。

午餐，阿里的继母做了番茄酱鱼饼；当阿里告诉她，马尼被问起今晚要不要干活儿，他回答一切都由鱼说了算的时候，她笑了。这才是他的风格，她说。阿里漫不经心地把一整块鱼饼塞进嘴里，继母的笑声中有一丝低音，他突然看见她身上带着少女的感觉，仿佛他在一瞬间瞥见了她的青春。他们的决定由鱼来做，德朗盖岛号下午四点返回，渔获量虽然谈不上很大，也用卡车运了两趟，摊位都摆满了，他们只能在五点左右开始加工，这就意味着今晚他们要干活儿。我和阿里开车经过荒野去吃晚饭的时候，情绪很低落，雪已经停了，但天色阴沉，没有星星，一切都由鱼说了算。我也这么想，阿里的继母说，因此那天下午下班之后，她去了哥哥家，他住在凯夫拉维克北部，有一部录像机，继母把机器连同两盘录像带一起借了回来，一盘是她要看的去年新年的喜剧节目，另一盘用来录制那个关于宇宙的节目。天气预报说，未来几天天气都不好，明天晚上他们工作的可能性不大，阿里可以那时再看节目。你得帮我把机器连接好，设置好录像功能，我不知道这破玩意儿怎么用。阿里动作很快，他的心带着喜悦、惊讶与羞涩怦怦直跳，宇宙从窗外爬进来帮助他们。

星期三过得很慢。下雪了，车被困在小区里寸步难行，到处都立着雪人，一些雪人堆得很像慈眉善目的外星人。这一天终于过去了，夜幕降临，阿里打开录像机，机器在转动，广袤的宇宙和卡尔·萨根出现在屏幕上，他是一个美国科学家，一头黑发，身材清瘦，目光炯炯——他改变了阿里的存在。卡尔·萨根开始讲话。他说话和摇头的样子仿佛在指挥一首交响乐。他说话的时候，现实变成了闪烁的星星。这个男人可真迷人，继母说。阿里吓了一跳，他完全沉浸其中，随着卡尔·萨根的讲述迷失在太空里，完全没意识到继母的存在，还以为自己一个人在电视房，她趁他不注意的时候进来，靠在衣橱上，有时候雅各布会在里面藏一瓶伏特加或朗姆酒，周围没人的时候，他会走进来喝一大口，他们两个人都假装什么都不知道。雅各布当然不在家，今夜是他的第二个桥牌夜，昨晚一切进展顺利，他今天非常热情，既兴奋又高兴，和阿里聊起英国足球，说肯尼·达格利什是他看好的球员。他用口哨吹了一支悦耳的乐曲，阿里觉得自己知道这首曲子，但直到雅各布开始看新闻和天气预报，而他回房阅读海明威的《永别了，武器》才记起这首曲子来。海明威是个伟大的作家，也是一个猎狮人，后记里说，他是一个猎狮人，仿佛这是他赢得的荣誉,用一支强力步枪在安全距离内射杀了一头狮子,不过我和阿里对这本书甚是喜欢。实在喜欢。我们在德朗盖岛水产厂做咸鱼和鳕鱼干的时候讨论这本书,老克里斯蒂安听得心花怒放,老人的精神突然为之一振,他仿佛飘浮了起来。海明威,他是个真正的男人,他说,他写下的每一句话都反映出这一点。但是后来他一枪崩了自己,他又说了一句,仿佛陷入沉思。我们其他人,阿里、阿尔尼,还有我——斯瓦瓦尔和马尼一起去了凯夫拉维克拿脚绳——我们拿不准这是否也是男子汉的一种标志,开枪自杀。也许海明威的生命里再也没有狮子了,这就是他开枪自杀的原因。我和阿里把这本书从图书馆里借了出来。你们对这书到底有什么破兴趣?图书管理员哈尔多尔粗声粗气地说,他把《永别了,武器》和斯蒂芬·茨威格写的《昨日的世界》借给我们,哈尔多尔用拇指翻了翻书页,之后书就到了我们手上。你们就没有更好的方式打发时间吗?他向我们发问,似乎在责骂,完全反对我们把那些书带回家似的,可他的眼神里却也有着一丝光芒,仿佛这个顽强的老家伙感到很高兴。阿里在等待新闻和天气预报结束的空当阅读《永别了,武器》,这些都是他父亲不愿错过的节目。阿里读着:"'哦,亲爱的,亲爱的,亲爱的。'我说。'你看,'她说,'你让我做什么我就做什么。'"

我什么都愿意做,"无尽的爱",我太爱你了,爱到可以去死,开枪打死一头狮子,开枪崩了我自己,亲爱的,亲爱的,亲爱的。雅各布用口哨吹出的歌是《年轻的爱》,当阿里读到"亲爱的,亲爱的,亲爱的"时便想起了这首歌。他把唱片放进留声机,《摇滚金曲》B面的第三首,"他们说在每个少男少女看来，全世界只有一个爱人"，可假如这不是事实，你同时爱着两个男人、两个女人，完全无法控制自己，你可以命令自己的狗坐下，却无法命令自己的心，假如你突然爱上两个女人、两个男人，因为事出意外，超出你的控制，陨石和地球相撞，和我们的生命相撞，它太大了，以至于没有在大气中燃烧，变成一颗美丽的流星，一道在你生命中转瞬即逝的光芒，它太大了，无法燃尽，所以击中了你，让一切变得混乱，一切都不同于往常了，那时你做了什么，你是否谱写了一首安魂曲，是否逃离了家，却把存有危险短信的手机留在了家里，是否做了一个关于宇宙的电视节目？年轻的爱，亲爱的亲爱的亲爱的；那时的阿里还不知道这一点，他只有十八岁，年轻的爱，只可惜他谁也不爱，不再爱谁，曾经有人和别人上了车，他脱下她的牛仔裤，说，亲爱的，没事儿，进而强奸了她，亲爱的亲爱的亲爱的，我想做什么就做什么。从那时起，他就没再爱过任何人并坚信没有人会爱他，有什么好爱的，看看他，看看我，两个百无聊赖的无名小卒，害羞得连话都说得结结巴巴的，不过是带有缺陷的复制品，很容易被遗忘。不过后来，阿里播放了录像带，卡尔·萨根就此进入我们的生命。张开双臂，他说，因为我将带给你宇宙。

这个男人可真迷人，继母靠在衣橱上说。听见她这样说话，阿里感到很尴尬，她竟然这样想，她的出现不由得让他暗骂一声，他的专注被她扰乱，仿佛她侵入了他的空间，观看一些只对他产生意义的东西，他希望她能走开。迷人的男人，她说，她没有离开，继续在一旁观看，没和阿里一起坐在沙发上，也许不想坐下,或是对他表示一些细微的体谅。卡尔·萨根还在继续陈述,带着他们一同潜入宇宙,阿里忘了继母的存在,或者说她已经无法让他分心,世界正变得越来越宽阔,越来越美好。节目播放完了。

阿里还坐在那里。主持人出现在屏幕上,介绍下一个节目,接下来我们将看到侦探兼电台节目主持人埃迪·舒斯特林,由多拉·哈夫斯泰因斯多蒂尔翻译。英国侦探节目才刚刚开始,继母却突然关掉录像机,屏幕上全是雪花点,紧接着现出一个新图像,有人在结冰的路面上反复滑倒,显然他想表现出酩酊大醉的样子,显然想扮滑稽,这显然是两年前播送的新年喜剧。阿里想起那一幕,拉迪失足滑倒在冰面上,雅各布大笑不止,不得不弯腰趴在地上喘气。继母骂了一句,这才意识到自己把节目录在了错误的录像带上,里面是新年喜剧节目,另一个录像带里是一部电影,抹掉没关系,她的哥哥会对此感到不快,宇宙代替了一年一度的喜剧节目。继母骂了一句。她本以为桥牌锦标赛进展顺利的话,她会和雅各布一起惬意地度过一个周五的晚上,可以一起观看新年喜剧,她还记得拉迪失足滑倒的时候雅各布笑得多开怀。当时,她对他很生气,他喝醉了,她表现得很冷漠,一切都很困难,不像现在,现在他们可以一起笑,可她的哥哥会不高兴。阿里站起来,把录像带弹出来,关掉录像机,沉默又回来了,突然带着一股力道从窗外涌进来,窗玻璃都变了形。继母坐在沙发上,两眼发直。阿里打算回房去;他想一个人待着,琢磨琢磨宇宙的事,继续读书。亲爱的,亲爱的,亲爱的,我会为你开枪打死一头狮子,你为什么要为我打死狮子,你想用死亡来证明你对我的爱吗？关于这一点，海明威没有回答——就此开枪崩了自己。

惊喜

只有天黑下来，你才能看见星星。妈妈说那是为了提醒我们，黑暗无法熄灭所有的灯火。仲冬时节的星光最亮。有时候她会说这样的话。我的母亲。

阿里在门口停下，浑身紧张起来，他的继母从来没有那样谈及过她的母亲——她从未那样和他说过话。我不知道，阿里说，没有转身，背对着继母，你母亲对星星感兴趣。

还有很多东西是我们不了解的，继母轻声说，仿佛她不想也不敢这样说。这么天真的话。阿里咬咬下嘴唇。

继母：身体允许的时候，她经常看星星，我是说，在视力允许的时候。现在她几乎看不清自己的手指，真是可怜。

阿里不知该说什么，不知道他该不该说话，想不想说，或敢不敢说，所以他什么也没说，转过身靠着门框。继母坐在沙发边，似乎在说，我不会在这里坐很久。她呆呆地看着前方，带着沉思，却并不恍惚，五官舒展，她的表情看起来很美。

有人披着一条毛毯走进严寒

北方的星空竟如此璀璨，这里的峡湾通向胡纳湾，在世界遥远的北边，群星拥簇在寂静的冬夜中，似乎已没有空间留给黑暗——然而正是黑暗创造了它们。

群星形成无数个星座，它们的名字源于人类悠久的文化、古老的故事，对于了解这些故事的人来说，夜空是一本厚厚的书。这就是为什么继母的母亲在视力尚佳的时候这么喜欢看星星，那时她所看见的世界远远大于自己的手指。哈尔妮，她的名字叫哈尔妮，她在年轻时，大约二十岁的时候，读过一本有关天文学的书，那是她在地区阅读协会的藏书中找到的。书中囊括主要的星座，讲述了它们在天空中的位置以及名字背后的故事。等她放下书的时候，夜空已经变成了一本摊开的书，闪烁着古老的故事——除了那些书中没有记载的、兀自闪烁的无名星星。继母的母亲一直身体欠佳，虽然她很勤快，把家收拾得很体面，忙里忙外的，和男人一样处理海豹的幼崽，闪电般快速地剥掉海豹皮，再将其拉伸进行干燥，她的手艺非常精准，由她经手的海豹皮质量总是一流，然而她却惯于凝望星星。她不像别人只是偶尔抬起头看看——星空对哈尔妮的呼唤不同于其他人。晚上她常常走到门口去看一眼，倚在门框上，抱着细瘦的手臂，只是看着，陷入沉思。寒气进来，穿过她，进入屋子。只有当谁轻推她一下的时候，她才回过神来，不情愿地关上门，继续干几乎干不完的家务；星星当然多如牛毛，令人神往，关于星星我们当然有很多话可说，并从中吸取教训，可它们从来不能帮我们做家务。这一点哈尔妮很清楚，可有时她如此着迷，如此投入，以至于她，好吧，她一出屋就关上了身后的门，穿过院子走到牛棚，或者走到更远处，走下山，坐下来或是倚着装满干草的手推车，继续看，解读天空。她忘了天气很冷，凛冽的北极风穿过她的身体，她没穿外套，头上什么都没戴，骨瘦如柴的她禁不住寒冷长时间的撕咬。妈妈出去了，当发现她不在家时，有人会这样说。某件没做完的家务让人注意到她的缺席，这时她丈夫，继母的父亲，这个大块头，寡言少语的男人，嘴里嘀咕着什么，听起来更像是不知所谓的胡说八道。他随手抓起一条毛毯、一顶帽子，出去找她，结果发现她站在黑暗里，星星下面，他把毯子披在她单薄的肩膀上，快速地抚摸她的头，快得你还以为你的眼睛欺骗了你，然后把帽子放在她头上。他陪她站了一会儿，和她一起看天，然后一起回家。

一

我一直觉得这儿很美，阿里的继母说，她仍坐在沙发边。什么？站在门口的阿里出于本能地问了一句，他被她的故事，她许久以前的回忆深深地吸引，一时间忘了自己，有一阵子他们之间仿佛从未有过沉默。我父亲带着毛毯出去了，她说，还有帽子，然后陪她一起站着……抚摸她的头发，除非我看错了；那时我正站在院子里，天很黑……他给她拿了一条毛毯，并没有让她进屋，他一直觉得看星星是一件傻事，更别提像我妈妈那样穿得这么单薄，还不禁风寒的人……她看着阿里，盯着他看了好一会儿，然后露出一个无力的微笑，出其不意地说，你知不知道你的眼睛很像你母亲？

阿里把手插进头发，拽了拽。

他当然迷人，那个男人，那个科学家，她说。

卡尔·萨根，阿里飞快地说，随口说出他的名字。是的，继母说。这个节目的确精彩。我真不知道世界居然这样广阔。我要和妈妈说说他，这个男人。她一定会为他着迷！真是太遗憾了，我把新年喜剧抹掉了。我哥哥会不高兴的。

二

所以说到底，爱并不等于我这么爱你，可以为你去死，你永远是我无尽的爱——而是一个人在寒夜里带着毛毯和帽子出门，只为另一个人能继续看星星……

三

……这就是继母的母亲哈尔妮在她丈夫的葬礼上悲泣的原因，那个沉默寡言，像石头一样健壮而坚韧的男人。此刻谁还能为她的肩膀披上一条毛毯呢？

凯夫拉维克

——现在——

"大提琴把沉重的悲伤拖上岸"

巴勃罗·卡萨尔斯在演奏马努埃尔·德·法雅的曲子《娜娜》。他拉动大提琴的琴弓,他的"膝上小提琴"。这些音符从哪里来——是源自我们的痛苦,还是根植于深深的渴望之中?阿里给自己倒了一杯威士忌,但没碰,他在倾听巴勃罗,任凭记忆流淌,仿佛大提琴并未把沉重的悲伤拖上岸,仿佛所有的生命和死亡把波拉——和他一起生活了二十多年的妻子——拖上岸,她微笑和行走那温柔的样子,有些像在温和的微风中飘下的雨。他吻过的卡特琳也被拖上岸,他的每一个吻都背叛了波拉,可他仍然吻了,仿佛只要他还一息尚存,就会渴望她的嘴唇、她的呼吸、她黑暗忧郁的眼睛似的。大提琴把他裂开的心拖上岸,拖着他的三个孩子,三重责任,拖着阿尔尼、斯瓦瓦尔,以及奥斯蒙迪尔——那个在星期六清晨我们跳上美国佬的卡车后把割刀递给我们的人,也把雅各布拖上岸,他用口哨吹着《年轻的爱》,阿里终于看见父亲露出美丽的微笑,他看见了,随后他的手击过来,雅各布用粗硬的手掌扇了阿里的脸。他的身体摇摇晃晃,他想抓住我,可接下来就独自站在荒原上,在那家大医院里,在没有尽头的长廊上走着,寻找他的母亲。也许她是巴勃罗的大提琴，把西加拖上岸的那把大提琴，那只野猫，那团野火，只可惜那是继母，蹚进冰冷的海水，向前游，追赶着西加，她想淹死自己，结束生命，割断绳索，变成一种无声的乐器，西加对着继母拳打脚踢，骂她是该死的婊子。可继母还是带着她一起游到岸边，把她从水里拖出来，任由她打骂，后来她们站在严寒中，浑身湿透，寒气渗骨，冻得直打哆嗦，继母把西加搂在怀里，她们为自己还活着而抱头痛哭；大提琴把这些都拖上了岸。后来音乐静止了。

《娜娜》。德·法雅作。

阿里伸手去拿继母的来信。这封信几个星期前就在哥本哈根进行了投递，日期是十月二日，信很长，西加的文章随附在信中，《男性的世界》，副标题是《有权有势之人就能索取》。索取女人。在印度，每二十二分钟就会有一个女性遭遇强奸。卡里把西格伦带上他的车，拉下她的牛仔裤，分开她年轻的双腿，把他的棍子插进她的身体。亲爱的亲爱的亲爱的。阿里重新播放了巴勃罗和德·法雅。大提琴把沉重的悲伤拖上岸。还有继母的来信。

桑德盖尔济
十月二日

"我想你是不会写信的,除非是以你爸爸的名义写给合作社主任,因为他们买海豹皮给的钱太少了。"

桑德盖尔济，十月二日

  你此刻一定很惊讶；这个老太太居然写了一封信！其实我也不知道该怎么写信。我上次写信已经是很久以前的事了，那是六十年前我在奥迪尔家里的时候。六十年了！多么荒谬！那时候我替爸爸给合作社经理写了一封信，因为爸爸说他们把海豹皮的价格定得太低了。想起这个，我就很想吃海豹肉和晒得半干的鱼，因此对此不再多言了。两封信相隔六十年，是一段很长的岁月，所以我不知该怎样把信写好又不让自己感到尴尬，这并不奇怪，除此之外，我向来对这该死的拼写缺乏信心。你必须对我有耐心，就像过去你笨手笨脚的时候我对你有耐心一样，天哪，我还从没见过比你更笨的人。有时候我不得不对你耐心，是不是？你有你爸爸的消息吗？我几乎没有他的消息，如你所知，自从我和马尼开始约会之后，就彻底没有他的消息了。我也从未收到过你的来信，或者说很少，也许你很忙，有时候我会在报纸上读到关于你的消息，尽管读了还不如不读。现在每个人似乎都行色匆匆，虽然我不知道他们要去哪里。当人们匆匆忙忙北上的时候，不是因为他们开会迟到，就是有什么东西会随着暴风雨到来，总之和这些有关。衰老是一桩怪事。我听说过关于你父亲的一些杂七杂八的事——还有很多值得关注的事情。我想，和他沟通没什么用，和他见面也是徒劳。上次我去见他的时候，他威胁说要开枪打死我，虽说他喝醉了。不管怎么说，他没有枪。从你还是个孩子的时候算起，我们三个人在一起生活了十五年。十五年的时间不短，有时候你爸爸也威胁说要开枪打死我。假如我们一起生活了三十年而非十五年的话，他还会发出什么威胁？到那时他会不会就有枪了？哦，假如真是这样，我想我一定是自作自受！我犯了错，也许是说了不少丑陋不堪、让人难以原谅的话吧。雅各布抱怨我太安静，我的沉默有毒。想知道自己究竟该怎么做实在太难了。我爸爸很少喝酒，他喝酒的主要原因是对某些不公正的行为表示愤慨或沮丧，我想，我们大家有时候都会这样，要不就是有人来做客的时候带了酒。他经常和他的朋友比约恩牧师一起喝得烂醉，两个人有时还吵架。比约恩牧师壮得像一头北极熊。他们快吵起来的时候，妈妈总是把他们赶到羊舍里去；在那里他们可以把东西打烂，可在家里不行。第二天，爸爸的怒气、难过，或者说那些让他喝醉的坏情绪统统都消了，只是酒精的后劲让他头疼，这是自然，也可能是因为和比约恩牧师打架造成的头部的青肿和瘀伤。那个男人的手确实很大。孩提时期的我就很害怕比约恩牧师，坚信他要么是上帝，要么是死神；我不知道自己怎么会有这么荒谬的念头。有一阵子，他一来我家，我就会爬到床底下躲起来。有一次，妈妈把我从床下拉出来，问我："你干吗这样做？"我告诉了她我的感受，觉得牧师不是上帝就是死神。比约恩牧师大笑起来，我能看见他嘴里的每一颗烂牙。可想而知，因为这个我对他更加畏惧了。妈妈打了我屁股，但力道不大；她身体不好，真是可怜，她的举动只是为了让牧师明白，这种愚蠢的想法不是她教的。你看,她对比约恩牧师从未有过好感。

　　我在胡说八道些什么?我本来不想告诉你这些;我自己都对自己感到愕然。通常,当你开始着手处理一件自己毫无头绪的事情时就会如此;一切变得乱七八糟。刚才我说到哪儿了?对,我想说,在你和你爸爸看来,也许我不是最合适的人,也许我和这个标准相差甚远。我也确实很快进入了你的生活。太快了,有时候我这么想。你妈妈才刚过世,我记得有时候在夜里能听见你在房间里哭泣,你还尚未入睡。我自然该去看看你,可我心里很清楚你盼望的不是我;我还差得远呢——你盼望的是你母亲。那时我自己也还是个孩子,所以并不知道该怎么抚养一个小孩,更何况是个快满六岁的失去母亲的小孩。我不知道该说什么,该做什么,该买什么衣服,该做什么饭。我记得你并不喜欢吃海豹肉和半干的鱼。我很难理解,但我确信你会慢慢改变,因此决定对你的抗议视而不见。回顾你的人生不是一件容易的事;错误会直直地盯着你看,无论是大错还是小错。我知道该怎么对待小羊,知道怎么让一头母羊对失去妈妈的小羊视如己出,但这些方法无法用于帮助孩子去适应他们的新妈妈。你父亲说你会好的,会习惯这些变化的。你的确做到了,以你自己的方式。你和波拉离婚的事让我非常痛心。实话告诉你,这个消息把我惊呆了;你们在外人眼中一直是天生一对。有时我会认为这全是我的错;我太蠢了,当然,因此才会产生这些奇怪的想法。因此,我即使听见你在夜里哭也没去看看你。我不知道为什么要和你说这些。我想你是不会写信的,除非是以你爸爸的名义写给合作社主任,因为他们买海豹皮给的钱太少了。就像我现在这样努力写出来的这封信，几乎让你变成了另外一个人。你得照照镜子，确认自己还是过去那个人。是的，我照了照镜子，看见的还是那张生满皱纹的脸！我写不下去了。我右手手指开始觉得僵硬，肩周炎发作了。明天我再接着写，假如我没有把它当成垃圾扔掉的话。

十月三日

　　这比我想象的更糟。写下这些文字让我感到很丢脸——我这又丑又老的脑袋应该被敲开！衰老就是这样对待你的！但我没把这封信扔进垃圾桶，而是继续写！

　　昨天停笔之后，我翻看了这十五年我们一家人的照片。数量不多，大概三十张，对这些照片我不知该说什么。现在只要你打开报纸、电视，或者广播，就有人在没完没了地讲述幸福、爱情和感受，仿佛每个人都应该了解它们，好像它们和每个人都有关。他们不是在喋喋不休地谈论自己的感受，就是在亲吻他们的孩子和配偶，甚至毫不介意在街角的店铺这样做，就为了让每个人都看见他们。我从没见过我妈妈和爸爸亲吻。好像大家每一天都该感到幸福、快乐、精力充沛，对配偶的爱应该溢于言表，否则你的生活就是失败的。至少看起来这些就是他们在表达和思考的东西，你很难用另一种方式理解这种言论。有一天我在报纸上读到，那些从不探讨感情的人会逐渐变成顽固自闭的贝壳，让事情恶化，无论是对于自己，还是对于身边朝夕相处的人来说。你一把年纪了，却不得不面对你的生活很失败这一事实，这谈何容易。

　　随着年龄的增长，你就会产生许多奇怪的想法。最糟糕的是，我不知道这到底是成熟还是痴呆的信号。遇见你爸爸我很开心；他的个性十分活泼可爱，我感觉他是个努力工作、不知疲倦的人。他好玩起来能把人乐坏。那时我刚从北方来，简直受宠若惊，一个相貌这么英俊，工作又体面，甚至还会讲英语的男人居然对我感兴趣。他似乎出身于北方一个殷实的家庭。过去他总和我说起他的父亲，说起他获得的成就和荣誉。没错，我真是个笨蛋，我必须承认这一点。对于你母亲的病我一无所知，起码一开始并不知情；甚至不知道你们，你和她的存在。一天晚上他和我说起你，说起他有家室，有你，还说他的妻子病得很重，这样卧病在床已经两年左右了。接着他哭了起来。我经常想起这件事，想起他哭。像一个孩子般号啕大哭。我想过眼泪究竟是怎么一回事，尤其是在你认为坚强的人哭起来的时候。有时候我感觉自己似乎被眼泪征服了。是的，是的，我的天，我太喜欢他了，觉得他如此让人悸动，可他却不该隐瞒自己已婚，有个年幼的儿子，以及妻子病重的事实。我不确定我是否能原谅他。我记得自己当时很想站起来一走了之，对于这种事我一点也不想过问。可他后来哭了，我就心软了。我只见过你母亲一次，在她去世前一个多月。当时你在西伦加波吕尔的一个儿童福利院，那里专门收留家庭残缺和家庭不幸的孩子。我没有告诉任何人，就去维菲尔斯塔齐尔医院探望了她，像个小偷一样悄悄穿过长廊，回避所有的问题，像个胆小鬼，我不敢撒谎，只能保持沉默。我不能实话实说，不能说我是这个躺在病床上等死的女人丈夫的情人，想满足自己的好奇心，想在还来得及时看看她。我终于找到她的房间，她在睡觉。我在她身边站了几分钟，和她说话，但我不知道她听见了多少。我想，她注射了大量的吗啡。她瘦得皮包骨，真是可怜，我不断地和她说话，吗啡让她陷入睡眠，假如可以这样说，也许是这个原因让我很容易和她说话，告诉她我的一切所思所想。也许我从没像那几分钟一样说过这么多话。突然，她睁开了眼睛。她的眼睛很大，蓝得不可思议。她直直地看着我，我无法控制地想起北方荒原上的湖，夏天的夜晚在湖边钓鳟鱼是多么心旷神怡。我不知道自己为什么会想起这个。顺便说一句，你有和她一样的眼睛。我想它有时困扰着我，因为我觉得我对不起你。难道这就是为什么我明明在你本该睡觉的时间听见了你的哭声，却没去你的房间看看你？因为那样做是不对的，作为一个母亲去安慰你，那是不诚实的，甚至是一种欺骗。我请求你母亲的原谅。我说：你能原谅我和你丈夫在一起吗？我真的无法控制自己，但我不想伤害你。我很抱歉。

我不知道她听进去了多少，这个可爱的人，不到三十岁，还是个孩子，然而在过去的两三年，可怕的疾病一直在吞噬她，除了那双蓝色的大眼睛，她已经所剩无几。我甚至都不确定她是否知道我在近旁。她用那双似乎能看见一切、知晓一切的眼睛看着我。我站在那里，感觉自己正在被X射线透视。我搬来和你们同住的速度太快了。葬礼结束才不过两周。你爸爸想让我晚上过来，在你睡着之后，这样更妥当。他顺势说了一些话，说你会在一个全新的环境中醒来，会更快地走出丧母之痛的阴影。你走进厨房的时候，我正在做粥。看见我的时候，你停住了脚。你爸爸说，我是你的新妈妈。你甚至还不到六岁，我从你的目光中看出来，你永远不会原谅他，或者我。我记得那天早上的光线很美。你可能还记得，我们在萨法米利的朝东的厨房，那天早上光线很美，并不刺眼——那时当然是冬天——很美。我们起床晚了，所以阳光普照。那片冬日的阳光照亮了你的双眼，像极了那双在维菲尔斯塔齐尔医院看着我的眼睛，我感觉它们告诉我，你永远不会原谅我们。我只想逃跑，一步不停，直到回到北方，回到家中。但我也在想，别胡思乱想了，他只是个孩子。不管怎么说，我是不可能逃走的，我在你爸爸身上找到了我不想放手的东西，就像他在我身上找到的一样。你什么也没说，只是盯着我，可我看见你握紧了拳头，不知为何，我想起了家里的绵羊，秋天里，当它们的小羊被生生夺走，它们会咩咩叫上几天。你什么也没说，只是喝粥，像你爸爸一样，我倚着橱柜站着。我一直喜欢安静，但我记得那种特别的安静特别难熬。你父亲在他的粥碗里撒上白糖，以前我从没见过别人这样做。后来他走了，上班迟到了，只剩我们两个。你艰难地吃着碗里的粥，对你来说粥煮得太稠了；那时我不知道，很多的早晨过去了，我才意识到这一点。你坐在那里瞪着碗里的粥；我们什么都没说，我只想哭。

好了，我的手指又僵了，肩周炎说，早上好，你这个丑老太婆！我想我写信给你是为了请求你的原谅，以我们两个人的名义，雅各布和我，我不指望他会做这些事情，你知道他是什么样的人。请求你原谅我们在你母亲过世后的所作所为；原谅我听见你哭却没去你身边安慰，原谅我没能更用心地弥补你的丧母之痛。我请求你原谅我一直以来给你做这么稠的粥喝。原谅我和雅各布的过失吧，原谅我们做了这么多错事。但愿你明白，这只是出于不成熟，而非恶意；绝非如此。我常常努力想把事情做好，结果却不尽如人意。你总是很固执。有时候好像无论接下来会发生什么,你都决意抗拒似的。应对起来似乎总是这样艰难。

现在我要停笔了。写下这些话,我感觉好多了。你千万别认为我感觉很糟,因为我挺好的。马尼和我去年夏天还去了西班牙。想象一下!还有,我又想继续抽烟了。好了,趁我还没让自己闹出更多笑话,最好就此搁笔。

凯夫拉维克
——现在——

和我们心爱的人一起傻笑着滑下滑梯

哈布那加塔大街很热闹，人们四处奔忙，寒冷和寂静撑起天空。圣诞节这天，新影院对面的"1976年1月"酒吧举行了一次酒吧问答游戏：第三个下山的圣诞顽童[1]是谁？哪家商店明天下午两点到三点所有商品都打五折？圣史蒂芬日是什么节日？

我走上哈布那加塔大街，看见这一切。这些问题，被撑起的天空，折扣最低的商店。比尔贾恩电台今晚将在凯夫拉维克进行直播，主题是"凯夫拉维克就在这里"，还有广播界名流，那对著名的侊俪西格马尔和科拉，将像明星一样在城里漫步。十点，他们将宣布"凯夫拉维克之爱"的获奖者，邀请人们拨打电话提建议，或是在比尔贾恩的Facebook页面上留言，提名凯夫拉维克最相爱的夫妻。他们将获得精美的奖品，比约格温·哈尔多松，也就是博，将在"1976年1月"酒吧的直播现场为获奖者献唱。博要来凯夫拉维克了！我们会为爱情颁奖，西格马尔大声喊道。他在现场收获的关注和"1976年1月"酒吧里的啤酒让他倍感兴奋。爱情该是什么就是什么，我们应该永远谈情说爱，奖赏它，

---

[1] 在冰岛的传说里有十三位圣诞老人，他们每个人都有不同的名字和外貌，被统称为"圣诞顽童"（Yule Lads）。

珍惜它；我爱你们，他大声喊道，我爱凯夫拉维克！比尔贾恩的总机亮起了灯，人们关于最伟大的爱的建议不断涌入。我哪儿能听不见呢？比尔贾恩电台的声音回响在哈布那加塔大街上，热线对外开放，人们打进电话来表达爱，我爱你爱到可以去死——海扎尔博利路12号的黑尔佳和西吉得到六十九票，市长西于尔永和他妻子得到四十六票，其他夫妻的得票很少，斯瓦瓦尔的旅游商店正在营业，他站在门口，手里拿着一罐啤酒，和两个笑靥如花的女人闲聊。斯瓦瓦尔是个有趣的人，他周围的世界总是要美好一些。她们在笑他说的什么东西。哦，你呀，其中一个谈笑之间发出一声嗔怪。他笑了笑，呷了一口啤酒，电话揣在兜里。他期待接到斯奈弗丽聚尔的电话，她和一个在聊天网站上认识的男人约会去了。斯瓦瓦尔鼓励她去约会，她打电话问过他，拿不准到底该穿那条紫色连衣裙，还是就拿牛仔裤搭配一件漂亮的衬衫。穿连衣裙吧，他说，他忍住恐惧，怕得要死，怕她去见的这个男人拜倒在她的石榴裙下，他当然会的。斯瓦瓦尔给她发了一条信息："你要是感觉无聊，就给我打电话或者发信息，我就去接你，咱们喝酒去，不醉不归！"可他的电话很安静，这安静沉重得连生活之轮都停止了转动。

我路过的时候，安娜，雅各布的女朋友，把电话打进比尔贾恩电台，大煞风景地问，我们怎么衡量爱情，用卷尺还是生命？科拉突然笑起来，大声喊道，阿婆，你是不是神经有问题？接着把线路切换到另一个听众。

那女孩精得像猴子，安娜说着，放下手机。雅各布看看她。

你一直都很美，他说。即使在我躺在美国佬身下的时候？她问。为什么我们不能过得幸福一点？他问，然后她说，也许我应该建议我们这样。我还没爱够，雅各布说，声音有些发抖；他的生命已经所剩无几，癌症像黑暗一样蔓延，他坐在沙发上，腿上放着一本相册，桌上还有四本，他看着一张照片，上面是他、继母和他的妹妹埃琳，他们正在奇尔丘泰居尔的餐桌上打桥牌，照片是船长——埃琳的丈夫拍的，所以他不在照片里；他是那张空椅子。他们在笑，但雅各布在全神贯注地打牌；沉浸其中。她很美，你的第二任妻子，那个来自斯特兰迪尔的姑娘，安娜说，自她在基地工作的时候开始，我就对她印象深刻，她是少数把我当人来交流的人之一。也许她现在仍然很美，雅各布说，声音很轻，仿佛感到惊讶，或者陷入沉思。她和桑德盖尔济的那个男人在一起过得幸福吗，那个限额男人？幸福，去你妈的，什么是幸福？雅各布问，他的脑袋微微发抖。

什么是幸福，博？我穿过哈布那加塔大街，经过右边的"1976年1月"酒吧，听见电台主持人大声发问。我和博通着电话，他坐在一辆车里，正去往凯夫拉维克，他立刻回答了这个问题。歌唱爱情吧，西米，那才是真正的幸福。你是美的化身，主持人高喊。美终于来到了凯夫拉维克，接下来会怎么样呢？走进飞行酒店的时候，我嘀咕道，终于逃离了霸占着哈布那加塔大街和寒冷的电台。阿里在大堂吧等待，他选了一张靠窗的桌子，刚刚收到海伦娜的短信，就是那个从哥本哈根飞回冰岛的航班上坐在他身边的女人，还有她的未婚夫，那个大块头，话虽不多却很快乐的阿达姆。他们玩得很开心。今天他们去了三个游泳池，试了所有的滑梯，明天他们要去艾雅法拉火山，趁导游在不远处的大吉普车里等待的时候，他们会在一个小帐篷里做爱。"天堂的上帝啊，活着可真有意思，"她写道，"但你的幸福去哪儿了，冰岛人？你能在眼泪中重新找到它吗？看看天空，或者和你心爱的人一起傻笑着滑下滑梯时能找到吗？"

这主意不错，我说，和你心爱的人一起坐水滑梯；你会带谁去？

阿里没有回答，只是看着我，他眼中的忧伤总让我想起被遗弃的小狗。你为何长着这样一双眼睛？舍弗恩问。她是侯尔马维克的酒店经理，有一次她趁着周末时间长，去哥本哈根看阿里的时候这样问过。阿里在侯尔马维克住她的酒店时认识了她——在他把早餐桌上的一切拂到地上，并逃离波拉、逃离他的生活之后。

我答应过不追求你，舍弗恩写道，并附上一个笑脸，她问起她能否和他在一起，但接下来又轻声问，你能原谅我吗？他们已经在一起，做过爱了；原本这些都不该发生。他们出去用了餐，然后回到他的公寓，喝了点威士忌，她邀他跳舞，他笑着把阿萨夫·阿维丹的唱片放进CD播放器，循环播放《恶魔之舞》。有些歌曲只有在你企图寻求安慰的时候才能随之起舞。你为何生有这样一双眼睛？舍弗恩问。如你所知，我不知道还有谁的拥抱比你的更温暖，这样的温暖会不会是种遗憾？后来她又问，我可以哭吗？他把手轻轻放在她的后颈上，让她的头靠上他的肩膀，以此回答她。她哭了，阿萨夫唱着，"起舞吧，小恶魔，起舞吧"。我把你的上衣都哭湿了，她轻声说，他胸膛里那根痛苦的弦在颤抖，那根直直穿过他心脏、将其割开的弦。吻我，她说，吻我。

我们总不能一直这样单独待在一起，这太难了，太不公平了，吻我，所以他吻了那个美丽又孤独的女人，后来，他们躺在一起，急速的心跳慢慢变得平缓，她说，我很抱歉。他吻吻她的肩说，谢谢你这么善良。她接着说，现在你知道我们之中你爱谁更多吗？

* * *

我们之中你爱谁更多？我发出一声感叹。阿里转了转他的啤酒杯，人们慢慢走出酒吧。大个子酒保拒绝把收音机调到比尔贾恩电台在凯夫拉维克的直播节目。这本该是一个避难所，有人让他播放比尔贾恩的节目时他这样说；凯夫拉维克就在这里。凯夫拉维克在整个冰岛历史上从来都没有存在感。他倒是调大了古尔比尔贾恩电台的音量，里面正一首接一首地播放经典歌曲，几乎都是情歌。现在你知道我们之中你爱谁更多吗？阿里转着啤酒杯。

上帝啊，我多么希望你无视我的这个要求

有那么一刻，他在绝望的边缘，带着渴望吻了卡特琳。那一次，事情没有更进一步；她丈夫打来电话，中断了他们的吻。那晚他久久不能入睡，第二天醒得很艰难，想起卡特琳的嘴唇，还有她的呼吸，耳中听着波拉忙前忙后，接着取笑他一副宿醉未醒、精神恍惚的样子。最艰难的是背叛了那个对你而言最重要的人，却并不内疚。两天后，当他收到卡特琳的短信时，幸福在他的血管中流淌："我醒了，想念你的唇。"

他读着这条短信,感到幸福在他的血管中流淌,咖啡冲好了,波拉在读《每日新闻》。想念你的唇。

几周后,在几十条短信和几十封电子邮件之后,阿里把餐桌上的一切都拂到地上,接着逃向侯尔马维克,可他忘了拿手机,或者说把它留下了,里面都是那些短信。逃离波拉,逃离卡特琳,逃离一切,这沉重的血的包袱。逃离,因为在奥迪尔打了索聚尔的时候,雅各布一把拉开窗帘,打了阿里,大声叫喊,打了他母亲,把她往冰箱上撞。逃离所有的血,逃离,因为他突然不知道自己是谁,应该是谁。

> 您比任何人都清楚,一个无法施展才华的人
> 不可能过得幸福,他将永远生活在从未实现
> 但本可以实现的阴影中。

卡特琳的吻仿佛唤醒了他。毫无道理;他和波拉一直过得很幸福,他如此深爱她,以致有时甚至会感到痛,他和她生养了三个孩子,三重责任,三重欢乐。那不能被称为睡眠,那是生命。尽管如此,她的吻仿佛唤醒了他。整整两天两夜,他躺在侯尔马维克舍弗恩开的酒店里,那个有时被她称作伤心酒店的地方,感到自己一无所知。几周过去了,有时他给自己的头冲一会儿冷水,仿佛这么做能让他从他爱着两个女人这个无力的事实中得到解脱。

假如他同时爱着两个人,为什么不能爱三个、四个,或者五个?和他一起生活的不是别人,而是波拉,这难道不是纯属偶然

吗?斯图拉、格蕾塔和赫克拉——不也是纯属偶然吗?

那个坚信是命运让他和波拉相遇的他。他的全部存在或许都依赖于那种坚信:这是他生命的根基。

他和波拉一起生活纯属偶然?

所以这是一个巧合,他们都变成了现在这样的人,因为我们必须由那些和我们共同生活的人塑造。

* * *

阿里喝完了杯里的啤酒。酒店的酒吧里没有空桌。从昨晚开始,那对美国夫妇就在这里了;她把平板电脑举到眼前,大笑着,他在做鬼脸。市长西于尔永走进来,向周围的宾客问好,一个年轻女人跳过来,请他喝了一杯啤酒。他是人群的焦点,权力是性感的。

阿里一脸歉意地看着我。他在搬去哥本哈根之前,和卡特琳见了四次,感觉很美好。他们两人都热烈至极,难以自持,他生怕邻居会抱怨,拿扫帚敲地板。他逃到了国外去,必须摆脱这一切,让自己得到喘息,寻找方向,他在波拉和卡特琳之间挣扎,他和卡特琳之间仍有信息往来,有一次她捏造了一个前往哥本哈根的理由,和他一起去哥德堡参加会议。那四天是他们最好的时光,他们一起做饭、下馆子、躺在床上、做爱、互开玩笑、倾谈、沉默、凝视对方、抚摩对方。"我爱你爱得自己都感到害怕",回到家中的她在电邮里这样写道,他们的最高纪录是一天发了五十四封电邮。邮件洋溢着爱与激情,他们探讨政治、书

籍、他们各自的孩子、电影、最好吃的比萨饼配料,也因无法光明正大地相爱而悲伤。但接下来她再也无法应对;她的最后一封电邮:

"我想让你给我写信。我需要你给我写信。我痛苦地深爱着你,几乎无法思考别的,脑海里全是你。我渴望你的名字出现在我的收件箱里,每次看见你的名字,我都要跳起来,心中充满喜悦,兴奋得像个小女孩。我总是望着你的照片,闭上眼,你就开始吻我,温柔地咬我这里,重重地咬我那里。我的上帝,我是多么爱你,如此美好的男人。可我必须命令你别再写信给我。假如我不够坚强,屈服了,给你发了信息的话,恳请你不要回复。我命令你删掉它,不要读。我不能再这样了。我不能同时爱两个男人。这和杀了我差不多。我浑身发抖,夜不能寐,无法集中精力,胡乱地回应别人的话。我挚爱的、亲爱的丈夫很担心,我能从他看我的眼神里看出来,我能感觉到他对我有多体贴。我的上帝,假如他知道……那会毁了他,若真如此,我永远,永远,永远不会原谅自己。我的爱,亲爱的,假如你爱我,别再写信给我,假如我不够坚强,没能克制住自己,也别回复我。上帝啊,我多么希望你无视我的这个要求!"

雷克雅未克

——20世纪60年代——

爱把我们扔给狮子

很抱歉之前我咬了你的肩膀,她说。

她离开鲱鱼产业回家了,阿里的母亲,她激情四射,甚至在雅各布进入她的时候咬了他的肩膀。咬得太使劲,所以他忍不住叫了一声,吓了她一跳。她吻着他的肩膀说,对不起,亲爱的,我就是有时候想吃了你。

他完全原谅了她,尽管第二天工作抬起手臂的时候还能感觉到她这一咬,感觉到她的牙齿和蓬勃的生命。他很开心她回家了,也知道她在斯卡夫塔利兹住得很自在,在捕鱼和航行之后得以休息。他把她睡乱的床罩披好才出门,走进秋天的清晨,因为秋天来了,他为她盖好被子,让她继续睡,她累坏了,出海,整天和鱼下脚料打交道,在风浪里颠簸不是女人常做的事,他抚摩着她的头发,亲吻她的额头。你太好了,她喃喃地说,你对我来说太好了,我是这么不完美。别这么说,你是我见过的最美好的人,他边说边吻了她几回,然后拿起咖啡和午餐出了门,走进这个清晨,走进黑暗,"年轻的爱,初恋,充满虔诚"。雅各布轻快地走在上班的路上,挥动着既强壮又柔软的手臂,这是一份苦差，扛起一袋袋的水泥，砌墙，用铲子把建筑材料铲进水泥搅拌机，这些重活儿让肌肉变得强韧。他微笑着。热恋的青年是多么幸运，他们的未来只有机会和永无止境的生命。他吹着口哨，大步穿过克拉姆布拉通公园，不管天气好坏，他对工作和生活充满着期待，可她却把床罩掀到一边，从床上跳下来，匆忙地煮了一壶咖啡，走进小储藏室，拿起她藏在清洁抹布下的一沓纸，在餐桌旁坐下，点了一支烟，接着写她昨晚没写完的短篇小说。她充满热情，快乐又兴奋，但也感觉自己好像在背叛雅各布。她厌倦了海上的生活？不，完全相反，一种不可名状的活力让她颤抖不已，她就坐在那里写作，每天写三四个小时，一连两周，写了四篇短篇小说，整整四十六页，她一直在写，仿佛每一个词都带着她向自己的更深处走去。这些都是奇怪的故事，她不知道它们是从哪里来的。两个美好的星期。她迫不及待地等着雅各布关门离开，跳下床，看着他的身影消失在街头，然后继续写这些奇怪的故事。撒谎不是好事，最糟糕的是对你深爱的人撒谎，可她无法控制自己，一直在撒谎，对雅各布撒谎，她可能会因为这个下地狱。

别胡说八道了，韦加，也就是她的姑姑、莉拉的姐姐说，我们和你提过莉拉，在她漫长的一生中，她写过的唯一一首诗是在死神降临，掳走她八岁女儿的时候，然后她写了一首诗，仿佛这首诗是用来阻挡死神的。韦加是四个兄弟姐妹中最年长的，她出版了一本诗集，目前正在写她的第一部小说，她也画画，会弹肖邦和埃里克·萨蒂的曲子。她们偶尔会在莉拉家中见面，韦加把她的书借给阿里的母亲，弗吉尼亚·伍尔夫和简·里斯，并告诉她，别再胡说八道了，别像个该死的臭婆娘似的。在漫长的岁月里，几千年以来，我们不得不掩盖我们的才华、激情、欲望，不得不照顾孩子、洗衣做饭，可男人们却能随心所欲。我们不过是残羹冷炙而已，注定要做母亲、家庭主妇、妓女，当我们想摆脱这些角色的时候，永远都是遭到拒绝。这就是为什么我们必须抵抗，沿着看不见的路走下去，在我们现身之前，先获取和积累力量。否则他们就会把你闷死在襁褓之中。这并非出于恶意，只是出于一种至高无上的天真。

别害这姑娘，莉拉一边冲可可饮料一边说道，她不是你，让她快乐一点，再说了，雅各布是个讨人喜欢的年轻人。韦加笑着看看阿里的母亲，笑得很美，她说，这姑娘之所以快乐，是因为她还年轻。

雅各布下班回家，亲吻她，这就是"年轻的爱，充满虔诚"，她把她的小说和愧疚的内心藏到抹布下面，她说她去看了莉拉，却对韦加的事只字不提，韦加和雅各布合不来。就好像她恨男人似的，有一次他这样说道，他控制不住自己，又下意识地说了一句，她恨他们就像她追求他们一样。然后他们吵了一架，彼此都说了可怕的话，她冲进卧室，砰的一声关上门，他往沙发上重重一躺，对着枕头嘶吼，宣泄情绪，他睡着了，可半个小时后又在她的亲吻中醒来。我的爱，她喃喃地说，原谅我，我不知道自己怎么能对你说出那些丑陋的话，我们最好还是别提韦加了。是的，他在她的亲吻中呢喃，你说得对。我的爱，她轻声说。

爱情，韦加对阿里的母亲说，等同于手无寸铁；它把我们扔给狮子。

她抽着烟。在烟雾中眯起眼睛,静静地笑着,仿佛在软化自己说的话。莉拉端来热可可和煎饼。哦,韦加说,和你在一起我一直觉得很踏实,妹妹,说着甩了甩她那美丽的金发。头发又长起来了。她在挪威的时候失去了头发,在那里住了二十年。十八岁那年,她去了那里,认识了一个挪威男人,那是爱情,强烈的激情,后来他们生了三个孩子,又迎来了失业和辛苦求生的日子,再后来发生了战争,德国人来了,他们中间有一个长着棕色的大眼睛。她在冰面上滑倒,重重地摔在地上,屁股摔疼了,有人弯下腰,把手伸过去拉她站起来。她抬起头,和那双棕色的大眼睛对视。她看不见军服、国籍、世界大战,只看见那对眼睛的深不可测,还有他英俊的脸上那一抹忧伤。那是一九四二年的冬天。现在我成了德国人的妓女,他们第一次亲吻时她这样想,她知道这是个错误,一点一滴都是,可她无法阻止自己。爱情从不将环境、阶级、敌方阵线、距离或年龄纳入考虑范畴。当他进入她的身体时,是如此美好与火热,她仿佛第一次感受到自己活着。没有什么能将她阻挡。无论是威胁、祈祷、眼泪、丈夫的拳头,还是邻居们日渐滋长的轻蔑与公开的敌意,都不能让她就范。爱情使人盲目,肆无忌惮,把我们扔给狮子。战争结束后,仅仅一天时间,一切都经历了翻天覆地的变化。那些呼风唤雨、用恐怖与武器统治一切的德国人突然成了手无寸铁的囚犯。现在你自己种的苦果你自己尝吧,她丈夫说得很平静,仿佛在谈论天气;他们站在客厅的窗边,看着人们走上街头庆祝。韦加看着丈夫;光线透过窗户照进来,显得他很英俊。只是想让你知道,我对你的爱从未停止过,她说,并且我完全理解你对我的恨。她拿起外套,走出去,在庆祝的人群中艰难地前行,抛开仅剩的一点身份的牵绊试图和他说话,可她什么也没得到。他走了,没有人能也没有人会说出他的下落。几天后,她见到了他的随身物品,书、唱片和衣服,在它们被送回德国之前。她见到了他染血的衣服,他们问她能不能把它们,这些破烂的裤子、衬衣、套衫和夹克清洗干净。五百名德国士兵奉命把他们亲自安放在挪威北部的地雷清理干净,他是其中之一。他们匍匐在地上,挖出地雷,拆除引信,大气也不敢出,可地雷并没有完全被找出来。所以他们奉命排成一队,肩并肩走过雷区,以确保地下没有地雷,这是件好事,因为他们漏掉了不少地雷:一百八十四人死亡,二百二十五人受伤。他在第一组。爆炸很严重,他的生殖器被炸飞了。她得知了这个消息,消息很明确。她可以把他染血的衣服带回家清洗,只要两天后她能还回来。之后它们就会被送回去,和他其他的随身物品一起被送回德国,他妻子和两个孩子的故乡。她当然知道他有家室,对吗?

两个年轻男人在外面等待韦加。他们护送她回城,把她带到一个幽美的后花园,那里有六个头发被剃光的女人站在牛车上,像被遗弃的孩子一样用手抓着栅栏,目光呆滞,韦加也被人用大剪刀剃光了头,爬上肮脏的牛车,车上拉着两条横幅:德国妓女!卖国贼!

后来她们被车拉着游街。场面十分精彩。

什么是爱情——爱得这么深,以致愿意背叛自己的国家、自己的配偶,牺牲一切,甘愿被丢给狮子?韦加抽着烟。别害这姑娘,莉拉说,韦加笑了;在家等着她的是三号丈夫,一个像她一样的作家,酒鬼,内心苦涩,这是盛行于这一行的疾病,但有时他是一个可爱的伴侣,夜里会搂着她,你无法要求更多,生活也许不能分给每个人足够的幸福。

他读着科尼亚克白兰地,喝着小说——夜晚

阿里的母亲离开鲱鱼产业,带着一大笔钱回到家中。她的钱包里有一沓钞票,真了不得,当她笑着拿出钱的时候,雅各布着实感到震惊,他盯着钞票,有一瞬间他的身材似乎缩了水,后来她看着他脸上的表情大笑起来,根本不可能不笑。那年秋天再晚一些时候,冬天快到的时候,他们在萨法米利买了一间公寓,尽管她还这么年轻,但她的钞票足够付房子的首付。她太过骄傲和兴奋,雅各布在文件上签字以及和房产经纪人攀谈的时候,她甚至很难安稳地坐着。那人给了雅各布一支雪茄,他们谈论着国家的前景,谈论着政治。该死的左翼分子,经纪人说,雅各布很尊重老年人和大大的办公桌,他觉得自己不能表示反对;该死的左翼一旦得势,我们就会破产,我们不得不跟在他们后面收拾烂摊子。但只要像他这样的年轻人知道怎样为自己创造美好的生活,未雨绸缪,勤俭节约,生活就永远都有希望。如果他们有这样光彩照人的老婆,他说,那就更好了,他很享受她在座位上坐立不安的样子。老浑蛋,她心想,但她接受了他给的巧克力。

那天晚上,他们出去吃了饭。他们需要庆祝。她的父亲和

挪威继母邀请他们共进晚餐，但雅各布想隆重一些，就带她去了舢板棚餐厅。显而易见，这样做并不能让他们在这座城市里显得更高雅，因为他们是那里最年轻的顾客，在彬彬有礼、见多识广的侍者面前有些腼腆，他们点了一整份烤肋排，搭配蛋黄酱、炸苹果、烤苹果和法式豌豆。当雅各布说出这些令人费解的、滑稽可笑的外来词语时，她几乎笑得说不出话来：炸苹果，烤苹果。侍者是一个头发花白的中年男人，恭敬地招呼他们，好像他们并没有和这里格格不入。红酒来了。雅各布和侍者都一脸严肃，后者把酒倒进雅各布的杯子，他尝了尝，点点头说，绝对一流，她喝不下了，不胜酒力，她站起来，低声说，请原谅，急着向厕所走去。她必须穿过餐厅，经过无数张餐桌，人们看着她，中年冰岛人和几个外国人，还有大使馆的工作人员，这个偏远的首都城市只有两家差强人意的餐厅有像样的食物，只可惜葡萄酒很少，并且当然没有啤酒。他们看着这个年轻的冰岛女人快步穿过大厅，经过别人的餐桌，一路小跑，好像她真的需要去厕所或是身体不舒服，因为她捂着嘴，也许是喝得太多太猛。大多数冰岛人酒量不大，而且生活方式落后，但至少这个年轻女人看起来挺优雅的，她把头发梳了上去，身上漂亮的绿色连衣裙衬得她模样可人，和她十分相称，让她小巧而紧实的胸脯若隐若现。她若懂得怎样展示自己，该是多么明艳动人，一名法国大使馆的雇员嘀咕道。世故让女人美丽，他的同事随声附和，不过那对胸脯可真漂亮，完全符合出口标准。另一个男人表示认同。她好不容易跑到厕所，关上门，才爆发出一阵笑声。

他们不习惯喝红酒，不习惯喝十四度的酒，尽管口感相当不错。三杯过后，她不再努力抑制自己的笑声，无拘无束起来，甚至叫来侍者，让他教她读"烤苹果"这道菜名。侍者面带微笑，他看着她的嘴唇，下唇更丰满，显得她很性感。雅各布注意到侍者在盯着她看，喝完了杯里的酒。她的笑充满了感染力，所以侍者和她一起笑了，当她第三次读出正确发音的时候，有人发出一声赞扬。这声"好极了"来自离他们不远的一张餐桌，那里坐着两个男人，也许刚过三十，他们鼓起掌来，她不由得低下头，突然又害羞起来，她的样子实在太美了，雅各布的心狂跳着。没过多久，又送来一瓶红酒。是那边的法国男士送的，侍者说。他笑着对那两个法国人点点头，他们也对他笑着躬躬身，其中一个人举起酒杯，用法语说了一些没人能听懂的话，侍者听不懂，雅各布听不懂，她听不懂，我们也听不懂，没有一个人懂法语，哪怕是一个单词，这当然不是什么好事，当然是个缺陷，这是贫穷的象征，法国人用他蹩脚的英语重复了一遍：敬美人！

敬美人。全都为了她。为她干杯！夜晚过去了。他们点了甜品，她突然对雅各布害羞起来，把手伸进提包，拿出一本之前不知是怎么塞进去的杂志，她把杂志摊平，他认出来了，这是一本他母亲很久以前给他订过的文学杂志，现在他依然记得。你看，科布，她说，她翻开杂志，指着目录上自己的名字，纤细的手指微微发颤：想象一下，科布，我的名字！一篇我写的小说！

是的，想象一下。

他看着杂志。他仿佛看不清楚，丰盛的食物，充满异国风情的装潢，红酒，他们身边用外语交谈的人。他看着。上面是她的名字。她在杂志上发表了一篇小说。远在东部的北峡湾的玛格丽特会读到它，瓦斯莱叙斯特伦德的奥斯勒伊格和特里格维也会读到它，然后他们会写信给他，为她，也为她是他的未婚妻表示骄傲和兴奋。他们总是为这样的事情……来劲，文学。以前玛格丽特给他买过各种各样的书，但慢慢地就不再买了，她什么也没说，尽管雅各布能感觉到她的失望。能感觉到……她在说话，在说杂志上的这篇小说……不，她在说她写了很多小说，或者试着写过……他一点也没听进去，大脑一片混乱……红酒，布丁，外国人，向她敬酒的法国人……连衣裙和她这样相衬，既修身又轻盈。她改过裙子，没有提前告诉他；她今天把一个细长的盒子带回家，走进浴室，穿着这条连衣裙出来，美得惊为天人，他几乎看呆了，心里想，亲爱的上帝，她可真是太美了！却又转念一想，这裙子一定价格不菲！的确如此，她给他看了收据，裙子是用卖鱼的钱买的。那是她的钱，不是他的，他想，手里拿着杂志。她显然写了很多小说。她是什么时候写的？他不知道她一直在写小说，难道他不该知情？这是不是意味着他并不了解她——难道她并未对他交出自己的全部？

每个人都需要自由，科布，那晚他们在基地的时候，西吉这样告诉他，当时他们站在米涅斯荒原的夜空下，美国佬带着女人们走进公寓，他玩世不恭地捏着那两个姑娘的屁股，推着她们走，现在他们听见了笑声和摇滚乐。每个人都需要自由，西吉又说了一遍，这次他若有所思地说给自己听，仿佛在提醒自己什么要紧的事。自由在海上，雅各布说，自由意味着航海，我已经记不清多少次听爸爸说过这样的话了。西吉看看自己的朋友，咽下最后一口啤酒,用有力的手指把啤酒罐捏扁,扔进黑暗里。你从没出过海,对吗?是的,我想我也从没自由过,雅各布说,突然发出一声大笑,然后接过一罐西吉从口袋里掏出的啤酒。头顶的夜空一片寂静。真是奇怪,如此广阔的事物竟能如此沉静。自由,西吉说,只为勇者而生;这真是个非比寻常的夜晚!

为什么在基地度过的那一夜在他脑海中如此挥之不去?他宁愿把它从记忆中抹去。雅各布往杯中倒了点酒,开始阅读她写的小说:

> 雨下得很大。雨水顺着窗户流下来,马路和人行道上处处都是水洼。我感觉自己必须把这些事情说出来,即使没人会相信我。或者不愿相信我。雨下得太大了;我要抽根烟,然后把这些事情一五一十地讲给你听。

不,现在别读,别在这里读,科布,她说,我会难为情的!
我不知道你一直在写作,他停下来对她说,更不用说你在这本杂志上发表了作品;妈妈一定会很开心的,我敢肯定!
她高兴得两眼直发光。我太高兴了,她说,让我们干杯!于是他们为自己的幸福、公寓和小说干杯,为等待着他们的生活干杯,未来能展望的一切,有孩子,有旅行。也许还有我写的书,她笑着说,他也笑了,夜晚就这样过去,侍者替那两个法国人传了一个口信,询问他们是否愿意和他们同桌而坐。雅各布刚要说不,谢谢他们的好意,因为他对该死的法国人毫无兴趣,可她却站起来说，哦，我们过去吧，科布，我们不是每天都能和外国人说话的，说着便向那张餐桌走去，已经来不及阻止了。他们为雅各布点了科尼亚克白兰地，为她点了雪莉酒，她和他们说起英语来毫不羞涩，没有迟疑，而他几乎不说话，尽管他的英语比她和那两个法国人加起来说得都好，那年他在基地工作的时候，总是因此得到称赞。其中一个法国人用法语为她诵读了一首诗。作者是保罗·艾吕雅。一个人应该只用诗和女人对话，只有艾吕雅才能描摹你的美貌。年轻人，他对雅各布说，同时把一只手放在他肩上，哪天你要是不在了，记得通知我，我会倾尽一生呵护你的宝贝！

科尼亚克白兰地的后劲很大，雅各布的心脏怦怦直跳，他们三个人谈笑风生，他读着她写的小说，完全不懂她为何要这样做。她对他还隐藏了什么？她说过她姑姑韦加鼓励她投稿的事吧，那个该死的老太婆！她在笑……看着那个用法语为她读诗的男人。这首诗——也许形同污言秽语，这些杂种身上除了鸡巴什么也没有，看看我的诗，他们说，接着就拉下裤子。

他读着白兰地，喝着小说……这是一个年轻女人的故事。她正在大学攻读数学学位，和她的一个教授有染，他有家室，比她年长二十岁，但他说他爱她，并且他们一同分享了这么多美好的事情。后来当他进入她的时候，他有一种说不出的不适，仿佛他的阴茎在缩小。感觉越来越糟。一天夜里，他"在慌乱中抽出，翻遍书桌，找出一根尺子：他的阴茎只有十二厘米长了。它缩短了五厘米！"她努力安抚他，心里明白大多数男人都执着于自己阴茎的大小，并对此敏感至极。她说，这只是个巧合，还说他的阴茎从未超过十五厘米,还想说这样就够了,对她来说刚好合适,可是后来他打了她,握起拳头,把她往墙上撞,她摔倒在地上,失去知觉。当她苏醒的时候,他已经走了,只留下一点信息,说她是个巫婆,他一定要让全世界都知道。这件事真的发生了,她仿佛倒了大霉。几周后,她游荡在大街上,无家可归,穷困潦倒,一个中年男人可怜她,给她食物,友好地和她交谈,后来他抚摸她的头发,想吻她,她想拒绝,却激怒了他,他把她推倒在地,强奸了她。他进入她没多久,就因为疼痛而大声喊叫,跳了起来——他的阴茎剧烈地缩小,最后只剩下一小块皮……在故事的结尾,她想从一大群男人中间逃跑,他们之中有年轻人,有中年人,也有老年人,他们就要抓到她了,她精疲力竭,打算放弃抵抗,在这些男人面前束手就擒,但她突然决定割掉自己的双乳扔给这些男人——他们于是丧失了对她的兴趣。不仅如此,她也突然跑得更快,消失在群山之中,当她跑过的时候,山边的岩石颤抖不已,星星在她的头顶闪耀,她和星星之间的距离比她和男人之间的距离更近。

雷克雅未克,基地,狂野的爵士乐,还有埃尔维斯

现在是夜晚,夜色这样浓,雅各布感到不知所措。仿佛生命在远方诞生。仿佛一个茧把他包裹起来,不让他靠近任何人,也不让任何人靠近他——只是他们的确和舢板棚餐厅的法国人一起离开了。法国人邀请他们到家里去,城西的一间豪华公寓。雅各布手中又多了一瓶白兰地,法国人放了一些音乐,狂野的爵

士乐，该死的野蛮人。他们像疯子一样跳舞，她也跳起来，却并不疯狂，她的舞步很慢，就像慵懒的溪流中的一朵花……真是奇怪，那一次在基地，安娜也是这样跳的，今夜她是一颗星，因为她的名字叫安娜，是一颗沉默的、羞涩的星。

我叫安娜，她告诉雅各布，我没想到这里会有冰岛人，埃玛说这里只有美国佬，只有军官。我们在基地打桥牌，雅各布抱歉地说。没关系，反正我的英语很差劲，她说。干杯，他说。干杯，她说。他们喝酒，向对方微笑。她真可爱，他想，长着可爱的酒窝。你知道吗，她说。但后来一个美国佬拉走了她，在摇滚乐之后的狂野的爵士乐声中，他们跳起舞，那个夜晚没有虚度，每个人都在跳舞、喝酒、嘶吼，雅各布搞不清楚他究竟是在基地，还是在雷克雅未克的西部跳舞，也搞不清这究竟是怎样的一个人间的夜晚。他想触碰安娜，于是就这样做了，他轻抚她的后背，她的腰，可后来一个美国佬推开雅各布，用手臂搂住安娜，亲吻她的脖子，她尖叫着，他们深深陶醉在夜里，也许已经无法抽身了。干杯，雅各布喊道，但没人在意，因为那里只有爵士乐，有人在疯狂地吹小号，一个美国佬正对着花盆呕吐，另一个人挤到电视机后面，就地睡着了，还有两个抱着咯咯笑着的埃玛走进卧室，她半裸着身体，大大的乳房突然出现在雅各布眼前，仿佛它们在呼唤他。他从未见过这么大的乳房，于是本能地尾随其后，他看着三个人在宽大的床上傻笑，其中一个人进入了她，从她身后撞击着她。雅各布看着她的乳房猛烈地摇晃，而把姑娘们带到这里的西吉和锡德正在和安娜接吻，抱着她似乎有一阵子了，她嘴里嘟囔着什么，然后他们把她撂倒在沙发上。雅各布摇摇晃晃地向留声机走去，爵士乐放完了，安静让人感到不适，地上堆放着一摞唱片，唱片套几乎都丢了，他看见猫王普雷斯利的名字，就放了他的歌："智者说，只有傻瓜才会贸然行事。"西吉拉下裤子。他的鸡巴比我的大，雅各布想。他看着朋友勃起的阴茎那样坚硬，微微发颤，不知何故悲从中来。西吉分开她的双膝，进入她，他不得不向前推进，用力插入，但他在控制，喘着气，闭上眼睛，"我要不要停在里面，这会不会是一种罪过。"锡德脱下裤子，一直盯着他们。当雅各布看见锡德的阴茎没有西吉大的时候，心里顿时舒畅许多，西吉睁大双眼，一边呻吟，一边拔出阴茎，他的精液喷射在她的裙子上，沙发上，"就像一条必将汇入大海的河流"。有人在卧室里吼叫，呻吟，雅各布咽了咽口水，锡德不耐烦地把西吉推到一边。让一让，伙计，有鸡巴的不止你一个人，你知道的。你他妈的给我闭嘴，死白痴，西吉大吼了一声，把裤子提起来。锡德又推了他一把，等不及要自己上场，但谁知西吉转过身来，一拳、两拳、三拳、四拳打在他脸上，沉重的打击，沉重的拳头。安娜摇摇晃晃地站起来，伸出的手抓空了，快要跌倒的时候被雅各布一把扶住，他领着她走出去，走进夜色，星星几欲从空中跌落，从浓重的黑暗中跌落到地球上，西吉跟着跑出来，手里拿着一箱啤酒。咱们离开这里，他说。接着搂住安娜，缓步向军官俱乐部走去，他们的车停在那里。安娜挣脱了西吉的怀抱，他们三个人带着横在彼此之间的黑暗走远了……

……就像雅各布和阿里的母亲从银河西部某处法国人的公

寓里走出来一样。他们走过朗达科特教堂，黑暗紧紧裹着它，上帝也许并不存在。她拐进苏乌尔加塔街，雅各布跟着她走过古老的墓地，跳舞真是充满乐趣，虽然带着醉意，却很惬意，任由身体在舞步中如梦似幻地伸展。要是我能这样跳上一千年就好了，她想。后来，其中一个法国人，那位读诗的先生，脱掉衬衫，他礼貌而风趣，她从未见过一个像他这样真心喜欢诗歌的男人，他看起来学识渊博，可接下来他就脱了衬衫，对诗歌的兴趣全消，露出他的腹肌和肱二头肌。他相貌英俊，这当然不重要，重要的是他开始抚摸她，跳舞的时候和她异常接近，用身体贴着她，让她感受他坚硬的阴茎，也许是相信那玩意儿会像诗歌一样令她欣赏，让人难过的是她甚至无法动怒，只是闭着眼睛继续跳，用动作逃避，谁知他却得寸进尺，她推开他的右手，却发现他的左手落在别的地方。就在那时，雅各布大吼一声，先狠狠一脚踢上他的膝盖，又对着他的腹部踹了一脚，接着他们走上大街，黑暗似乎横在他们之间。尽管如此，那一天的开始依然很美好。她兴冲冲地期盼签合同，期盼穿上裙子，期盼把杂志拿给他看，期盼看着他的脸，告诉他，编辑——一个知名的媒体人物和作家——对她说她的小说"非同寻常，充满胆识"。她多买了一份杂志，寄给她在维也纳学习戏剧的姐姐，她们之间有长信往来，她也很期待得到雅各布的母亲玛格丽特的回应，她只见过她一面，她是个老妇人，行动略显沉重和僵硬，声音低沉，但眼神却充满神采，分别之前，她们拥抱对方，玛格丽特轻声说，我的孩子。

他们穿过辛霍尔特街，这时她才突然意识到自他们和法国人同桌而坐开始，雅各布就几乎没再说过话。她是不是对法国人过于关注，是不是显得过于感兴趣，才导致他们误以为她是在……投怀送抱？若真如此，韦加是对的：只要女人对一个男人表现出兴趣，他就一定会勃起——管他是热爱诗歌、教养良好的男人，还是鲱鱼船上粗野的水手——诗歌难道不能让他们有更深层次的感受吗？

雅各布的左手还握着卷起的杂志，对她的小说不置一词，尽管他确实读了，在她眼皮底下。那他是不是在对她生气？她没有认真想过这件事可能会给他带来很大的影响，韦加之前问过雅各布是不是读过这篇小说，还说这不太可能让他开心。

他握着杂志，像握着一根棍子。

你在生我的气吗？她在克拉姆布拉通公园那儿问他，雅各布吓了一跳，离开之后他们再也没说话——或者换一个词，逃离——逃离法国人的公寓之后。你在生气吗？她又问了一次，他说没事；你觉得我写的小说难看吗？编辑赞赏有加，你知道他是谁，韦加说……

韦加！

当他大声吼出她姑姑的名字时，他们俩都吃了一惊，惊的是他居然在寂静的深夜这样大吼。雅各布清清嗓子，感到怒火传遍全身。我早该想到，他说，这些……事，和她都脱不了干系……你是什么时候开始写小说的，我能问问吗？为什么我毫不知情？或者可能我太蠢，你根本不想告诉我，更别提征求我的意见了？你是不是还有什么事我不知道，还有什么事瞒着我……你到底是怎么想到写……这种玩意儿的？！所以，这就是你的思想？你觉得别人会怎么说，我的朋友们会怎么说，假如他们看了这种东西？

他们可能会认为你是个半吊子,就像那个酒鬼,你母亲,还有你那个……疯子姑姑,他们会怎么说我,啊?也许他们会认为你写的是我们,嗯?也许从现在开始,他们就会叫我没鸡巴的科布?

  你能给我更好的生活吗?

  他们沿着斯卡夫塔利兹街走,她和没鸡巴的科布。什么也不说。他的吼叫似乎仍然回荡在黑夜里。喧哗声直达星空。一辆车慢慢驶过米克拉布勒伊特街。

  他们驾车在夜色中驶向雷克雅未克,西吉和没鸡巴的科布,安娜不在,她又回去了,不想丢下自己的女朋友。别胡言乱语了,西吉说,别他妈这么傻。为什么要回去?你知道他们想从你这里得到什么吗,那些废物?是的,她回答,他们和你们要的一样,只不过和他们在一起,我有可能过得更好,有可能去美国,离开这座恶心的岛,这些该死的又湿又老的石头!你觉得你能给我更好的生活,除了你的鸡巴,你还能给我什么,你还有兴趣给我别的东西吗?她转身往回走。那你就下地狱去吧,该死的美国佬的妓女,西吉在她身后叫道,接着他们开走了。大门的警卫困倦不堪,甚至懒得出来,挥手让他们通过,西吉也笑着挥挥手,又拿了一罐啤酒,喝了一大口,递给雅各布,他也喝了,行驶的汽车把黑暗劈开。你怎么没在那里干点什么?西吉问。我该干点什么?别这么傻,你知道我什么意思;你是不是性冷淡?我没和安娜套近乎是因为你,所以我去了卧室,埃玛在那里,你真该看看她那对该死的奶子！

西吉看着他。

一切都一清二楚。一切

　　他们在地下室公寓里。她脱掉鞋子。他往高脚杯里倒了一些伏特加。性冷淡的科布。没鸡巴的科布。他把杂志放在餐桌上，或许也可以说是丢在那里，可他现在又把它握起来，像握着一根棍子。她给自己倒了一杯牛奶。仿佛她并不觉得那些法国人令人厌恶，或是很难接受他们对她动手动脚。喝酒是件舒服的事。它能纠正错误的世界。他往杯子里倒了一些伏特加。西吉曾经那样看着他。她喝完了牛奶。他把杂志扔给她。或者说是砸向她。你，他说。你到底还是像你母亲，一个酒鬼，每个月身边的男人都不一样。就像韦加，和德国人上床。纳粹。她是个疯子。你姐姐换男朋友比换衣服还勤。她也是个疯子。你们都是疯子。疯子！疯子！该死的疯子！科布，亲爱的，她说。科布，亲爱的，他学她说话。科布，亲爱的，她在乞求。我是没鸡巴的科布，他大喊，大笑。他对着椅子踢了一脚。又踢了一脚，然后某种东西在他体内裂开，不可思议的能量在他体内奔涌，他看清了一切。一切。一切都一清二楚。一切。他握紧拳头。

　　我的酒中兄弟。

《安慰》

　　我的拳头

241

我的酒中兄弟,失望,自卑
我的安慰,我的出口
当一切一败涂地,当
言语背叛你,当
我不想再听
下去,
当一切不再美好
当生活唾弃我
我的安慰,我的
拳头,我的兄弟

东峡湾
——过去——

她想，这样不错

十月，星星不见了。整整一个月都几乎没有晴朗的天空，仿佛上帝觉得她已经看够了——尽管她没做什么坏事。她只是通过望远镜的目镜感受他皮肤的温暖，如此而已。还有感受他的存在，当他们站在一起时，他说起木星的卫星，向她解释引力。比如月亮怎样牵引潮汐，她或许也感觉到了他的引力，这种力量怎样把她的血液拉向他。但她没干什么过分的事。分别的时候，她对他伸出手；感谢校长给我上了一课，我想今后我再也不会用同样的方式看天空了。他脱下右手的手套，握住她的手，比她想象中的更坚定，更有力，更温柔，让他的手在她的掌心略作停留。第二天早上她醒来的时候，仍然能感觉到他温柔的力量。他没有放开她的手，问她今后还能不能再像这样待在一起……和别人一起看天当然更愉快，而且他能教她也是一种乐趣。可以，谢谢你的邀请，既然校长这样……叫我索克尔吧，他说。

后来，星星不见了。

这该死的天是怎么了，通常在白天只有她们两个人在家的时候，玛格丽特有时会对埃琳这样说。奥迪尔和索聚尔出海去了，或是在修补渔具，在渔棚里忙碌，胡尔达去了水产厂，奥洛夫和居纳尔在上课。埃琳因为还没到学龄而不开心，还要过整整一年才轮到她上学，有些早晨玛格丽特会陪她步行去学校，并且保证她们会和居纳尔保持一定的距离，不能看起来像是他还需要人陪似的。有时玛格丽特和埃琳甚至会一起走进这座村子第一座水泥大楼的门厅，但只停留一小会儿，玛格丽特不喜欢总是抛头露面。过来，傻丫头，她对埃琳说，把她从门里拉出来。然而有一次有人叫了她一声，之后他把手轻轻放在她肩上。你来了，他说。不，不是，她说，是我的埃琳，这个小家伙，她一直因为不能上学而很不高兴，所以我早上有时候会陪她步行过来。校长在埃琳面前蹲下来，和她说话，仿佛他们已经认识很久了，埃琳看起来仿佛想用眼睛把他吞掉。星星藏起来了，后来他对玛格丽特这样说——那是在十天之前。

从那时起，她们就没再进过大厅。下次吧，玛格丽特总是这样说，把闷闷不乐的埃琳拉回家。

是的，她说过，它们真是顽皮，并且感觉到万有引力，吸引的力量。那天晚一些时候，她看见了店铺老板希奥马尔的妻子，她是那样自信又美丽，声音轻柔又绵软，气质高雅。玛格丽特伸手去拿葡萄干，又在一瞬间把手缩了回去。她的双手是那么丑陋不堪，以前她从未这样觉得；它们就像一对上了年纪的鱼。十月流过他们的身体，随之而来的是飘雪的十一月，路况更糟了，邮差总是晚到，玛格丽特不得不多等一阵子才能收到《史基尼尔》。校长带着望远镜经过。也许她应该跟在他身后；我们的生命如此短暂，所以不能稀里糊涂地死去，况且她还需要和他聊聊索聚尔，需要拜托校长跟这孩子谈谈他的教育，他这么有才华，一定不能浪费。可她丑陋的双手正紧握着什么,这东西让她无法挣脱。索聚尔似乎又回到从前,开始看书,他从特里格维那里找来意大利诗歌,还有年轻作家哈多尔·拉克斯内斯的最新小说《独立的人们》的第一卷,这是一本引人争论的书,有些人因为这本书而痛恨作者;除此之外,索聚尔又开始在晚上给埃琳讲那些没完没了的故事了。他们躺在一起,她把脸贴在他的脖颈上,生命中的某些时刻会永远伴随我们,它们是光彩夺目的石头,我们会在天黑的时候将它们拿出来。清晨,假如海面风平浪静,玛格丽特就会目送他们父子离开家门,索聚尔比父亲高出一头,奥迪尔挺直了腰板,儿子陪在身边的感觉好极了,就像一种肯定,肯定你活得正确,至少体面。你得小心点,别把他累坏了,玛格丽特对奥迪尔说,她知道丈夫的干劲儿,接着他笑了,蓝色的眼睛闪闪发亮。哦,那种微笑……还有那双蓝色眼睛里的光彩;难道她忘了他有多么英俊?既然这样的蓝眼睛、这样的微笑、这个强壮的男人已为她所拥有,她怎么还能想着某一个校长——她又为什么不能,只是想一想并无伤大雅吧,难道你的感受就不能再丰富一些,你的生活就不能再开阔一些吗?难道她就不能看看他走路的样子是多么优雅,就不能看看木星的卫星像光斑一样意外地出现在望远镜里,这难道是对奥迪尔、对他们的生活与回忆的背叛吗?她没有告诉包括奥斯勒伊格在内的任何人,自己半夜上山和校长一起看星星,这是为了保护校长的名誉。

或许也是为了替自己保留些什么。

她目送他们父子在昏暗的清晨走出家门,特里格维出来迎接他们,她听见弟弟快乐的声音在空中回响,他说了一些有趣的话，逗得奥迪尔和索聚尔开怀大笑。她突然感到内心这样幸福，泪水夺眶而出。她又煮了些咖啡，用了半个小时，然后叫醒胡尔达，让她去水产厂上班。她给自己倒了一杯咖啡，在奥迪尔的椅子上坐下，上面还遗留着他的温度，感觉就像昔日她坐在奥迪尔腿上。过去他就坐在这里，脸上露出那样的笑容。夜幕降临，周遭陷入沉寂，夜空缀满繁星，仿佛正欲变成一首乐曲；或许就是因为这样，玛格丽特才无法入睡。枕边传来奥迪尔粗重的呼吸声，他正在睡梦之中。她轻手轻脚地起床，倒了一杯水，向窗外看去，校长从旁经过，离房子这样近，她任他向山上走去，消失在黑暗中，并强迫自己等一等，数一百个数，接着再数一百——然后才出了门。她套上外衣，戴上厚手套防寒，也把丑陋的手遮挡起来。她匆匆忙忙地上山，没去想他走路时的优雅，根本不想他走路这回事，她想的只有他的望远镜，还有他渊博的学识，他竟愿意同她分享，生命若不用来求知，岂不是一种浪费？他说，请叫我索克尔，也许是他第十次这样说了。她和他一起待了一个小时，用望远镜看天，听他讲解。有一次他把手放在她的后腰上，对她解释她看见的景象，他向她俯身，天地之间宁静极了，他下意识地放低音量，然后俯下身，把手放在她的后腰上，或者说，用手臂环着她的腰。只是短暂的一瞬，仿佛出于偶然。她想，这种感觉很好。

生命就是那样生长的

她醒来的时候年轻了十五岁。醒来的时候，奥迪尔正下床，打着呵欠,在床边舒筋。她看着他结实的后背。你是个英俊的男人,她嘀咕道。他转身,一脸惊讶地望着她,看着她的眼睛,他进入她时,她发出一声低吟。南边吹来一阵微风,天上的云飘过,星星不见了,一个暗淡的清晨。玛格丽特哼着歌煮咖啡,为她的水手们准备午餐,索聚尔正在阅读哈多尔·拉克斯内斯的《独立的人们》,有时候他大声读给父母听,奥迪尔笑了三次。我喜欢这个小伙子,他说,也许我什么时候也该读读他的书。玛格丽特看着他们,笑了。奥迪尔在她身体里的感觉是那样美好,感受他的悸动,听着他的呻吟。他们出门时,她拥抱了他们,伸出胳膊搂住索聚尔。你已经长这么大了,她说,他笑了,吻了吻她的头发说,我亲爱的妈妈。

不过,她还是会想起校长……索克尔……当她和奥迪尔在一起的时候。叫我索克尔,分别的时候他说,不知为何她有些慌张,把自己的手递给他。他脱去她的手套。她想,真该死,现在他该看见我的手有多难看了,可他却开始亲吻她的手背,他对她微笑,吻着她的手背,他并不慌忙,反倒从容,他的嘴唇在她皮肤上留下温暖。那时她心中想的是他温暖的嘴唇,还有奥迪尔和她融为一体时她所体验到的激烈的高潮。激烈得让她感到疼痛。她这样是不是很坏?她依然爱着奥迪尔,尽管他们经历过困难,他们之间有过龃龉,尽管他有时候是那样强硬、麻木、苛刻、令人窒息,尽管他和别的女人有过……关系,也许吧。她依然爱他。那蓝得不可思议的眼睛。情不自禁。这个早上望着他的后背,感觉如此美妙……可是我的天啊,校长的……索克尔的嘴唇……如此柔软。此外,她又一次忘了提起索聚尔,忘了请求校长和他谈谈，现在时机绝佳，索聚尔回来了，校长甚至愿意在这个冬天辅导他，为他能进入雷克雅未克中学念书做准备。尽管她不想失去索聚尔，雷克雅未克离家太远了，整个冬天她都将见不到他，然而索聚尔的才华和对知识的渴求绝不能被埋没在心里，久而久之变成不幸与苦涩。再没有什么比浪费才华更糟糕了。

她忘了提起索聚尔……不，这么说并不准确，她时常想起，此刻她就知道应该提起他，却又觉得太羞愧，无法就这样突然谈论起儿子，同时她也很自私，想和这个男人单独待得更久一点。假如世上还有公正的话，她想，我会遭到惩罚的。除非我能尽快弥补，可今晚星星不会出现。南方的风一阵阵吹过来，气温从零下五摄氏度升到八摄氏度。她答应埃琳陪她步行去学校，她们信步走过去，妈妈和女儿，跟在居纳尔身后，走进大厅，校长看见她们，便走过来和埃琳说话，你知道，我们想找一个能在这里兼职的女人，做清洁、处理杂务，你觉得我能和你妈妈谈谈这个吗？

埃琳一路蹦蹦跳跳，她的心狂跳不止

中午时分，起雾了。从本质上讲，东峡湾的雾被归为平流雾，是南部暖空气平流到北部寒冷的海面上形成的雾。今晚没有星星。

也许这样最好，玛格丽特想，她累了，直到凌晨两点才睡着，她的心狂跳不止；因为生命。上帝能否再赐予她一个繁星满天的夜晚？回家的路上，埃琳一直围着妈妈跳来跳去，一遍遍地问她是否打算在学校工作，校长说周围没人的时候，埃琳可以在

黑板上写字。这是我俩之间的秘密,他一边说,一边对她眨眨眼睛。校长提供的机会确实不错,玛格丽特说,她把双手放在背后,也许是想掩藏,不让他看见她丑陋不堪的手,进而因为自己亲吻了她的手背感到丢脸。哦,叫我索克尔就这么困难吗?他说,然后笑起来。埃琳一路蹦蹦跳跳地回家,玛格丽特的心在胸腔里怦怦直跳。

她让他容自己考虑一下,第二天早上再告诉他决定,好像她真的需要考虑似的……但她又忘了说起索聚尔,这也许是在情理之中——校长的邀请让她吃了一惊。然后起雾了。

通往月球的路途遥远

事情发生得很快。他们正慢慢驶回岸边,突然不知从哪里冒出一艘法国渔船,全速冲向斯莱普尼尔号,在右舷处拦腰撞了上去。接下来不知发生了什么,只见斯莱普尼尔号猝然一动,向左舷倾斜,雾中充斥着用冰岛语和法语发出的叫喊与咒骂声,海水涌进船舱,大部分船员都在里面,有人在铺位上睡得正香,有人在抽烟、打牌、闲聊。撞击让他们全体从座位上摔了下来,有两个船员几乎被撞晕,有个人头部在流血,但伤势并不严重。索聚尔从舱内浑浊的空气中逃出来,他刚把《独立的人们》第一卷读完,想要一些新鲜空气和平静用来思考,他和特里格维打算上岸后坐下来喝点咖啡,探讨一下书的前两卷。特里格维迫不及待地等着索聚尔读完,这样他们才能说说书里的内容,猜想后面的情节。我的老天,活着真好,他们又开始用冰岛语,而不是像那个浑蛋居纳尔那样用丹麦语写这么厚的书了。这是七百年来第一部用冰岛语写成的世界文学作品——一部散文作品。

他们没有立刻意识到索聚尔不见了。接着有人发现了他，就在离斯莱普尼尔号不远的地方，身体半淹在水里，就要在雾中消失，随着波浪沉浮，仿佛它们在哄他入睡。

奥迪尔和特里格维这对兄弟同时跳入水中。脱掉靴子，扯下羊毛衫，奥迪尔比特里格维动作快一秒，但特里格维水性更好，比奥迪尔更快游到索聚尔身边，特里格维参加过北峡湾对塞济斯峡湾的游泳比赛，没有人比他游得更快，他在海水中破浪前进的样子简直不可思议。有一次他要游到月亮上去，大约三十八万千米之外的地方，即便对特里格维这样的冠军来说，那也将是一次艰难的泳程。生死之间相隔多远，多少千米？

索聚尔抓住了幸福

"死亡是一艘驶过生命的船的船头，用不了多久，它就会让生命变得毫无意义，接着将其转化为光明的永恒，可它距离我们如此遥远，所以我们看不见。我们看不见生命永远比死亡更广大，因为耶稣在两千年前征服了死亡，因此我可以告诉你：索聚尔也许离开了深爱着他的我们——这个年轻、英俊、善良、有才华的男孩离开了我们——但是请放宽心，因为他的离开是为了搭乘主的船只。索聚尔在永恒之海上航行，抓住了幸福。"

永恒，并不是一个好词

牧师说话的时候，玛格丽特看着奥迪尔的指节。她搂着埃琳，看着他被划伤的指节。他和特里格维把索聚尔拉上斯莱普尼尔号，他们飞快地游，疯狂地游，但是太迟了，太迟了，因为一切都太迟了，永远太迟了。索聚尔很可能在两船相撞的时候晕了过去，不知他撞上了什么，在快要失去知觉或是已经不省人事的情况下从船上跌落。当法国船长看见特里格维和奥迪尔向索聚尔游去的时候，他跳上斯莱普尼尔号，帮忙把他拉上船，这是多么感人的一幕，他跪在地上，托着索聚尔的头，试图给他做人工呼吸，当他看见这个冰岛水手还这么年轻的时候，悲伤地哭了。奥迪尔和特里格维跪在他们身边，有好一会儿，奥迪尔的蓝眼睛似乎变成了撕开的伤口。法国船长停止了抢救，放弃了之后，奥迪尔用手托住索聚尔的头，感觉到他浓密的头发下面撞击所致的伤口。他看着这张年轻的脸庞，那天清晨他们一起走下山坡，刚刚和玛格丽特道别，那是一个如此美丽的清晨，有特里格维和索聚尔相伴左右，和他并肩而行多么愉快。斯莱普尼尔号在海面上浮浮沉沉，船员们围绕着他们四人站成一个半圆，奥迪尔、特里格维、索聚尔和法国船长。奥迪尔闭上眼睛片刻，他已经很久没用手抱过儿子的头了。他想起埃琳，他们出海回来的时候，她常常跑去迎接他们，一头扎进索聚尔的怀抱。他站起来。他们也跟着他站起来——特里格维和法国船长，接着，奥迪尔闻到法国船长身上一股浓重的白兰地的气味。他低头看看索聚尔，又抬头看着船长。船长张开手臂，向奥迪尔走去，想去拥抱他，以示同情，人类总是善良的，同情令他们更美好。奥迪尔向前跨出半步，一拳砸过去，坚硬如石的拳头砸向船长的脸。法国人向后退了几步,头晕目眩,被惊呆了,但奥迪尔又出了左拳,接着是右拳,再出左拳,再出右拳,四个男人来把他拦住。法国人满脸是血,鼻子被打断了,牙齿被打落了,他的船员们正爬上斯莱普尼尔号,像一群亵渎神灵的人。

玛格丽特的大腿被埃琳的眼泪浸透了,小姑娘一直把头埋在那里,没法去看一眼棺材,那个装着索聚尔的箱子,她不想看。她哭着憎恨上帝。校长索克尔站在教堂中央。玛格丽特明白自己再也不会和他说话了。

插曲

还是在夜晚的医院,阿里在昏暗的永恒长廊上徘徊。我很快就要去找他了——去那个结束一切的地方。人终有一死,夜晚更替白天,一切都会消失,没有什么力量能够阻挡——难道这就是我们把语言像点燃的火把一样扔向死亡的黑暗之地的原因吗?

有人在播放快速马车合唱团的歌曲,"你应该能从我的目光里看出来,宝贝,有些东西不见了……"

凯夫拉维克

——现在——

哦，难道我们不该听梅加斯的歌吗？

二十世纪七十年代会在接下来的几个小时里主导节目，这是个让你打开收音机的绝佳理由，古尔比尔贾恩电台的广播员大声喊道。大个子酒保相信他的话，这就是为什么我们会听见快速马车合唱团的每一句歌词，"我会继续爱你……我不想睡觉，只想继续爱你……我不想睡觉，只想继续爱你"。无眠的爱。我和阿里都知道这首甜蜜又悦耳的歌。喝到第五杯的时候，斯瓦瓦尔会用风琴演奏这首歌，他喝高了，根本不在乎我、阿里和阿尔尼对他悲伤的批评，他常常在副歌部分闭上眼睛，就像调酒师那样，在吧台后面心满意足地享受着咆勃爵士乐，和二十四小时之前我为了见阿里来到这家酒店碰见的那些恶狠狠的巨魔恰恰相反。我不想睡觉，只想爱你，爱你，但整条哈布那加塔街都是比尔贾恩电台的声音，不是别人，正是来到凯夫拉维克的博，为这里最恩爱的夫妻演唱《尽管岁月流逝》，他最受欢迎的歌曲之一。我期待为幸福和爱情歌唱，博说，就在凯夫拉维克，冰岛流行音乐的摇篮。酒保拒绝播放除了古尔比尔贾恩电台之外的任何东西，不过西于尔永市长在用手机收听比尔贾恩；他的一只耳朵戴了耳机，他是一个专心的人，能一人同时身在许多地方，一个充满想法的人。谈及推广的时候,他把凯夫拉维克称为"爱之城",他对每个人都这么说,并且想在尼亚兹维克和凯夫拉维克之间立起一座鲁纳尔·尤利乌松的巨大雕像。有朝一日他会站在那里,两腿张开,抱着他的贝斯,雕像大得能让汽车在他两腿之间通行。那将多么具有象征意义:要想进入凯夫拉维克,你不得不从冰岛历史上最性感的男人的胯下驶过。鲁尼·尤尔是冰岛最受欢迎、最优秀的组合赫尔约马尔乐队的贝斯手和主唱,也是一九六六年夏天冰岛足球联赛的最高分球员,他娶了冰岛新加冕的选美皇后——并和她共度一生。这的确是一段年轻的爱情,尽管年华似水流去!西于尔永在微笑,斯瓦瓦尔锁上了他的旅游商店,从后门溜出去,带着心碎驾车离开了爱之城。他给斯奈弗丽聚尔发了一条短信,问她玩得是否开心,和她共进晚餐的那个家伙是不是个正经男人。嗨,我玩得很开心,她回答道,他真的很不错,还附上几个笑脸。斯瓦瓦尔拉开了自己和凯夫拉维克之间的距离。悲伤让他感到麻痹,尽管有点紧张,他喝了几杯啤酒,担心被警察拦下,丢了驾照。他该怎么对他的孙辈们解释?酒后驾车的原因是他感到心碎?

爷爷,心碎?!把它写成一首流行歌曲也没什么用,它甚至进不了榜单的前一百名。全世界有谁会想起一个伤心欲绝的爷爷?斯瓦瓦尔向荒野开去,远离灯光,在黑暗中消失。

哦,难道我们不该听梅加斯的歌吗?雅各布说。他们吃完饭,安娜换好衣服,此刻她身穿一件蓝色短连衣裙,外加一件绿色开襟衫。你看上去真年轻,他说,这话让她脸上露出笑容,眼里噙满泪水。但我真的很想听比尔贾恩的节目，不想错过博的金嗓子。我们必须坚守爱情，亲爱的；还记得坠入爱河的感觉有多美好吗？仿佛这个世界是专为你创造的，这终究不过是一种幻觉，但却是美好的幻觉；有一瞬间你的确存在过，体会过生活！

地狱最可怕的酷刑，良久沉默后，雅各布说。他盯着餐桌上的信，盯着咖啡桌上玛格丽特的日记，是那些没有活得淋漓尽致的人们遭受的。他们只活了一半。没有好坏之分。

你今晚话很多，亲爱的；博从没唱过与此有关的歌！

那是因为这些话是但丁说的。我不确定你的博有没有读过他。你知道他是谁吗？不知道，安娜说；我应该知道吗？假如我知道他，我的生活会更好吗？雅各布没有回答，他迈着蹒跚的步子向书柜走过去，抽出一本厚书，拿着它坐下来。地狱，他说，由九个环组成，但我不记得他们身在哪一环了——那些只活了一半的可怜人。这就是你的但丁吗？安娜问，她靠向雅各布，轻抚着他的手背。他抬起头，仿佛感到惊讶。

我：你去探望你爸爸了？

阿里看着我。古尔比尔贾恩电台正在播放胡克博士乐团的《西尔维亚的母亲》这首歌。我想那对美国夫妇知道这首歌；他跟着唱起来，她俯身越过桌子去亲吻他。她那黄色纯棉连衣裙下硕大的乳房打翻了几乎喝空的白葡萄酒瓶和一个半空的酒杯；她没有在意，握起他的手，他们凝视着彼此的眼睛。餐桌被白葡萄酒浸湿了。

死亡的候选人

你要咖啡吗？雅各布问，阿里下意识地点点头，尽管他不想喝咖啡，尤其不想喝雅各布的咖啡，淡得能看见杯底——你应该看见自己生命的底，而不是咖啡杯的底。雅各布从容地从沙发上站起来，就在这时，梅加斯唱完了一整首歌，咖啡壶发出一阵低鸣，声音很悦耳。好了，雅各布说，现在你从哥本哈根回来了，那里的生活怎么样，人人都骑自行车吗？我想是的，阿里回答。

雅各布：而且他们加入了欧盟。

是的。

我们没有。

没有。

他们的货币没有沦为笑柄，丹麦克朗。

没有。

没人正经看待冰岛克朗，雅各布说。它和我一样无用。

安娜：我一直喜欢美元。它一直是个标准。把丹麦克朗当标准就像把云当作指南针。换句话说，我们不知道该往哪儿走。

雅各布：那些掌权者用冰岛克朗赚了个盆满钵满。对他们来说，利润比人的性命更重要。所以还有什么新鲜事？这里和其他地方一样，私人利益总是凌驾于人民大众之上。妈妈说过，冰岛人的问题在于他们总是敬仰骗子，因此认为傲慢是一种优势。这一点并没有改变。好就好在我没有多少日子可活了，我再也不用目睹这种荒谬了。资本主义征服了世界，幸福是印钞机引出来的。你读过拉克斯内斯吗？

阿里耸耸肩。谁没读过拉克斯内斯？他说。何况我从事图书行业已经几十年了。这有点像在问……

你为什么不写作了？雅各布问，仿佛突然来了脾气，这一切是怎么回事，你在害怕什么？要是真那么简单就好了，阿里说，谁要起来看看咖啡煮好没有？安娜赶在他前面，轻快地站起来，仿佛没有任何负荷，仿佛她的存在根本没有重量。

雅各布：那么，我又知道些什么？拉克斯内斯之所以好，是因为他敢迎头痛击世界上的恶霸。他从不畏惧用自己的书说出那些紧要的事，不像你们中的一些人，只会盯着自己的脚尖，哪怕那些浑蛋银行和股票经纪人几乎侵吞了这个国家，你还在看自己的脚尖，挠自己的屁股，任由这些骗子把社会揉搓成任何他们喜欢的样子。拉克斯内斯是个足够有勇气去反击的爷们儿；为了这些大战，他亮出了自己的武器。假如想得出办法，你们这些剩下的人甚至都走不出青春期的温室，更别说从床上爬起来了。

安娜：你口才可真好，亲爱的。你应该去竞选公职。

雅各布：我是死亡的候选人，并且肯定会被选上。

安娜：你介意我关上阳台的门吗？这些新鲜空气让你越说越有劲，会要了你的命。

真该死，艺术家和年轻人应该拆掉围墙，这样空气才不会变得污浊，雅各布说着，并一拳砸在客厅的桌上，力气大得出奇。我不知道，阿里说，你想拆掉围墙。我讨厌不公正，雅各布喃喃地说，向后靠在沙发上，看上去精疲力竭，仿佛他所有的精力都被用于拍桌子和发布宣言了——我讨厌政治，他补充道。你叔叔特里格维出海受伤后就开始为美国佬做事；之后他就再也不是从前的他了，只能在基地工作，勉强度日，供女儿们完成学业。但后来他的朋友，那些左派分子把他赶了出去。他们在凯夫拉维克由美国人修建的大街上游行示威，声嘶力竭地抗议军队和每一个为之卖命的人。我讨厌政治，人类真的一无是处，余生的时间不多，简直是一种奢侈，他一边说，一边点了一支烟，痛快地把烟雾吸进千疮百孔的肺部；也许是在想象加速自己的死亡进程。但愿他会更可爱，你们的梅加斯，安娜说，有时候他会唱关于爱情的歌。我不确定他是不是幸福。

梅加斯是我们这儿最伟大的艺术家，一个伟大的艺术家在一个如此狭小的国家是不可能幸福的，雅各布说，他的烟抽完了。

阿里站起来，说，就这样吧。

什么？雅各布大声说，显然感到很惊讶；你要走吗？

是的，我还有一些事情要处理。明天我会再过来。

为什么明天要再过来？

我不能来看你吗？

我想我管不了你该干吗，雅各布生气地说，我只是不明白为什么你要在梅加斯唱歌的时候离开，尤其是在他唱情歌的时候，在每个人都应该开心的时候。这是有史以来在冰岛写出的最美的歌与诗，而你竟然要走，难道这就是为什么你要出版那些可笑的"十大秘诀"系列书吗？

难道这就是为什么；你这样说是什么意思？顺便说一句，这些书卖得好极了。

雅各布：卖得好，现在变成标准了吗，卖得好？可乐卖得也好；这重要吗？你以前写作，你写过书，出了什么事？

阿里：一切都变了。

雅各布：波拉在哪儿？

阿里：在她该在的地方，我想。

雅各布：你怎么没和她一起？

阿里：我已经说了，一切都变了。

梅加斯没变，雅各布说，他举起食指，跟着唱起来："群山将我环绕；山外无一物，因为山里都是你。"这不就是一首诗吗！你却不听这几句歌词就要走，还有后面那些！

阿里：我知道这首歌。

雅各布：知道，好像知道就够了似的！好吧，那你就走吧；反正你是个废物。他没有我们有趣，对吧，安娜？！

哦，别这样，亲爱的，生活可不止乐趣。

不止？我已经一无所有了！死神把一切都啃食光了；唯一剩下的就是我的声音，就是和梅加斯一起唱歌，因为自己唱歌一点意思都没有。

你确定要冒这个险吗？

所以你们就是因为这个分开的吗？你们一点都没谈论本来应该谈论的东西？！

阿里：我们还有时间。

可惜并不是一贯如此，我说，他的表情突然黯淡下来，因为那些死去的人已经悄无声息，他们不再知道该怎样说话，也许甚至不再知道该怎样倾听——我们说给他们的一切都不着痕迹地化作一片虚空。

酒店酒吧里的人越来越多。所有的桌子都满了，人们站在酒吧里。两个挪威人——市长西于尔永的同学，来到凯夫拉维克为他庆祝六十岁生日，或许也作为西于尔永企图引入凯夫拉维克的一家美国公司的雇员，我们不知道他们为什么在这里，他们过去和那对美国夫妻坐到了一桌。他们都因为什么而发笑，后来跟着唱起纯红乐队的《留住时光》，假如我们能让时光停留，把那只疯狗拴住。在乡下，很难被驯服的狗常常被射杀，埋在某个地方的草丛里。可惜你不能用手枪处决时间，再把它埋在某个地方的草丛里；难道这就是我们喜欢唱老歌的原因，这些歌曲令我们感到更年轻，令我们青春永驻？明天我去探望爸爸，阿里说，语气甚至不乏热情，我还要问问他记不记得当年我们三个人站在维菲尔斯塔齐尔医院的窗边时，她说，此刻宇宙正穿过我们。

你确定要冒这个险吗？假如那些话从来没人说过呢？我准备好了，他说；已经发生了这么多事，况且有些记忆是那样惊人，它们并不需要任何现实的基础。

发生了这么多事，他在口中重复，还想再说些什么，也许是想解释得更清楚一些，但挪威人站了起来，和美国夫妻道别，向西于尔永的座位走去。那是酒吧最大的桌子，最受瞩目的位置，市长四周尽是笑脸，他刚刚详细说过把凯夫拉维克变成爱之城的想法。其中一个挪威人轻轻拍了拍市长的肩膀，他立刻站起来随他们一起走了。他在两人中间站得笔直，身材却不知为何似乎变小了，假如没有萎缩的话。其中一个挪威人用胳膊搂住市长的肩膀，仿佛在说，没关系，除非他在说一些完全不同的、不那么令人愉快的话。我和阿里看着他们离开,我们还看见奥斯蒙迪尔和西加一起站在酒吧尽头;我的心怦怦直跳——我已经快三十年没见过西加了,这是一个人一生中很长的一段时间。她似乎没有老去。从来没人认为她长得漂亮,长脖子、窄脸盘、小乳房,几乎没有屁股——可她的眼睛乌黑,火辣辣的,像燃烧的煤球。快三十年了。她把手插进口袋,抬头看看奥斯蒙迪尔,一天前阿里在非同寻常的场合下见到了他,可我上次见他却是二十世纪八十年代初的事了,当时奥斯蒙迪尔以六十千米的时速把车开进凯夫拉维克北部某个人的花园;阿里醉醺醺地坐在副驾驶座上,音响大声播放着布比的《北极熊蓝调》。我和阿里没有下车。我们看见灯亮起来,接着居尼尔迪尔和她丈夫从屋里走出来。她和我们一起在斯库利百万冷冻厂上班,不到三十岁,是三个孩子的妈妈,她刚醒,样子美极了。她上前一步走向奥斯蒙迪尔,他费力地爬下车,百威啤酒、伏特加和爱情让他酩酊大醉,口中嚷着什么,他的爱情宣言,就像没看见她的丈夫似的。有两次他们把自己关在斯库利百万的一间冷库里,我和阿里在外面守门。我的上帝,我真他妈的爱你,女人,奥斯蒙迪尔大喊,他不得不喊出来,这样才能压过音响里布比充满激情的声音。我想,他喊道,但没能说完,没能说出他想说的话,因为她丈夫飞快地冲进花园,一拳把他打倒在地。当时奥斯蒙迪尔十九岁,他和舅舅索聚尔长得太过相像,所以老迈、困惑又疲惫的玛格丽特有时会将他们弄混,以为见到了自己的孩子,潸然泪下。奥斯蒙迪尔任她拥抱和亲吻自己,他擦干她的泪水,拥抱她,现在的她轻得几乎没有重量,他把她抱到床上。唱起古老的摇篮曲,直到她复归平静,不再哭泣,进入梦乡,进入一个人人都活着的世界。

有人在哭,但埃尔维斯能让我们敞开心扉

我们打算去奥斯蒙迪尔家,西加说;在这里你不可能听得见自己的想法。她从酒吧里拿了一瓶杰克·丹尼,然后我们四个人驾车离开了凯夫拉维克。西加把这瓶威士忌递给阿里,他们俩并排坐在汽车后座上。他笑着接过来。我和阿里已经三十年没喝过波本威士忌了,每一口都是回忆。奥斯蒙迪尔踩了一脚油门,等我们到了米涅斯荒原上时,他问道,你一定去看了你爸爸——他怎么样?

我也希望能给你一个好答案,阿里答道,声音是那样轻,以至于西加用力握了握他的手。他转头看她,淡然一笑,我却向车外的凯夫拉维克看去,在那里,雅各布正坐在床边——小公寓里很黑,他不知在瞎摸索什么,找到一双安娜的紧身袜,迅速拉向自己,把它们塞进嘴里,抑制自己的哭声。他在颤抖,在哭泣,半睡半醒的安娜从床上坐起来,轻抚着他,说,雅各布,亲爱的。他平静了一些。

有人想要叫你名字的感觉好极了。

雅各布立刻认出了安娜。他刚到养老院,第一次坐在餐厅里。从那里看到的景色让他大吃一惊,所以他几乎没注意到身边有人。他独自坐在桌边,陷入沉思,这时有人叫他的名字,他抬头一看,只见她站在那里,手里端着餐盘,面带微笑,看起来很

警觉，可能准备好了在必要的时候像抽出一把枪一样抽出自己的讥讽，假如他假装不认识她，假装不记得她的话。她友善地对他说：你好，亲爱的科布，我能和我的老相识一起坐吗？好的，请便，他说道，又加了一句，这牛排太好吃了。她坐下来，微笑着，那微笑轻得令人难以察觉，但她确实笑了，说，你知道吗，我最后还是学了英语，学得可太好了。我知道，他一边说，一边往她的杯子里倒了些水；所以事情解决了。唯一一个她想同桌而坐的人。有些人不愿和她扯上任何关系——美国佬的妓女安娜——甚至不愿祝她一天过得愉快，仿佛她不配拥有愉快的一天。此刻她从床上坐起来，轻抚雅各布的头，把她被唾液沾湿的紧身袜从他嘴里拿出来，然后吻他。唯一一个让雅各布在康复中心以外的地方大声念出《宁静祷文》的人，他念了两次，她三次："愿上帝赐予我宁静，去接纳我无法改变的东西；赐予我勇气，去改变我能改变的东西；以及分辨这两者的智慧。"

这种智慧从何而来？假如神没有赐予我们必要的勇气，也许它已经耗尽；售罄，你必须等待，我们在天堂轮班，无法和万事保持同步，对于人类的苦难而言，天堂太过狭小。除非上帝不想赐你勇气或智慧，不想赐你任何东西，因为你不配，不值得，不够资格，你的生活很失败，你令每个人失望，主要是你自己，就那样活了七十多年，天大的浪费。

雅各布在哭。好了，好了，她低声说，别哭了。她吻吻他的肩膀，接着把他拉到她身边，我会帮你的，她迷迷糊糊地嘟囔着，改变永远不晚，只要你还活着，明天将是崭新的一天，我们会一起度过。雅各布平静下来，她睡着了，他听着她逐渐加深的鼻息,小心地,甚至深情地,抚摩着她的手臂。

你儿子真好,在阿里的探望之后她说,但需要有人教你怎么和对方交谈,你们父子俩都有伤痛,也许你应该放点别的音乐,而不是你亲爱的梅加斯。我始终觉得,我钟爱的埃尔维斯是个让人敞开心扉的好手。他一枪打烂了自己的电视,雅各布说。那是成熟的标志,亲爱的,他总是这么敏感,这个可人儿,况且他目睹了电视正变成一个怎样的怪物。不开玩笑,看看电视上播的都是些什么垃圾吧,它摧残着你的脑细胞,速度简直比酒精还快!我要回房换衣服出来吃饭;我想在你面前漂亮些,再选一张埃尔维斯好听的CD放给你听。

她上楼去了,雅各布跟跟跄跄地走到储藏室,取来两个装满日记和玛格丽特来信的箱子,安娜穿着漂亮的连衣裙下楼时,他已经开始读信了。他抬起头,说了那些动听的话,她看起来是那样年轻,她笑了,心花怒放,她把埃尔维斯放进CD播放器,然后在他身边坐下来,她得到准许翻阅日记,趁着雅各布读信的当口儿,其中大量的信件是写给特里格维和奥斯勒伊格的,还有他们的回信,在他们搬去南部的瓦斯莱叙斯特伦德之后。很多信特别厚,但有一封信的信封没有打开,而且地址的笔迹不同,是从海外寄来的:冰岛,诺尔兹菲尔奇,维克,玛格丽特·古斯慕德斯多蒂尔收。冰岛,雅各布惊讶地说——我想这或许是从加拿大寄来的?是的,而且是一个秘密的爱慕者寄的,安娜说,怀着兴奋和期待。信很旧,雅各布喃喃地说,眼睛盯着邮戳……而且是从哥本哈根寄来的。他把信封翻过来,写信人的姓名是缩写,G.G。哦,我希望是个秘密情人,安娜说,把信拆开吧!雅各布费劲地起身，取来一把刀，在餐桌旁坐下，犹豫片刻，把信封划开，小心翼翼地抚平两张写得密密麻麻的纸，匆匆看了一眼签名：居纳尔·贡纳松。他开始读信，很快就抬起头来，脸上的表情若不算震惊，至少也是诧异。他转身去看其中一个书架，上面放着居纳尔的作品集，是甫一出版之时，玛格丽特送给他和阿里母亲的，那个时候这本书的价钱当然不低。不会是作家居纳尔·贡纳松吧？安娜看着雅各布的目光投向的地方，惊讶地问道。看起来是这样，他犹豫地回答。他在信中说了什么，他为何给你母亲写信？哦，这可真让人来劲，他不是个令人讨厌的妇女杀手吗？嗯，这个我不知道，不，不是他，我觉得不是，雅各布嘀咕道。她读过很多书，你的母亲，是吗？她总是在读书，有时候爸爸说这是有病，而且她……确实喜欢居纳尔。我这本作品集是她送我的礼物。

可她却没拆开他寄来的信……

雅各布没有回答，只是盯着信看，没去读它。也许他们之间发生过什么，安娜说。我的上帝，那该多有意思！有意思？是的，她有一段秘密人生。安娜微笑着，闭上眼睛，等她睁开的时候雅各布说，几乎带着严厉与愤怒，不，她根本没有时间应付那种事。爸爸占据了太多空间，他才是那个有过冒险经历的人。也许信里有不一般的东西，安娜说，她伸手去拿日记，雅各布却看着那封信，读了起来。

一封回信

居纳尔·贡纳松写给玛格丽特的信，写于二十世纪三十年代中期的哥本哈根，七十多年之后，在凯夫拉维克，这封用墨水写了满满两页纸的信，由她的儿子拆开并阅读。他感谢她的来信。不幸的是，她的信放了"很长一段时间没读——这是我众多未完成的事务之一——对此我很抱歉，也对我延迟的回复表示歉意"。但当我看见信是从东部寄来的时候，居纳尔写道，我心里很高兴；"我觉得信里有我想念的石楠花和大山的香气……然而我却没料到信的内容会如此深刻地震撼我的灵魂。您关于母爱的话语深深打动了我。您对爱子纯洁而坚强的爱打动了我，他显然很有潜力。您一定要送他去雷克雅未克的学校念书。他没有必要一头扎进未知的事物，像我过去那样。如今时代不同了，我相信，尽管冰岛的经济状况一直很糟糕，但和我在他这个年纪的时候相比，现在的机会多得多，也好得多。尽快把他送到学校去——越快越好——我盼望得知他的进展。他非凡的才华不会在他的一生中遭到忽视的……母爱——世上是否存在比此更强大、更美丽的力量？那不正是驱动生命的力量吗？我不知道您是否读过我的新书，书里描述了一个在东部长大的男孩——可能是我自己。他像我一样，幼时就失去母亲。因此，我能够证明一个事实，一个人在世上不可能再遭受更大的损失了，而我所做的和经历的一切，或许就是为了弥补那个损失。这无疑是一项无望的任务。我永远无法对父亲说起那种损失，除了失去母亲之外，它可能是我最深的悲伤。仿佛我也失去了父亲……也许这就是我这么年轻就离开家，去体验一个新的国家、一种新的语言的原因？人的心灵是一座迷宫。正是因为我的损失，因为信中您的笔触，也因为您住在东部,离我长大的地方不远,您的信才深深打动了我,让我对遗憾有所释怀。您的儿子索聚尔何其幸运有您这样的母亲。"

我很快就终于能说出那些真正要紧的事了

雅各布轻轻抓着安娜的胳膊,把嘴唇贴在她的手背上,她平静地呢喃着。他轻手轻脚地起床,不愿吵醒她,她的一只手摸索着找他,但接着就不动了,或许她在梦里找到了他。他去了厨房,打开灯,重读居纳尔·贡纳松的信。他用指头摸摸信纸上角的日期,然后拿起一支圆珠笔和一个快艇色子游戏的记分簿,撕下一张,在背面用歪歪扭扭、虚弱无力的小字写道:"爸爸过去常说,大海造就了我们男人。他甚至想把这句话刻在他的墓碑上。我永远也忘不了那句话。或许尊重妈妈的意愿,永远不要出海是个错误。"

他又从记分簿上撕下一张,接着写道:

"我是在听她的话,或者说尊重她的意愿吗?知道这个问题的答案重要吗?没有任何事物比大海更美。我不知道是什么让它这样美。是因为它比人类宽广,却拥有这么多安宁吗?"——又撕下一张。"我的生活几乎没有安宁的时候。这是我自己的错。最糟的是,我始终不知道该怎样和最亲近的人交谈。谈论那些不能保持沉默的事情。保持沉默的结果就是摧毁了许多东西。我"——又撕下一张——"……不,我想我还是走到,或者,好吧,蹒跚走到海边,去看看大海,再继续生活。然后我才能肯定自己总算能说出真正要紧的事了。"

幸福正是这样敲响你的门

我们开到桑德盖尔济，立刻左拐，很快就经过斯瓦瓦尔的两层木房子。自从他十九年的婚姻破裂之后，他就一个人住了。只有他和他的风琴，还有他的孙子孙女，只有他们才能让这座房子充满生机。今晚孩子们不在。只有斯瓦瓦尔和身边的老风琴，他默默想着斯奈弗丽聚尔，不知她在什么地方脱下她紫色的连衣裙，还有一个比他更好、更英俊、更聪明的人正看着她。斯瓦瓦尔播放着关于永恒爱情的歌曲，竭力忍住眼泪，当我们在斯瓦瓦尔家门外看见斯奈弗丽聚尔从车里走出来时，奥斯蒙迪尔不由自主地放慢了车速。她飞快地看了我们一眼，接着敲门。用力敲了三次。幸福正是这样敲响你的门，记住：三次。

西加笑了，我们快到达奥斯蒙迪尔的住处时，他拿起威士忌酒瓶，我和阿里惊讶地发现这是老克里斯蒂安的小房子——二十世纪八十年代初，和我们一起在德朗盖岛水产厂工作的老克里斯蒂安。

我转过身，和坐在后座上的阿里交换了一下眼神。

桑德盖尔济
——20世纪80年代初——

克里斯蒂安让我们四个，我、阿里、阿尔尼和斯瓦瓦尔，帮他把他的船弄下海。那是一个四月的夜晚，他已经没有什么气力，无法凭借自己的力量让船开动。

那个夜晚很不容易。

我们四个人刚从桑德盖尔济一个社区中心的舞会上回来，在舞会上，阿里、斯瓦瓦尔和我试图鼓起勇气邀几个姑娘跳舞，而阿尔尼似乎更喜欢思考舞池上方闪烁的灯是怎样连接的，乐队的音响系统是怎样运作的——他着迷地想着直流电和交流电，四周觥筹交错，人们旋转热舞，吻得昏天黑地，他显然神思恍惚，于是那四个水手便开始找他的碴儿。他们的夜晚并没有按照他们盼望的方式度过。他们觉得无聊，开始对他推推搡搡，后来矛盾升级，他们抓住他的屁股，说拿不准他是什么性别的，还拿不准要操他哪里。最后，他们把阿尔尼从人群中拖出来，拖进夜色，他并没有挣扎，仿佛被关掉了开关，或是不在乎，这也许就是没人留意的原因。几个水手把他带到室外，而舞池里的斯瓦瓦尔终于鼓起勇气邀一个姑娘跳舞，她答应了，这简直难以置信。结果，他们还没开始跳，刚一踏上舞池，姑娘的一个女友就走过来，向斯瓦瓦尔问起阿尔尼，问他为什么要和那些水手出去。什么水手？斯瓦瓦尔惊讶地问。

我们三个走出去，在社区中心后面找到了他们，阿尔尼趴在地上，一动不动，他们站在他旁边，扒下了他的裤子和内裤，他的屁股闪耀着白色的光，上面夹杂着红纹，仿佛挨了一顿鞭子。该死的人渣,斯瓦瓦尔大喝一声,我们向他们直冲过去。也许这正中他们的下怀。他们的目光里带着疯狂,含有某种危险的东西,我们很可能落得一个鼻子断裂、牙齿掉落、肋骨骨折的下场,假如舵手约恩尼,也就是后来的卖汉堡的约恩尼,没去拐角处小便的话。有人把厕所里的马桶撞坏了,把它踢碎了,所以约恩尼走到拐角处,看见阿尔尼光着屁股躺在地上,看见这些疯狗一样的水手,他明白了一切,怒不可遏。他一跃而起,把那个块头最大的水手猛地拉向自己,动作轻巧得简直就像在对付一个小孩,而非一个公牛般强壮的大汉,约恩尼扭断了他的胳膊。不过五秒钟的时间。他的同伴们被约恩尼的暴怒和冷酷无情惊呆了,以至于他们的疯狂顿时不见踪影,放弃了打斗,带着尖叫着的暴徒悻悻而去。消失在夜里,被魔鬼一口吞掉。

你不应该来参加舞会,约恩尼对阿尔尼说,这只会让他们那些混混发疯。你们两个在这里做什么,他看着我和阿里又问了一句,在这里忙着打鱼吗?每个人都必须在生命中找到自己的位置——否则就会不得善终。我的位置在海上,我不知道你们的位置在哪里,但肯定不在这里。看着一个人处在生命中错误的位置上,感觉很不好受;真是一种浪费——我既难过又生气。约恩尼转身去小便,接着点了一支烟,说,生活让人不堪重负,他吸了一口,又吐出来,说,现在给我滚。我们立刻明白了他的意思:滚出这个社区中心,滚出这个村子,滚出这样的生活方式——给自己找一个不同的人生。

我们走到阿尔尼的住处,钻进萨博车,把磁带放进录音机,调大音量:"时光拿起一支烟,放进你口中。"车开走了,却没开远,向着华尔斯内斯教堂开去,向着哈尔格里姆尔和那个小女孩开去,向着悲伤和不幸开去,"哦,不,爱人,你并不孤独,把你的手给我,因为你无比美妙"。我们听着歌,看着窗外昏暗的夜,人虽然在一起,心却孤独到令人感到酸楚,不管鲍伊的歌声努力给予我们多大的抚慰。无法融入的感觉很辛苦,仿佛你不属于任何地方。我们什么也没说,看着窗外半明半暗的春夜,看见老克里斯蒂安向着海滩蹒跚而行。这深更半夜的,他要去哪里?我说。阿尔尼把车停在柔软的路边,我们下了车,翻过篱笆,沿着干草坡走下去,走到老人身边,他在拉自己的船,衰老让他失去了力气,也就意味着他只能勉强让船略微挪动,而十年前他一只胳膊就能把它扛起来,他曾经告诉我们。我们看见他把埃纳尔·贝内迪克松的诗集和一个旧卡带机放在船上。你要去哪里,克里斯蒂安,我的朋友?斯瓦瓦尔问道。克里斯蒂安看看我们,挺直了背。他沉默了好一会儿,苍老的眼睛里饱含深深的痛苦。我在餐桌上留了字条,最后他用嘶哑的声音说,一封简短的信,它会把一切解释清楚。这不是逃避。每个人都该有机会带着尊严离开。我不想像一条狗那样,在苍老和残缺中死去,像别人一样。他似乎还有别的话要说,却陷入沉默,他的下唇在颤抖,黯淡的眼睛几乎变成了黑色。上船,阿里说。克里斯蒂安费力地爬上船,坐在划手座上,弯着腰,老迈而疲惫,但当我们把船推下海滩时,他坐直了身体,当船终于入水,缓缓摇动的时候,他笑了。他倾身拿起卡带机,按下播放键,索尔斯泰因·厄·斯蒂芬森开始朗诵《公海》:"我为你泛起乡愁,恐惧与荣耀的荒原。"[1]克里斯蒂安微笑地看着我们,眼睛闪烁着光芒,他发动引擎,驶向大海。走远了。直到现在,三十多年后,我才意识到他那时为什么微笑,笑得如此灿烂,仿佛获得了极大的解脱,很快就会触摸到幸福——他微笑,因为他不再孤独了。也因为他身上的某些东西会在我们心中继续存在。两天后,有人发现他的船倾覆在离岸几十英里的海上。

她走了,这样他就能爱我了

冰岛最美的地方,奥斯蒙迪尔说,我们从车上下来后,站在黑暗的屋外,听见海面之下水波的喧嚣,在这里我们拥有平静、草与永恒。除此之外,你不需要别的。我知道没有多少人认同我的观点,这里的人们看到的只有单调与贫瘠,但它仍旧美丽,不管天气如何。此外,它的美并不在于绿草如茵的田园和天青色的群山,我不确定是否能用冰岛语来描述这样一处地方。描述这种……特有的美,唯有耐心方能感知。如今谁有这样的耐心?我有你,西加说,在我看来,这就是世界的美。奥斯蒙迪尔笑了,这让他显得更年轻。我爱过的唯一正派的男人,那晚西加这样说。

和他结婚十五年的妻子离开他后不久,他就买了这座小房子,把它装修好,让自己住得舒适。她走了,西加说,这样他就能爱我了。所以我才这么喜欢她。客厅的墙壁上摆满了书,起码

---

[1]《公海》(*Útsær*)是冰岛新浪漫主义诗人埃纳尔·贝内迪克松(1864—1940)的作品。索尔斯泰因·厄·斯蒂芬森(1904—1991)是冰岛演员,曾参演六百多部广播剧。

有几千本，令人惊异，我们并不知道他是个书痴，但我们对奥斯蒙迪尔了解多少呢？自从他把车开进居尼尔迪尔的花园，他就从我们的生活中消失了——她从屋里走出来，走上台阶，刚刚下床，美得就像清晨的太阳。

他煮了咖啡，拿出一些鱼干和黄油，西加拿了几罐啤酒，把威士忌倒进我们的杯子，这一定是个美好的夜晚，壁炉里的火在燃烧，保罗·麦卡特尼唱着："要是下雨的话，我们不在乎……"

西加盘起腿坐在沙发上，紧紧靠着奥斯蒙迪尔，她笑得很开心，因为我们都在她身边。我们喝醉了，食物也吃完了，相聚真令人愉快，接着西加问道，亲爱的阿里，你在烦恼什么，为什么不写作了……你知道吗，我还留着那晚你扔到我家阳台上的那首诗，大约是在……哦，我的上帝，三十年前了——好在从那以后，我再也没有坐在这里喝醉过了！

我闭了一会儿眼睛。

然后在将近三十年前睁开眼睛。

桑德盖尔济
——20世纪80年代末——

我喜欢直接对着瓶子喝酒——酒液会直接流入你的核心，西加一边说，一边从索尔拉屈尔手中接过伏特加酒瓶。夜幕降临，桑德盖尔济有一场舞会。时间是八十年代末期，我和阿里已经去了德朗盖岛水产厂干起加工咸鱼的活儿，为阿里第一本诗集的印刷筹集资金。他和他的父亲一起生活，住在雅各布离婚后买下的一间三居室小公寓里。阿里没有解释他为什么大学中途辍学,只说他需要钱。回家的第三天,他正要去上班,顺手把那本薄薄的黑色诗集递给父亲。他穿着工作靴和外套,一只手拿着保温瓶和午餐,他说,那个,我碰巧出版了这个,把书递给雅各布,然后伸手准备开门。他的父亲翻开书,读了第一首诗:

> 对不起——
> 因为你过于专注
> 去挣一份工钱,
> 寻找合适的衣服,
> 合适的外表,
> 今天和未来几天
> 你的生活将被注销

这该死的书页上几乎什么都没有!这该是某种能让这页纸体现出点儿价值的机灵的信息,还是说这就是你想表达的全部?

我上班快迟到了,阿里答道,接着出门,走进寒冷。这就是你想表达的全部?父子之间再也没有探讨过这本书。

今晚桑德盖尔济的社区中心有一场舞会,飞扬乐队将会出场表演,引得村里的人阵阵骚动,满怀期待,西加拿起索尔拉屈尔的伏特加酒瓶就喝。我们没吃晚饭,在晚上九点前把活儿干完了,但马尼不得不让琳达搭个便车,穿过荒原把她送到凯夫拉维克。我不能让我可怜的宝贝儿饿肚子,她抱歉地说,指的是她儿子古米和她丈夫,她丈夫比她高四十厘米。真是天生一对,索尔拉屈尔把瓶子递给西加后说。西加说,她宁愿直接对着酒瓶喝,接着骂了这对父子,他们他妈的完全可以自己搞定晚饭,都是成年男人。天生一对,索尔拉屈尔说。琳达太矮了,她根本不需要弯腰就能给他口交。你只有两个脑细胞,亲爱的莱基,西加说,一个用来思考性,另一个用来打架。我有三个,他纠正道,第三个用来抱你。她瞠目结舌,仅此一次——她看着索尔拉屈尔,仿佛头一回和他见面。

飞扬乐队要在舞会上表演!

我们把摊位、设备和地板彻底冲洗干净,然后西加对着我和阿里跳起舞来。你们两个真是太温柔了,我就是爱你们,她说着,拥抱了我们,把她清瘦而结实的身体紧紧贴上来,我们能感觉到她小巧的乳房。你们可真软,她说,她的呼吸很温暖,夹杂着伏特加和烟草的气味。来参加舞会吧,我要和你们跳上一整夜!我要跳个不停,我现在精力充沛,真怕到时候我喝得太醉,醒来的时候发现身边睡着一个疯子,一个可爱而愚蠢的畜生,就像我孩子的父亲。真是个该死的蠢货,却又那么可爱,我甚至在左胸下面文了他的名字。好在他的名字特别短,我的乳房能遮住,尽管它很小——每当他想在别人面前贬低我,就会不厌其烦地提起这件事,这种情况经常发生。好像你应通过别人的胸围去衡量他们的重要性……自然只有男人才会这么做——来参加舞会吧,这样我就能吻你们,和你们跳舞。我从来没和穿着裤子的云一起跳过舞!

该死的蠢货——穿着裤子的云。我们和她说过俄罗斯诗人马雅可夫斯基的故事,身材高大的他曾经顶着光头坐在一节火车车厢里,极度渴望和坐在他对面的女孩交谈。车厢里只有他们两个人,马雅可夫斯基担心他的热情和外表会吓着那姑娘,于是他说,亲爱的姑娘,你不要怕我,我不是男人,而是一朵穿着裤子的云!

可是西加也想吻我们。对她来说,我们比穿着裤子的云意义更大吗?所以她才和我们说起她左边的乳房,我们应该把它托起来看看那个名字。信息还不够明确吗?

不过,我和阿里不打算去参加舞会。雅各布在北部的阿克雷里打桥牌,所以我们可以独享公寓;与其去跳舞,还不如喝点杰克·丹尼,听听汤姆·威茨的歌。再为她的乳房写两首诗:

《左》
我小心地托起它
仿佛它很脆弱
我看见你痛恨的名字
我的唇帮你遗忘

《右》
状似一颗行星
或是能让我感动落泪的事物
我头顶星辰
——我的欲望是星辰间的黑暗

该死,我坠入爱河了,阿里说。

后来夜色透过窗户渗进去,我们就在西加门外。她卧室的灯光熄灭了,阿里朝她的窗户扔了几颗石子。什么也没发生。他把写着诗的纸揉成一团,像雪球一样扔向窗户,但他喝得醉醺醺的,没扔准,纸团落在室外的阳台上。他口中咒骂着,弯腰捡起一块石头,用力扔出去,砸在窗户上——石头穿过窗户。我们呆住了,房里的灯亮起来,索尔拉屈尔走到窗前,赤着胸膛。他强壮的身躯一览无余,我们向后退到黑暗之处,就在这时,西加出现在他身旁,身上披着被子,纤瘦的肩膀裸露在空气中,她左乳的形状让你感动得想哭。

双层玻璃

为什么?为什么你没来跳舞?西加问,十二月的夜晚伏在屋子的窗户上,是那样沉重,就像需要双层玻璃才能承受住这种压力。

那里就是……

一周后,她找到了诗。女儿睡觉的时候,她去屋外抽烟。坐在角落的一张旧木椅上,天气很冷,她有些发抖,情绪低落,或许是因为她察觉到自己这一次又找错了人。她也想念我们,我们突然辞掉了德朗盖岛水产厂的工作,回到雷克雅未克,在那里生活意味着机会和教育。她蜷缩在椅子上,感觉自己仿佛老了几十岁,接着她看见被冻在雪中的纸团。她取出纸团,漫不经心地把它抚平，看见了上面的诗。她登时明白了是谁写下它们，并扔到阳台上——是谁用一块石头砸破了窗户。

那些诗我读了，她说，读完后放声大哭。坐在阳台上抽泣，一根接一根地抽烟，反复读着这些诗，那是自从我被继父强奸以来，第一次感到自己有价值。我哭是因为我终于感觉自己仿佛拥有了某种美丽的东西，可以以一种美丽的方式打动别人的东西。我哭是因为我确定自己再也不会感受到幸福了，我总是做出错误的选择，那一再让我沦陷的男人身上迷人的自信只不过是毫无新意的自负，他们的决心只不过是拙劣不堪的傲慢，等我意识到这些，为时已晚——此后不久，仿佛是为了证实这种观点，索尔拉屈尔从房前经过，径直走进去，愉快地向我母亲问好，接着用双臂搂住我，好像我是他的似的……

……我的力量来自

"自从我被继父强奸以来"：

这就是八十年代初在凯夫拉维克的冷冻工厂下面，她想淹死自己的原因，她蹚进冰冷的海水，没发现阿里的继母正站在墙边抽烟。

* * *

你的继母——她是个好女人，西加说。

西加还是打了她，用各种污秽不堪的话骂她，当她努力把西加拖上岸的时候。后来她们一起在沙滩上抱头痛哭。

可第二天我却表现得仿佛她并不存在似的。再也没和她说过话，直到十八年后，我终于有了勇气和力量面对我的人生，不再惧怕自己是个无用的人了。我花了整整十八年时间才得以向你的继母道谢，感谢她救了我一命。我为当初打她、用脏话骂她和这么多年对她置之不理的行为道歉。这个善良的女人只是搂着我说，我们都有伤痛，亲爱的西加，假如我们不去抚平这些伤痛的话，我们会出事的。她竟然会这样说，用这样的措辞，令我感到惊异，因为我没告诉任何人我所遭受的虐待。我一直在等我母亲去世。继父毒害了我的人生，这已经够糟了，一想到他还要毒害她生命的最后几年，我就无法忍受。所以我一直在沉默，在等待。我觉得她这辈子已经受够了。

你的继母把我从海里拖上来，我们抱头痛哭，之后她让我回家。现在回家去吧，可怜的姑娘，她说，洗个澡，我去和卡利说说——我们的工头——编个借口。不需要有人知道这里发生了什么。这和任何人都无关。后来我们看见一个女工和冷冻厂的一个货车司机站在一起，上帝才知道没有旁人的时候他们在做什么，我知道他们都结婚了，伴侣却不是对方，他们可能在那里站了一段时间，并且看见你的继母把拳打脚踢、大声尖叫着的我拖上岸。我回家了，没过多久，每个人似乎都知道发生了什么。那个该死的长舌妇和那个货车司机。你怎么能，第二天我下班回家后，母亲问我，你怎么能干出这样的事？你的继父还在死神门前挣扎，你这个自私的婊子！

她还说了些别的更加不堪的东西，但我什么都没说。只是从家里跑出去，把门在背后狠狠摔上，我去喝了个烂醉，让哪个人渣来操我吧，原谅我的语言，泰迪熊，她一边说，一边吻了吻奥斯蒙迪尔粗厚的手背。我七岁的时候，他就对我不轨了。此后持续了六年。六年之后他才似乎丧失了兴趣。每逢妈妈不在家，他就在夜里过来，锁上门，把灯灭掉。我恨他，可每当他进入我的房间，我就感觉麻木了。后来他得了癌症，住进医院，长期卧床不起，直到离开人世。我拒绝去探视他，这是我唯一能抵抗他的机会。当我得知他再也没法碰我一根指头的时候。尽管直到最后，妈妈对我恩威并施，让我去探望他。我继父央求见我。她在走廊里等着。他的情况看起来很糟，说话的时候声音很小，我不得不弯腰去听。他抓住我的手，却没什么力气，他唯一轻声说出的几个字是：原谅我。我把嘴巴凑近他的耳朵，轻声说，魔鬼正在你的体内吞噬你。我用力甩开他的手走了，第二天，你的继母就把我从海里拖了上来。我想杀了我自己，因为我很脏，也想报复他。他会明白的；那就是我对他祈求原谅所做的回应，他在我七岁时就把我杀死了。

我试着去忘记。有时候为了活下来，你必须忘记。我喝酒，喝得很多，喝下去的每一口都是黑暗。我的世界里唯一的光明就是我年幼的女儿，有很多年我都是为她而活的。我想这样就够了，我可以完成我的使命。有一天，我碰巧在凯夫拉维克听了一场音乐会，克里斯廷·西格蒙德松和约纳斯·因吉蒙达松演奏了舒伯特的《冬之旅》。我以前从没听过古典音乐，更别说去音乐会了，我的世界里根本不存在这样的东西。那天是星期天，我去商店买了汉堡和香烟，宿醉未醒，郁郁寡欢，后来我漫步到港口，异乎寻常地感到不想活了，我看见穿着考究的人们拥入迪斯·许斯文化中心——后来我才意识到自己也坐在其中一个音乐厅里。当然，我立刻就后悔了。音乐厅里坐满了上流社会人士，我觉得自己像个蠢笨的渔妇，给这里的气氛沾上了污渍。我想离开，又不敢站起来，害怕引人注目。后来音乐会开始了……我一直在抽泣！没法控制自己。眼泪顺着脸颊流下来。天堂的上帝啊，我真不明白我瘦小的身躯是怎样容纳这么多眼泪的。就在第二天，我在这里的综合学校注册了成人教育课程。我突然产生了一种活下去的渴望，渴望为自己而活。你必须为自己而活，才能为别人付出。我的力量就来自这里，来自对生命的渴望。我也清楚我必须回想起所有的一切。这种做法对国家与个人来说同样有效；那些对自己的过去一无所知的人，或是不愿承认过去的人，必将在未来失去自我。想要前进的人有时必须先后退。

在宇宙的近旁

吃新鲜出炉的肉桂卷比死要好得多

阿里在黑暗的走廊里徘徊了很久,也许徘徊了很多年,最后才找到她的房间。她坐在床上,沐浴着月光。她说,哦,我的心。当时是夜晚。阿姆斯特朗刚刚跳上了月球表面,他跳得小心翼翼,担心月球会破裂。

巴兹不是也跳上去了吗?阿里问道,他们是不是一起跳的,他和阿姆斯特朗?是的,巴兹也跳上去了,但是在阿姆斯特朗之后;那晚之后,很久以后,人们将会看着月亮谈论阿姆斯特朗,谈论他跳得多么小心,一些人还会提起他的脚印,那些留在月球表面的脚印,印在尘土中,会比他本人还长寿。但只有少数人会提起巴兹,因为阿姆斯特朗是第一个登月的人,巴兹是第二个,他在阴影里。也许正因为如此,他后来才开始酗酒,陷入不幸的泥沼。你付出一切,取得同样斐然的成就,展现出同样的勇敢,到头来却被人抹去——从生命的虚妄和命运的幻想中抹去,这是多么痛苦的事情。

你是怎么知道的?知道什么?知道巴兹,知道他将被遗忘,知道被遗忘对他来说是一种毁灭?也许是因为我坐在月光里,对我来说，短暂的一瞬和永恒之间不再有任何差别，而你穿越了重重黑暗，这是多么勇敢，难道你不怕吗？我怕，但我并不孤单，我有帮手。你永远不会真的孤立无援，除非你真的努力变成那样，否则总有人帮你，在某一个地方。尽管要相信它并不总是那么容易。

现在是怎么回事？一路走到这里，战胜黑暗对我来说还不够吗？我们能不能回家？因为天很快就要亮了，黎明最终总会到来，面包师博德瓦尔也许已经开始烤肉桂卷了，它们趁热吃的时候是如此美味。吃新鲜出炉的肉桂卷肯定比死要好得多。

黎明并不总会到来，有些夜晚长得没有尽头，来不及品尝热乎乎的肉桂卷了。要不了多久，做什么都将太迟了。死神一旦启程，就不可阻挡；它降临这个世界，你就会离开。接着被遗忘。

就像巴兹？

除非有人改变这一点；你想吃大理石蛋糕吗？

你都快死了，还要给我大理石蛋糕！

我无法给你生命；此外，你一直喜欢吃大理石蛋糕，这些都是博德瓦尔的糕点店做的。有人来看我了。一个陌生人给我送来了鲜花和两块大理石蛋糕，一个女人。一块代表她的幸福，另一块代表悲伤、愧疚和一点恐惧。你喜欢哪块？

这个女人是谁？

你会认识她的；你会不公平地对待她，她会变得笨拙，这并不是一种好的结合。

我不明白，阿里说。我知道，她说，你才五岁。五岁半。我知道，她说，你不觉得这些花很美吗？阿里看着这些花，突然发现桌上有一个小笔记本,旁边放着一本韦加新写的小说:《地球的阴影》。写在前面的题词是"纪念我亲爱的外甥女"。阿里把书翻过来,阅读封底的文字:

  在这部尖锐无情的小说里,冰岛被与国内股东合作的外国铝业公司控制着。资本统治一切;政治家们要么贪污腐败,要么软弱无能。一个名叫海丝伦的年轻女人,意外发现自己被这些势力视作了威胁。她的生命,她的生存危在旦夕。她能否信任她所爱的男人?两个神秘挪威人的身份是什么?他们是否真正操控着一切?

我一直有点怕她,阿里说,看着封面上韦加的照片。她总是找我的碴儿,仿佛我对她做过什么坏事。有时莉拉会对她说,不要那样对待这个男孩。这对姐妹是多么不一样,莉拉……她就像一个暖气片一样,永远温暖你,烘干你的手套,而韦加……

不要这么苛刻地评判她,她希望你好,关心你,但确实不公正,因为你让她想起我的背叛,我的投降,我没有机会去纠正它们。我怀了你之后不久就去看了她,并且宣布我不需要再写作了。我要写的是你。你是我的造物。天哪,她是多么气愤!她所说的背叛是指什么?阿里问,什么……嘘,别问,我们得接着说,我的时间不多了,听着:"一切都一清二楚。一切。他握紧拳头。我的酒中兄弟。"

假如你没有胳膊,还怎么工作?[1]

——雷克雅未克,20世纪60年代——

打了三下,还是四下?

他想起她被狠狠摔在冰箱上。

然后一切都……模糊不清。

不知为何被抹去了。

雅各布走过来,坐在沙发上,半躺着,伏特加酒瓶倒在地板上,酒从里面淌出来。真是浪费,他一边想,一边把瓶子立起来,看着那一小摊酒液。起初他什么都想不起,而后又渐渐想起一切。头一天的快乐,夜晚,舢板棚餐厅……他浑身紧张。坐起来,天黑着,夜晚还没过去。他慢慢站起来,犹豫地走进卧室,她不在;走进厨房,也不在。厨房的一把椅子翻倒在地。他看看冰箱,看见一处浅浅的凹痕。他先用手掌打她,再用拳头。这还不够。他还把她狠狠地摔在冰箱上。他盯着那个凹痕。

然后冲出家门。

没穿外套,只穿着一件衬衫,天气很冷,可他一点也不在乎。假如他死了,对每个人,对她、他的父母和全世界都是好事。他沿着斯卡夫塔利兹街奔跑,上气不接下气,在路的尽头一栋小公寓楼停下,那里住着她的父亲,我和阿里的外祖父,还有一个挪威女人。他盯着对讲机看了很久。心脏剧烈地跳动。然后按响了门铃。

---

[1] 原文为挪威语:Hvordan skal du arbeida hvis du har no arms?

片刻之后,他跪在他们的厨房里哭。

她坐在桌旁,双臂抱着膝盖,我和阿里的挪威继外祖母靠在一个柜子上,抱着胳膊,表情很严厉,外祖父站在雅各布身边。他走进厨房,看见餐桌旁的她,就跪了下来。他突然跪倒,仿佛身体中了枪。此刻他在哭泣,可怜地、痛苦地哭泣。他伸出双手痛哭,把它们砍掉!砍掉我的胳膊,他们没有回应,他又大声地重复:砍掉它们,我是个怪物!

外祖父狠狠地瞪着雅各布。我要杀了那个该死的浑蛋,他说。在这之前,阿里的母亲来到他们身边,漂亮的连衣裙被撕破,肿着一只眼睛,她用空洞的声音告诉他们发生了什么事,雅各布打她,把她往冰箱上摔,这令外祖父大为震惊;接着是愤怒。这愤怒涌入他的胸口。他说,语气毫不含糊:我要杀了那个该死的浑蛋。你别胡说八道,我们的挪威继外祖母说,他没做什么过分的事。雅各布的眼泪让他措手不及。还有他跪下来求他们砍掉他的胳膊。外祖父看着自己的女儿。她抱着自己的膝盖,低头看着桌子。外祖父轻叹了一口气。雅各布又伸出手,说,求求你们成全我;砍掉我的胳膊,救救我。我们的挪威继外祖母哼了一声,别再胡说八道了,假如你没有胳膊,还怎么工作?她问,她把绝望和悲伤置于如此平静的角度上。外祖父闭了一会儿眼睛,拿不准他这样做是出于解脱还是悲伤。雅各布的手臂耷拉在身体两边,他站起来,在餐桌旁坐下,茫然地盯着远方,我们的继外祖母煮起了咖啡,卷好一支烟。她递给雅各布一根,他的手指抖得厉害,差点把烟掉到地上。他们一边抽烟,一边等咖啡煮好。阿里的母亲凝视着窗外,向东方看去,那里是光的方向。某

292

种事物让她感到麻痹，也许是生活……

选红色，想想阳光

……因为某种事物，有时候，似乎和我们的梦想背道而驰。

* * *

我不知道他打过你，我恨他，我很高兴他就快死了。

哦，小家伙，这不该让你感到惊讶。雅各布没有恶意，从来都没有，我想他只是不懂该怎样应付生活，或者说应付他自己。他深信他让他父亲失望了，母亲的梦里也没有他的容身之地。我想有时候他觉得自己像个孤儿。或许这就是我对他倾心的原因：他的脆弱，当然还有他那双蓝色的眼睛！

在我和他之间，你难道不是更爱我吗？阿里突然固执地、天真地、绝望地问，可她却消失在月光里，又飞快地回来，问道，我们玩卢多游戏吧？上帝保佑，不能看着你长大、改变和成熟是多么遗憾——还有……哦，我的小冥王星，死得太早真是一个骗局，你会错过太多的东西，几乎是一切，很快你就会变得结结巴巴，口齿不清，因为死亡将成为你语言的一部分。你喜欢什么颜色的卢多代币，拿红色的吧，最好的颜色。

你为什么叫我冥王星？接下来会发生什么？

我会在游戏中赢你，然后在月光里消失，你将作为黑暗宇宙中的一颗行星继续存在。之后，你会发现你没有权利被称为行星；最多可能是一颗矮行星。你不会拥有自己的轨道，不敢深入自己的内心，也许是害怕无法面对自己的发现。你会说服自己，生活是一匹可以被驯服的马，可是当你去亲吻某个人的时候，命运会把一颗流星朝你抛过去，你的马会受惊、发狂，你会误入歧途，在人生的旅途中迷失。

然后呢，我会找到方向吗？

你的问题确实多。你以为我什么都知道吗？也许我会从月球上派个人给你。逝者对于生者爱莫能助，你必须明白这一点，否则你将一无所获。

假如你背叛了绝不能背叛的东西会怎样……爸爸背叛了你，你现在知道了，假如……

没错，但什么是背叛？也许有时人们为了生存不得不去背叛——我们总在跌倒后重新站起来。若非如此，我怀疑心对于我们创造的现实来说太过复杂。真是一团糟。对此我们又能做些什么呢？什么又是背叛？

我怎么知道答案是什么？我才五岁，现在是夜里，我很害怕。

你不需要回答，只要活着就好。我的四枚卢多代币已经有两枚走到了终点，还剩两枚，当第四枚走到终点时，我就会死去。我们的时间不多了，养育你的时候我可能是最快乐的。那是一种难以描述的经历，你的孩子吮吸你的乳汁，我从来没有像那时一样和另一个生命那么亲近。有时我觉得，我的一切都在源源不断地涌入你。我的第三枚代币正在接近终点：想想阳光吧。

她一生中从未跑得这样飞快

——北峡湾,过去——

因为阳光把它的光与热铺满天空,融化了山上的积雪,透过厨房的窗户流淌进来,玛格丽特站在那里,凝视着窗外,雅各布正在吮吸她左边的乳房。站在阳光下,感受它的温暖,感受生命的力量,感受雅各布吮吸她的乳汁,一切都很美好。他在吮吸,她在给予,她给予得越多,他们就一起变得越强大,他们之间的纽带也就越牢固。她看着窗外特里格维和奥斯勒伊格的房子——不,那当然不再是他们的房子了;他们走了。三年前搬走的,带着他们的三个女儿搬到了南部的瓦斯莱叙斯特伦德。令人惊讶的是,奥斯勒伊格始终没有像从那里出逃一样轻松地从乡愁中走出来,那里什么都没有,除了平原、熔岩和咆哮的大海,还有从不间断的风,有时它似乎只想把一切生命从这片土地上吹走。来到东部是个多么美好的梦,"平静"一词在这里有了真正的含义,你知道你能享受到美好的夏日、温暖和阳光。可她却意外地开始梦见宁静或者狂暴的广阔大海、遥远的地平线、清新的风和寂静的熔岩。不过,她并没有提议搬家;这是特里格维的主意,他突然感到厌倦,仿佛峡湾开始将他困住。也许他对玛格丽特说过,解释过,道歉过,越来越苍老的你有一天突然明白,你仅有一次生命,你该如何度过此生?当你青春尚在的时候不会去考虑这个问题,因为那时对于生活、生存和享受生命,你的能力还绰绰有余。当你的生命之旅走到一半,就像但丁写的那样,有一天你醒来,从骨子里感到自己的可能性在一天天减少——重复的事物占据了你生命中更大的空间。你开始渴望其他,一个不同的视野,它不一定更好,也许在某种意义上甚至更糟,但对你来说,它是崭新的。某种东西被添入你的生命,重复的车轮略微放慢了速度。这是逃避吗?我也问过自己同样的问题。奇怪的是,姐姐,你无法立刻分辨出逃避和改变生活的勇气这两者之间的差别。

雅各布的声音很平静,她闭上眼睛,有时想起特里格维和奥斯勒伊格已经不住这儿了,看着他们的房子很难熬。但对应地,她每个月都会收到两封,甚至三封信,他们分别写给她,这样一来,仿佛玛格丽特也分得了一小份他们的新天地。特里格维目前在一艘四十吨位的、从斯塔皮村起航的渔船上做事,奥斯勒伊格则在那里的水产厂上班,他们就住在村外一所漂亮的房子里,大女儿在雷克雅未克中学念书,她是他们大家庭里第一个念中学的人。我们的选择是对的,姐姐,要是你能搬来这里该有多好,虽然我知道谁也不能说服姐夫这样做,除非他能把峡湾、尼帕山,最好连斯奈达鲁尔山谷的一切都带在身上。他还好吗?

玛格丽特睁开了眼睛。他还好吗?仿佛这对兄弟之间发生过什么,仿佛某件沉重的事物横在两人中间。也许奥迪尔无法原谅他的朋友搬走,他很可能会有这样的感觉,甚至把它视为一种背叛,被这种观点所困,论固执和倔强,谁也不及奥迪尔,他有时会因为某些事情感到异常激愤,乃至产生怨恨。"你可以,"奥斯勒伊格写道,"随时来看我们,甚至住上几周。家里有一间空房,我们可以去雷克雅未克,像外国的女士们一样坐在咖啡馆里,去看电影,去戏院,甚至一起喝醉!"

好的,她在回信中说,好的,好的,好的!

她还是没去。从加拿大回来后,她去过的最远的地方不过是塞济斯峡湾,第二大峡湾,中途在雷克雅未克停留过。二十年前。雷克雅未克变了……她也不再是过去那个人。她还是没去,有太多的东西在阻碍我们。当她提起这件事,奥迪尔陷入顽固的沉默。后来他们有了雅各布,他正吮吸着她的乳房,啜饮她温暖的生命,她凝视着阳光,看见海滩上居纳尔和他的两个朋友身后拖着一个重物,很像一艘他们造的筏子。她伸手去拿望远镜;没错,是一艘筏子。她正看的时候,居纳尔转过身来,好像很抱歉。她常常禁止他做这样的事情,当大人不在身边或者至少不在附近的时候。居纳尔答应过——对他来说,信守诺言一直是件值得骄傲的事情。可你很难抗拒大海,它就在你眼前,从出生开始,充满你生活的每一个瞬间。大海造就了我们男人,这句话不知奥迪尔说过多少次,像信条一样说出口;大海能决定你是不是个男人。居纳尔不觉得帮助朋友们造筏子有什么坏处,他的手比他们灵巧得多,他只是打算帮他们把筏子造好,再推下水,这可不能算是违背诺言。但海的歌谣是如此引人入胜,令人心旌荡漾。正因为如此,居纳尔才抬起头,抱歉地看向房子,仿佛在说,对不起,妈妈。之后他们把筏子推下海。

玛格丽特小声骂了一句,轻轻推了推雅各布,把他弄醒,让他好好吃奶。她把奥洛夫叫过来,让她跑到岸边,阻止哥哥划着木筏出海。奥洛夫极不情愿地答应了。她正坐在那里补衣服,原本计划一阵子就能完成,但现在计划被打破了,都是因为她哥哥,他总是随心所欲,除此之外,她做苦活儿累活儿的时候他却在一边玩。她诅咒道:要是大海能吞没他就好了!她走出去,看着奥洛夫的姿态中明显的固执和沮丧,玛格丽特忍不住笑了。不过,当奥洛夫看见他们动作有多麻利的时候,就开始奔跑,当她站在海滩上喘气时,他们已经划出几米远了。不管怎么说,这是个开创渔业公司的好日子。阳光普照,浪恬波静,仿佛风睡着了,沉入大海。他们用简陋的船桨划着,抬起头来,听见奥洛夫对着他们喊叫,你就是这样遵守诺言的吗?你这个无赖!其他人看着居纳尔,有些犹豫,他们的热情此刻有所消退,他们离岸大约十五米,海水已经很深了。居纳尔大声回应,你不明白,你对这种事一无所知,是大海造就了我们男人,明白吗?陆地造就了你们女人!

接着他蹲下身去拿渔网线,因为现在他们打算钓鱼,开始捕捞,成为男人——青春已经被他们抛在身后。奥洛夫嘴里骂着,抓起一块石头,向他们扔去,希望能击中居纳尔,让他闭嘴,别再吹牛,可她没打中。她听见他们的大笑,弯腰去找更大的石头,愤怒地向笑声、自负和他们的自由扔去……

……由于被几座房子遮住视线,玛格丽特已经看不见几个孩子和木筏了,但她还是看见奥洛夫弯了两次腰捡石头,第二次带着愤怒扔出去,注入她所有的力量扔出去,接着她浑身紧张起来。玛格丽特不假思索地冲出门。把雅各布像麻袋一样夹在腋下,拼命地跑。她知道出事了,她能从奥洛夫紧绷的身躯看出来。她飞奔下山,看见奥洛夫已经冲进海里,划着水,只能勉强游动几下,她看见空筏子,两个男孩在水里乱扑,她听见他们的尖叫,第三个孩子似乎一动不动地漂着,一半身体被海水淹没。

玛格丽特一生中从未跑得这样飞快,她几乎在匆忙之中把雅各布丢在沙滩上,说,不要动,仿佛他能听明白似的,他还这样幼小,唯一能感知的就是她的温暖,可现在她却把他扔到一边,所以他哭了起来。她听不见他的哭声,也没在听,她一把拽下裙子,蹚进海里,开始向前游,经过疲惫不堪的奥洛夫,她轻声说,亲爱的妈妈。玛格丽特强迫自己向筏子游去,把它推向在水中踢腾的孩子们,速度实在太慢了,她知道他们已经没有多少力气在水上漂浮,然后游向在近旁漂浮着的居纳尔身边。他开始沉下去,仿佛一直在等她到来,好让她看见自己被淹死。她看见他金色的脑袋沉下去,消失在大海中……

活下去,我们唯一的抵抗?

……我一直害怕大海,她说,你知道你的曾祖父几乎被淹死在雷克雅未克港口;他喝得酩酊大醉,这个老傻瓜,然后得了肺炎,死了。抛下你的曾祖母独自挣扎。

阿里:你为什么不接着讲玛格丽特和居纳尔的故事?

他躺在床上,依偎在母亲身边,感受她的生命力,他不知道自己是五岁还是五十岁。我不知道,她说,也许我只是想让你知道这一点,我害怕大海。那么我也会害怕大海;然后我们就一样了。可大海还是美得惊人,她说,但愿我能一直看见它。

我也想这样,阿里说,倾听着她的呼吸。

月光透过窗户照进来。它就在高处,月亮,它的表面只有阿姆斯特朗那孤独的脚印。你想让我继续讲?她问道,一段时间过去了，几秒钟，几年，她吸了一口气，这个世界已不再需要任何东西。我不知道，他说，我想听你继续讲，却又怕你一讲完这个故事就会死去。你说得对，故事一旦讲完，我就会死去。那就别讲了，他说。我做不到，我的宝贝，因为到那时其他的一切也都会死去。死亡会穿过每一个人，让一切变得遥不可及，把所有的人统统抹杀，我们唯一的抵抗就是活下去，并且讲述它。把生命的力量留在我们的言语中。它没能征服死亡，但或许阻止了死亡去征服生命。或许吧，阿里很不情愿地说。相信我，她一边说，一边抚摩他的手指，给他安慰，接着闭上眼睛，潜入水中……

别说这种话，她说
——北峡湾，过去——

……跟着居纳尔。她从未潜入过大海。水中发出一声巨响，接着是充满敌意的沉默。她记得：一声巨响，充满敌意的沉默。她记得这个。还有她在水里游，像疯了一样，她的身体和生命中的每一个细胞都瞄准了同一个方向，想抢在死神之前游到居纳尔身边。在即将到来的岁月中，在几十年的时间里，她常常在这个梦中醒来。她用生命赋予她的全部力气潜下去，但似乎无法前进丁点。居纳尔下沉着。

可是，在维菲尔斯塔齐尔医院，阿里在月光下说，她游到他身边了，是吗？

不，她没有。她太迟了。

记住：居纳尔沉入大海，她太迟了，实在太迟了。除了这个她什么也不记得。

除了他们都在码头上，她，居纳尔，面色惨白，一动不动，几个人和索克尔校长，他跪在地上，整个人都湿透了，赤着胸膛，试图挽救她孩子的生命。

* * *

我没事，居纳尔说，当有人提起医生，说最好让医生检查一下这个孩子的时候。我只是冻得要命，他补充说，在码头上直发抖，虽然他穿着校长厚厚的套衫。他一直在学校楼上的办公室，坐着写一篇文章，他站起来舒展四肢，脑子里构想出了一个更好的句子，接着看见有人疯狂地从山上跑下来。他立刻认出了她。并且知道出了很严重的事情。他毫不犹豫地直接跑出去，跑到码头，跳进水中——在他匆匆脱下夹克和套衫，踢掉鞋子之后。他游过去，游过玛格丽特，一把抓住居纳尔，带着他游向码头，那里有很多只急切的手帮他们三个人从水里脱身。几个人驾着一艘船，向着奥洛夫和那两个男孩划过去，他们紧紧抓着筏子。索克尔帮居纳尔做人工呼吸，很快他就坐了起来，向外吐海水。他的太阳穴上有处被石块砸中留下的伤口；这让他的身体失去了平衡，筏子几乎竖了起来，他们全部翻进海里，没法游泳。他坐起来，感到很虚弱，不停地发抖，向外吐着海水说，真该死，老天。玛格丽特笑了。她笑了，吻着自己的儿子，几乎没注意校长把他的夹克披在自己身上，把套衫给了居纳尔，还有人把雅各布交还给她。可怜的小家伙,她笑着说,仿佛把他忘了。她和校长握手,表达感谢。湿漉漉的长发散在他的夹克上。感谢校长,她用低沉的声音说。他握住她的手,长长的手指在劳作中变得粗糙。适合弹钢琴的手指,他想,脸上挂着淡淡的笑容,说,我的荣幸。这是在三年前那个星空下山上的夜晚过后,他们之间说过的第一句话。我的荣幸,他说,我很高兴能帮上忙。然后他看着他们走回家。

当你浑身湿透,寒冷深入骨髓,差点被淹死的时候,几乎没有比热可可更好的东西了。玛格丽特小心地叠好校长的套衫,奥洛夫和居纳尔闲聊着,他裹着一张毯子,额头被石块砸红了。他在发抖,沉默了很久,最后看着母亲,问她能否原谅他没有信守诺言。她去吻他,吻他的头发和耳朵。你还活着,她说,你是我的孩子。他笑得很开心。她扭过头去擦眼泪,因为居纳尔还活着,因为她对索聚尔的渴望突然变得让她无法承受……也或许因为她抑制不住地去想校长把她的手握住的那一刻。她看着她的三个孩子,奥洛夫、居纳尔和埃琳,胡尔达不知跑到哪里去玩了,雅各布正睡得香。埃琳跑进来,她听见了动静,跑过来跳到居纳尔身上,差点把椅子和居纳尔都晃翻在地。此刻他们正坐在餐桌旁,愉快地聊天,玛格丽特靠在墙上,出于老习惯,她用手来回抚摩着墙面上被盘子砸出的一道苍白的印痕,她曾经感到心痛,用尽全力把盘子砸向墙壁,把盘子丢出去,仿佛在对生活发出抗议。她用手抚摩那道印痕,看着她的孩子们,感到一种暖暖的幸福。

我会让孩子把您的套衫和夹克捎去,她说。校长不愿拿回他的衣服，尽管他站在微风中瑟瑟发抖，赤着胸膛，清瘦而纤弱，却强壮得足以挽救一个生命。你随意就好，他说，我会回学校，我的办公室在二楼，我在那里还有一件套衫，我还可以把裤子烘干。你不打算回家休息吗？对我来说最好的休息就是工作。工作，在星期天？工作，他说，用这个词来形容我正在瞎写的东西也许过于漂亮了。它对文字和对鱼来说是一样的，它们傻得分不清星期天和星期一。他微微一笑，几乎带着羞涩。

居纳尔的朋友们到了，那几个和他一起开筏子的人。孩子们在一起玩耍。居纳尔的动作比平时慢，可他很高兴。此刻他们不再需要她。她一把抓起校长的套衫和夹克，嘱咐奥洛夫照看雅各布，她说她要把衣服还回去，也许还会上山走一走。孩子们玩得太开心了，几乎没注意到她是在附近还是去了山上。或者去学校归还衣服，一件套衫和一件夹克。

这些衣服是用非常精细的布料制成的。

来自苏格兰，校长说。

他听见有人走来，就站起来，心里想，这是谁的脚步声？他想，希望不是有人要来打扰我。他假装不去在意自己的心，那个愚蠢的小东西，它是怎样跳动的。请原谅我的打扰，她说。您没有打扰我。校长是在工作吗？这几乎不能算工作，我想我要为《东峡湾人》杂志写几篇关于伟大科学家的文章，在日常生活中，我们需要从广阔的世界里收获伟大的思想。您能不受打扰地在这里工作？哦，玛格丽特，叫我索克尔！这里没人打扰我，星期天不会。打扰您了，我再次道歉；我只是想把您的衣服还给您,并再次感谢您所做的一切,虽然我的感谢远远不够。您看着我就是感谢我了,他一不留神说漏了嘴。这是您的衣服,她说,她如此体贴,假装没听见他的胡言乱语;真是太精致了。苏格兰产的,他说;我们能从他们身上学会很多,这些苏格兰人。说实话,我们能从全世界的人身上学会很多。有时我们把太多心思花在了鱼的身上,这让我们的头脑比原本更加贫乏——我不是在贬低航海,他急忙补充道。她把衣服递给他。他接过来。

她的差事干完了。没有理由在这里浪费时间,打扰一个博学的人书写伟大的思想,更别提你还有这么丑陋的一双手了。

可她仍旧站在那里,浪费他们彼此的时间。或者也许是生命在犹豫吧?仿佛它正毫无戒备地站在一个十字路口,犹豫不决,甚至感到恐惧。她转过身,走出去,那一刻已经过去,她通过了考验。

我正在写的这篇文章,他说,是关于一个非凡的女人,玛丽·居里,一个我们这个时代,也许是有史以来最重要的科学家之一。的确如此,玛格丽特口是心非地说,仿佛只是出于礼貌,可她却转过身来看着他。他点点头,她刚离开人世不久,他说,曾经两次获得诺贝尔奖,先是物理学奖,之后是化学奖。一个伟大的科学家,一个伟大的人,我想写写她,让我们在东部的生活变得更宽广。一个女人,玛格丽特说。没错,他说。

一个母亲,有可能?

她有两个女儿。我能给您读读我写的东西吗?

我不想再打扰您了。

他没有回答,只是走到自己的办公桌前,坐下来,拿起两张写得密密麻麻的纸,玛格丽特犹豫地跟在他身后。下午的阳光透过窗户流淌进来,校长读着他写的关于玛丽·居里的文章。他的声音很温柔,朗读充满激情。他读完了。

玛格丽特靠近了一些。

我已经写完一半多了,他说。谢谢您,她说,念给我听;您真好。他坐着,她站着。她的一头棕色长发已经有些花白,却依然浓密。您说的那话是什么意思?她突然问道。哪句话,什么时候?他问。您说,"你看着我就是感谢我了"。我不能这么说吗?我不明白,不明白您什么意思。我不明白您为什么想和我说话,而且我的手很难看。我能看看它们吗?不,她说,然后伸出手。他握住它们,轻抚她的手指,把它们翻过来,看着她的手心。仿佛生命的全部都在这双手里,他说。别说这种话。原谅我。不,她说。接着用双手捧起他的头,抬起它,她咬他的嘴唇,吻他,咬他的下巴,跪下去脱掉他的裤子,再站起身来,脱去内裤,看着他。分开双腿,坐在他腿上。她依然穿着裙子,用右手摸索,找到他的阴茎,感受它在她的轻抚下变得坚硬,膨胀,她半闭着眼睛,更用力地抚摩,握着它,他轻轻地呻吟,她在他身上坐下去。慢慢地。直到他完全进入她的身体。只是坐着。看着他的眼睛。叫了他的名字。他叫了她的名字,然后她吻了他,开始动起来。他深吸一口气,她在低吟,慢慢地动,随后加快速度,他们亲吻,他们哭泣。她轻声说了些什么,他……

然后呢?

他们为什么哭？阿里问道。

但愿是因为他们很快乐。但也是为……这样完美的契合而悲伤。索克尔爱他的妻子，无法想象没有她的生活。而玛格丽特……他们哭泣是因为他们每次在一起都注定要背叛。无法公之于众的幸福蕴含着巨大的悲伤。

然后呢？阿里问道。

"假如理想死了，正义与美将何去何从？"
——桑德盖尔济，现在——

没人知道这件事，奥斯蒙迪尔说。

我坐在窗边，望着窗外，夜色向远方无限延伸，远到看不见。它涌进屋子，充满了我，用逝去的时光，用生命与死亡充满了我，因为仅仅八年后居纳尔就会死去，被冻死在塞济斯峡湾和北峡湾之间，那里没有什么特别的东西，奥迪尔这样说。这是他对这个消息的第一反应，玛格丽特低头看着餐桌。当她再次抬起头的时候，她对奥迪尔的爱已经死了。

没人知道她和索克尔的关系，他们没断，不仅仅是发生在学校顶楼上那强烈、痛苦而美丽的一刻，他们的关系一直持续到十六年后索克尔去世。那时的奥迪尔在埃亚峡湾的结核病疗养院，这位海上英雄和海洋狂热分子已经失去了昔日敏捷的身手。他生命中的最后二十年在那家疗养院和莫斯费尔斯韦特的雷恰伦迪尔度过，这两个地方都远离大海，闻不到海的气味。令人窒息，耗尽你的生命力，尽管他经常这样说，但也没妨碍他和两个年龄小他很多的女人生了两个孩子。直到奥迪尔去世后,玛格丽特才无意中发现。"要是我早点知道就好了,"她在日记中写道,"这样我就不会这么内疚。对索克尔的爱也会更美好。"

* * *

居纳尔的事故发生后不久,她就开始去学校上班了。没人知道他们的关系,但是当索克尔患了病,虚弱无力的时候,她们俩会给他洗澡,他的妻子和玛格丽特。在他最后的几个月里,她抚遍他的全身,再把他抱到床上,索克尔几乎不成人形。我快要死了,有一次他低声对她说,可我从没这么顽强地活过。他可以忍受坐起来的痛苦,把他想写完的一些文章读给她听。玛格丽特坐在床边,把他说的话记下来,然后他的妻子赫蕾弗娜端着咖啡和蛋糕上楼,和他们两个人一起吃。

但没人知道他们的爱情,奥斯蒙迪尔说。外祖母搬到了凯夫拉维克,和赫蕾弗娜一直保持通信往来,直到生命的尽头。虽说在她最后的日子里,我和妈妈不得不替她写信给赫蕾弗娜,而且她们的每一封信都会提及索克尔:请代我向他问候,姐姐,等下次你去花园的时候。外祖母总会这样结束她的信。在她去世前不久,她把日记寄给了我,好厚一沓,里面是她四十多年的经历,直接寄到图书馆,并且嘱咐这些日记要封存三十五年。我们感到很奇怪。她的生活就像一本摊开的书。没有空间留给秘密,除了那些藏在心里的秘密。我们突然想到她写了一些有关外祖父的很刻薄的话,并为此感到后悔。当然,和外祖父一起生活并不总是那么容易;他是船长,我们剩下的人都是水手,而她……

三十五年,阿里说,到今年九月,距她去世不是已经满三十五年了吗?

九月二十一日。早上九点,奥斯蒙迪尔和西加一起去图书馆拿日记。

* * *

我不知道,奥斯蒙迪尔说,你爸爸有没有读过它们,但很久以前他就决定先拿到这些日记。我想他只是把它们存放起来。但西加却不想冒险,她花了两天把每一页都复印了下来。

结果还是发现日记里全是秘密?

是的,主要是从居纳尔差点淹死的那个星期日开始。还有一些关于她和索克尔的爱情的令人不适的详细描述。

不,西格说,一点也没让人不适,简直优美至极,阿里应该出版它们。出版?!奥斯蒙迪尔大喊一声,震惊极了。是的,泰迪熊,出版它们。这些文字太了不起了,不该被丢失和遗忘。当然,对于你们几个来说,这也许有点难,你的外祖母有时候过于直率,这不仅仅在于她和索克尔的感情生活,也在于她说出自己的失望,她的孩子或孙子中没有一个人按照她为他们设想的方向发展——而且他们都不是索聚尔。人人都忙于生计,谁也没有时间或者兴趣去试着改变世界。你还记不记得她去世前一年写的——除了偶尔变变发型,还有客厅里椅子的朝向,谁也不愿意改变任何东西?"假如理想死了,正义与美将何去何从?"一个写出这种文字的女人,她的作品必须被印出来。在某个时间,这个家必须敢于在生活中表明立场。

这就是我爱你的原因,奥斯蒙迪尔说。你就是我本该活出的样子,你就是外祖母梦寐以求的那种孩子。西加笑了,她用手指划过奥斯蒙迪尔的头发,接着看看阿里:玛格丽特写了不少关于你母亲的事。阿里挺直身子,问,我母亲?是的,她……

将我们从遗忘的黑暗中唤醒

……有时叫我女儿,有时叫我妹妹。我一直想介绍她们相互认识,你的祖母和韦加,可现在太迟了。很快大家都会死去,除了你。看——我的卢多代币正向终点走去。

阿里:所以太迟了?

对我来说,是的,对其他人来说也一样。玛格丽特、韦加、莉拉、你的外祖父和继外祖母、奥迪尔、特里格维、奥斯勒伊格、索聚尔、居纳尔、埃琳……还有雅各布。我们不能再继续了。我们必须与我们做过的事和解,为我们没做过的事感到遗憾。但活着的人能帮助死去的人;将我们从遗忘的黑暗中唤醒,让我们绽放美丽,澄清我们的背叛与懦弱。从美好的事物里寻找力量,从丑陋的事物中得到教训。只有这样,我们的躯体才能永远地安息。天哪,你卢多玩得糟透了!该你掷色子了。

每掷一次色子,我们就更接近终点。轮到我的时候我不掷,这样就能永远和你在一起。

你必须掷色子。你必须活下去。为什么这对你来说这么困难?

他们发现你的背叛了吗?我的前妻波拉问道,我依然爱着这个女人。我无法停止对她的爱,她在我的血液里。他们发现你的背叛了吗?她问道,在她安排我最喜欢的表弟和榜样奥斯蒙迪尔把他的食指插进我的直肠后——他的手指很长。背叛?我爱着两个女人。这就是我的下场。

爱着两个女人不是背叛;它是一个问题,一种倒霉的幸福和痛苦。我的背叛完全不同。

那到底什么是背叛?是我停止写作吗?这似乎伤害了你们所有人。难道我个人对这件事的想法不重要吗?连爸爸都对我嗤之以鼻。我为什么不写了?仿佛这是一种罪过!他对我的作品只字不提,哪怕在出版之后。我写或者不写又能改变什么?好像文学现在能有什么用似的——你根本不知道这个世界变成了什么样子。几周前,一群该死的疯子在南欧炸毁了一辆公交车,造成七人死亡。包括一个年轻女人和她不到一岁的孩子。她刚给丈夫发了一条短信,她在公交车上读到的一句佩索阿写的诗句。几乎没有人写得比佩索阿好,不过一旦落到实处,他的诗却这么没用。无论怎样,如今读诗的人越来越少了;它已经什么都不能改变,只不过是娱乐,顶多算一种宴会的装饰,学校里的考试素材,只不过是……这就是今天的世界——你还在坟墓里对写作指指点点!你跨越了生死之间那难以形容的空间……好吧,为了什么?为了教我们怎样生活,怎样面对痛苦,怎样战胜不公正与残忍?绝非如此!你战胜了自然法则,因为我停止写作让你不快!你在永恒中什么也没学到吗?你什么也看不见吗?难道你看不见我的书和其他的书没有分别,什么也改变不了吗?也许人们最多会赞美我文笔雅致,语言优美,对人心与灵魂体察深刻,但这什么也改变不了,无法撼动世界;它太沉重了。你是否得到了滋养,也许因为我所受的赞美——这意味着虚荣比死亡更强大吗?

你可真够吵闹的。你是不是忘了此刻是深夜,我们在医院里,这里大多数病人都奄奄一息?你开始大喊大叫。即便如此,我还是很开心和你在一起,我能看见你依然怀有热情。太糟了,你这么害怕。

害怕什么?

你说得对,冥王星,没有人应当花时间去写作,除非他想给我们提供新的眼光,揭示生活的幻象、背叛、懦弱与不公正,是的,甚至拆除炸弹。假如优美的文字不能让我们成为更好的人,它们就毫无价值。

难道没有人告诉过你
——桑德盖尔济,现在——

……你为什么不写了?西加问。我还留着那天晚上你扔到我家阳台上的诗。我很为它们感到自豪,那些关于我胸部的诗;我根本没有预料到!你想象不到它们对我有多重要。有时,当我自我厌恶的情绪让我生不如死的时候,我会阅读它们来安慰自己。你写了四本书后就搁笔了,为什么?难道你不明白利用自己被赋予的能力是每个人的责任吗?那些天生好嗓子的人应该唱歌;那些头脑灵活、善于计算的人应该对付数学难题;那些对人类的生存有所洞见的人应该做心理学家或者牧师,给人们带去安慰。难道就没有人告诉过你，那些将自己的能力束之高阁的人背叛了生命，背叛了自己，会郁郁而终吗？

西加用她那双黑眼睛久久地看着阿里。他张口刚要回答，电话就响了。

懦弱是最大的恶吗？

你把早餐桌上的东西全都拂到地上，怒气冲冲地出门，去了北方的侯尔马维克，因为你在重压之下就要崩溃……

生活的重压，阿里这样总结，当他的母亲显得犹豫，或者说需要休息的时候。

……懦弱的重压。抱歉我这样残忍，但我的时间不多了，几乎没有精力再温柔地对待你了。对一个人产生持久影响的东西会代代相传。这就是为什么家庭总是与同一个巨怪搏斗，一代又一代，直到，假如可能的话，有人打破这个恶性循环。这样，巨怪就会变成石头，活着会更容易。接下来是死亡。对我们来说，这个巨怪也许是懦弱。索聚尔屈从于他父亲的意志，我屈从于你父亲的意志和期望，屈从于我的父亲和继母，继而屈从于社会。后来我们就死了。死得太早，我们甚至没有机会弥补。特里格维从没原谅过自己的袖手旁观，当他看着奥迪尔试图让索聚尔服从他的意志，服从他的梦想时，当奥迪尔狠狠打了索聚尔，差点让他从船上翻到海里时，特里格维心里的某样东西断了。他从没原谅过自己没有插手进来，没有尽力安慰或帮助索聚尔，或是没有与奥迪尔倾谈。索聚尔死后，他们之间的关系变了，这就是特里格维想搬走的原因。他想做一些弥补，提议把雅各布带到南方。奥迪尔从埃亚峡湾的疗养院给雅各布打过电话，告诉他自己在一艘漂亮的船上帮他找了份工作，下周就可以开工。两天后，你父亲在玛格丽特的坚持下，动身去南方找特里格维，从此再也没回过北峡湾；他在基地找了一份工作。奥迪尔很难接受。

那么爸爸想要的是什么？

你得自己去寻找答案……也许他在超越自身的地方找到了力量，在酒里，在他的朋友西吉身上……他从不感觉完整与快乐，除了在玩桥牌的时候。只有在那个时候，他才能完全依赖自己的力量。现在他正消失在黑暗中……

桑德盖尔济,凯夫拉维克
——现在——

"……我想生活也有些喜欢它旁生的杂草"

电话响了几次，阿里才意识到这是他的手机。他把手从绒衣口袋里抽出来，客厅太热了，他脱掉绒衣放在一边，手指在发抖，因为若非事情紧急、刻不容缓、急需讨论的话，谁会在半夜打来电话……也许是波拉？也许她醒了，渴望听见他的声音，他的呼吸……阿里看着号码，不知是谁的，犹豫地接了电话。

是你吗，亲爱的，我是不是把你吵醒了？一个女人的声音在发问，带着沙哑和沧桑。阿里立刻听了出来，但那个词，亲爱的，让他感到很困扰，因此他佯装没听见，问道，请问是哪位？我是安娜，你父亲的朋友……是你吗，阿里？是的。我在你父亲的电话里找到了你的号码。我希望是我自己犯了癔症，我不过是个紧张的老太婆，但我醒来大约二十分钟了，现在还深更半夜的，他却不见了，我的科布。阿里没有回应，她便又说道，是你父亲。他不可能走得太远，阿里说，他盯着壁炉里的火焰，这老头从沙发上站起来都很困难，更别说半夜四处闲逛了……你好，他说，电话那边没有回应，你好，你在听吗？是的，很抱歉，我刚找到几页纸，上面似乎是他写的字，压在信的下面，所以我没看见。几页纸……什么信？哦，是作家居纳尔写的，一封非常漂亮的信。居纳尔·贡纳松?是的,用钢笔写的,字迹极为优雅,一看就是练过的。居纳尔·贡纳松写给爸爸的信?阿里带着怀疑问道。他看着我们,西加坐直身体,把音乐调低。不,是写给你的祖母玛格丽特的,写于一九三四年,八十多年前,信是我们昨晚发现的,没被拆开。想象一下,这么多年都没拆开!居纳尔·贡纳松怎么会给我的祖母写信……电话那边安娜没有说话。你好?他说。哦,我在,很抱歉,我只是想看看你爸爸在这些纸上写了什么,几乎看不清……你的祖母在给居纳尔的信中似乎谈到了她的儿子索聚尔的事,我知道他年纪轻轻就走了,是个才华横溢的人,作家的回信非常诚恳,你祖母显然深深打动了他……我想……他是想去海边,她打断了自己的话。谁,居纳尔?不,亲爱的,是你爸爸,根据我的猜测。他说了什么?他说他想……慢慢地走到海边……是的,去看看大海。他写的好像是:"这样我才能肯定自己总算能说出那些真正要紧的事了。"这是爸爸写的吗?!是的,谁能猜到……其实我是被哭声吵醒的……是他在哭……我的科布,又努力忍着,把我的紧身袜塞在嘴里。为什么你不能表现得像一个正常人?——谁都不该一个人哭,这太痛苦了。我要出门看看能不能找到他。得找个人教教你们该怎样和对方交谈,给你们俩一点提醒——我不说了。

有一次我们看见,阿里缓慢而犹豫地说,我的意思是我和爸爸,我们看见一个老妇人在哭。很多年前的事了。几十年了。她坐在植物园上方养老院的墙边哭。独自一人。没人安慰她,我们只是路过。假装没看见她。

阿里盯着咖啡桌。电话的另一边,只有沉默。我们看着他,妮娜·西蒙低声唱着："没有你我过得很好（有时候除外）。"奥斯蒙迪尔揉揉西加的头发，她擦了擦眼睛。我的生活，长久的沉默后，安娜说，从来没有幸福过，或者说美好过。你们也许知道我喜欢美国佬。我梦想遇上一个能带我离开冰岛的人。我并不要求很多的爱，只要有信任，并且能逃离这儿。我知道我能成为一个好妻子和好母亲。在美国，世界似乎宽阔得多，有更多空间留给幸福。我在基地遇见了你爸爸，那是一个晚上，我们还很年轻。我第一次去那里，他非常可爱，你的爸爸，他温柔极了，我立刻被他吸引了。不过，我们之间什么也没发生，也没有时间做些什么，之后……我再也没见过你爸爸，直到进了养老院……那时我才十七岁，你看，一个这么年轻的姑娘；母亲死后，我就离家出走了。一天夜里她失踪了，两天后，她的尸体在岸上被人发现。这并不令人惊讶；她喝酒非常多，那时候人们称之为酒鬼；现在有更花哨的叫法……很可能在烂醉之下一头栽进了海里，人们说。我认为她是在用自杀来摆脱我爸爸。葬礼的第二天，我就离家出走了，我爸爸……哦，反正他现在已经死了，他们也许还在地狱里折磨他……后来我就去了基地，试图摆脱这里的一切，这个狭小不堪、充满压迫的世界，你跳舞的时候男人们会踩你的脚趾，在餐桌上挠他们的屁股，从来懒得对你说任何好话……我想你肯定知道"离开"这个词没有魔力……天哪，你怎么能让我说这么多？亲爱的，你身上一定有什么特别之处。我并没有一直叽里咕噜地说个不停，我还在穿衣服、戴帽子、穿鞋子。他是个英俊的男人，你爸爸，哪怕他现在这副样子。我们一直保有自己的本色。现在我出门了，夜深天寒，我要赶去找你爸爸，免得他冻坏了。他是我的幸福之花。或许你觉得听一个老酒鬼和美国佬的妓女把另一个酒鬼称为她的幸福之花很蠢，但生活也有些喜欢它旁生的杂草，所以趁着为时不晚，屈尊带给我幸福。

所以世界变成了这副样子

他之所以去海滩，是因为他最初的记忆来自那里吗？在几块岩石之间半睡半醒。他的母亲从他身边跑开。把他扔在一旁，去救居纳尔。

他一再回忆——那时他甚至还不满一岁，怎么能记得？

但这却是他最初的记忆。玛格丽特把他扔到一边。他记得自己落下。把他丢在岸边坚硬的岩石上。

他一再回忆。

我从那些石头中把你捡起来，像捡一块旧垃圾，有时候奥斯迪斯这样对他说。她在商店打工，听见一阵骚动，走到门外，看到码头上有一群人，看到索克尔与玛格丽特和居纳尔一起在海水中，看到奥洛夫和两个男孩挂在筏子上——接着听见你在石头上号啕大哭，你自然什么也不懂，身边没有母亲，但我一把你捡起来，你就让我抱着。从那时起，我就一直觉得你是我的一部分，奥斯迪斯说，每当她回想起这一幕，就会抚摸雅各布的头发，她常常这样。当他被送到店里的时候，她对他微笑。他总是彬彬有礼，却无法忍受她。无法忍受把他捡起来的人是她，而非他的母亲。无法忍受她对他微笑的样子。有时候周围没人注意，她会偷偷给他几颗糖，对他眨眼、微笑。雅各布也对她笑笑，可一旦走出商店,到她看不见的地方,他就会扔掉这些糖果,尽管他几乎从来没有糖吃,除了圣诞节的时候。其实雅各布很厌恶奥斯迪斯。自从他搬到了南方,她就一直在打听他。奥斯迪斯给你捎来了问候,问你好,玛格丽特在信中不止一次这样说过。他厌恶她是因为,她觉得他是自己的。是她从岸边的岩石中把他捡起来,可大家都忘了。被遗忘,就像巴兹一样。索聚尔是阿姆斯特朗,居纳尔是驾驶指挥舱的柯林斯。他们各自都有自己的角色。他是后来者。他做了他们两人做过的事,而且做得更好。

我怎会如此愚蠢?雅各布一边想,一边跌跌撞撞地走在沉睡的房屋之间,离哈布那加塔大街和大海越来越近。一切突然变得如此清晰,真不可思议。也许是因为他不得不慢慢地走,无法加快速度,不得不停下来休息,有思考的时间……或者无法避免思考。或者也因为居纳尔·贡纳松写了那封信……信里写出了他最大的悲哀……要是他现在还能感谢奥斯迪斯把他捡起来,感谢她这多年来待他这样好,并为自己当初没有感恩而道歉就好了。他会从她开始……接着是阿里,还有……难以置信,他竟然这样愚蠢!亲爱的,每次喝过酒,人都会自怨自艾,有一次安娜这样对他说。奇怪的是,在经过了那么多年,经历了那么多困难后,生活竟然拥有这样的仁慈与慷慨,让他们得以重逢,他和那片汹涌的大海。他不配。我会弥补的,他笑着对自己说,他走上哈布那加塔街,突然意识到自己没有理由爬到海边去。况且对他来说,要走到海边很困难,因为海边堆满巨大的石块,凯夫拉维克过去的那片海滩已经不复存在,那里堆满了从赫尔古维克运来的历史长达三千年的巨石,似乎是为了强调一个事实,凯夫拉维克的居民不再被允许捕鱼,他们应该忘记大海。这些该死的石头会弄断我的脖子,雅各布嘴里嘟囔着,突然感到一阵愤怒,像往常那样想起凯夫拉维克居民们的大海被夺走了,竟然会有这样的事,那一小撮肮脏的有钱人的冷酷利益竟然不费吹灰之力就夺走了一个古老渔村的大海。世界变成了这副样子,雅各布想。他站在哈布那加塔大街上,放弃了走到海边的计划。他只想去找安娜,抱着她,也让她抱着。要是他能快一点转身,要是他能向她奔跑过去该有多好。活着真好,他想,他已经完全忘记了癌症,疾病像黑暗一样在他体内蔓延。明天,他想,我要和安娜开车出去兜风,绕着凯夫拉维克转转,去约恩尼店里吃几个真正的汉堡,慷慨激昂地说说那些该死的金融财团,他们企图以无趣的贪婪摧毁一切生命,还有……雅各布回头去看。好像有人在叫他的名字。声音很轻,却似乎充满了一切,似乎是宇宙在轻唤他的名字。雅各布回头去看,看见了光。

死亡对生命来说是多么沉重的负担

死去的人是自私的,一首西班牙诗歌这样说,"他们不在乎自己是否让我们流泪……他们拒绝行走,我们不得不背着他们去墓地"。

阿里很难把这些诗句从他的脑海中抹去。它们似乎一度取代了他的思想与情感。有人用一条毯子盖住了雅各布,不知毯子是哪儿来的,也许是马路对面的酒吧,一条厚厚的毛毯,仿佛是为了确保他的身体不会变得更加冰冷。酒吧的门半开着,音乐弥漫在夜色中。顾客们进进出出,左顾右盼,有人在抽烟,烟雾在寒冷中向上飘,飘向酒吧的名字,"初吻",也是赫尔约马尔乐队的一首经典青春歌曲的名字。安娜把手放在阿里肩上。他看着她,发现她在发抖。

当她告诉阿里出了什么事时,她沙哑的声音有些哽咽。两个女人在酒吧外面抽烟,看见一辆汽车从哈布那加塔大街呼啸而来,载着四个放声大笑的年轻人,车上放着震耳欲聋的音乐。那些孩子真得学学该他妈的怎么开车,其中一个女人说,另一个正欲表示同意,却突然看见雅各布,尖叫了起来。他在马路中央。他过马路的地方路灯坏了,所以街上很黑。车灯只在撞上他的前一秒照亮了他。坐在副驾驶座上的十六岁女孩说,老人当时在笑,用她的话说,老人面带笑容,接着又说,看上去十分苍老,我永远忘不了那微笑。永远忘不了。当时雅各布像个麻袋一样被汽车撞出去。司机只有十七岁,他踩了刹车,试图绕过雅各布,但左前侧的挡泥板把他撞到了三米开外的人行道上,撞上一幢建筑。汽车失去了控制,撞穿了西明商店的窗户,被撞碎的玻璃和汽车警报的巨响让人们纷纷从酒吧里跑出来,司机哭喊着向大海奔去,有人奋力追上了他。

这个可怜的孩子很难带着这种经历生活下去,安娜说,你应该和他谈谈,说些善意的话,或许能减少这件事对他的伤害。是的,阿里说。他低头看着躺在人行道上盖着毯子的父亲,仿佛他想打个盹,在艰辛的生活中喘口气。死去的人是自私的,他们睡觉去了,留下我们收拾残局,检查所有他们留下的东西,决定怎样处理沙发、餐具、袜子和冰箱里的食物。他们的账单需要整理,他们需要被我们背去墓地。死亡对生命来说是多么沉重的负担。

  ……趁某个人还活着

  这首歌是他的最爱之一,安娜说。

  她打算直接回自己的公寓,把钥匙递给阿里,对我们笑着道了晚安。您不想进来吗?阿里惊讶地说。
  我不想妨碍别人。
  假如有人,阿里说,有权进入爸爸的公寓,那就是您。
  她大哭起来,那个坚强的女人。西加搂着她,让她在自己怀里哭,奥斯蒙迪尔拿来一些厨房卷纸,让她擤鼻涕、擦眼泪,她轻轻笑了笑,带着歉意说,我从小就没在任何人面前哭过——除了有时候和我的科布在一起,她尽量小声地说,接着又哭起来。阿里坐在沙发对面的椅子上,紧紧握住手指,那首该死的诗还留在他脑海里,后来他的目光对上西加的,她用眼神说,过来和我们一起坐。他站起来,走过去,坐在她们身边。他们让安娜坐在中间,阿里犹豫地、几乎害羞地搂住安娜的肩膀。上帝保佑,我究竟有多少眼泪,她低声说,接着靠在他身上,伏在他肩头哭着,他把脸埋进她的头发。

  奥斯蒙迪尔煮了咖啡,安娜问他她能不能听《更浅的苍白》,因为雅各布非常喜爱这首歌。她把居纳尔写给玛格丽特的信和留有雅各布字迹的快艇色子游戏记分簿交给了阿里。

他们喝着咖啡，西加和奥斯蒙迪尔在读居纳尔·贡纳松的信，阿里在读雅各布的文字，普洛柯哈伦悠长而诱人的音符充满了公寓："我肯定自己总算能够说出那些真正要紧的事了。"

假如你不知道该怎样交谈，那么一切会变得更难，安娜抚着阿里的手背说。你终究会伤害身边的每一个人。

现在太晚了，阿里轻声说，几乎带着苦涩——一种苦涩的自责。安娜虚弱地笑了，又拍拍他的手背说，胡说，只要你还活着，就不算晚。趁某个人还活着。

终曲

一

　　现在世界的天亮了。有些地方天一直亮着,阳光永远不会枯竭,但另一些地方却留在黑暗中,消失不见,当新的黎明到来时,没有什么能够追忆。除了渴望。

　　九月的黎明降临在雷克雅未克荒野上的医院里,十二月的黎明降临在凯夫拉维克,可惜光线太过稀疏,近乎黑暗。但是黎明降临了,我们能感觉到,在内心深处栖息着痛苦的地方,渴望幸福的地方。天亮了,夜晚带着它的梦消退了,一个中年护士轻轻走进房间,当她看见床上的小男孩和年轻女人的时候,停下了脚步。男孩的呼吸很平静,他抱着她的手臂,她紧挨着他躺着。她已经没有了呼吸。护士像石头一动不动地站着,仿佛麻木了,九月宁静的光从窗口照进来。她慢慢走到床前,把手掌轻轻放在阿里的额头上,他睁开眼睛,看见缓缓飘落的雪花铺满旅馆客房的两扇窗户,隔壁房间有人在轻声唱歌。用英文在唱某一首摇篮曲,不,是个美国人,他听得出那个声音,是一个美国女人在为她的丈夫唱歌。假如你能在一个对你来说很重要,甚至意味着一切的人身旁醒来的话,那真好,仿佛生命总能胜利,仿佛世界上有正义。这就是为什么她的歌声如此美妙吗?阿里起身走到窗前，凝视着纷飞的雪花，它将世界连在一起。

二

西加邀请阿里与她和奥斯蒙迪尔一起住在这个舒适的小房子里，它曾经属于老克里斯蒂安，在一个用冰岛语无法描述的地方。他谢绝了邀请，说他要回旅馆睡一觉，再去探望他的继母。那就开我的车去吧，西加说，钥匙就放在前台。

三

我和阿里开车离开了凯夫拉维克。阿里醒来后不久就给继母打了电话，告诉她雅各布的死讯。她沉默了很久，他也沉默了很久，但没关系。现在早上十点刚过，天还黑着。十二月是世界上最黑暗的月份——有时黑暗得似乎连生命都该被禁止。那么，雪，这天空带给我们的无垠的白色，究竟传递着什么样的消息？

也许是死去的人在对你说话，我想，在试图告诉你一些有关光明与黑暗的东西。也许吧，阿里一边说，一边向米涅斯荒原开去。

你在听吗？

他扭头看着我笑了，脸颊上还留着她的唇印。我帮你擦掉，亲爱的，安娜说，试图擦去口红印，好在没有完全擦净，因为一个吻是美好的回忆。我不知道，她说过，为什么当你打电话问我是否可以顺道拜访的时候，我要像个傻乎乎的老太婆一样匆匆忙忙涂上口红。好像因为现在我的幸福之花死去了，我就需要化妆了似的。

她两眼通红，只睡了一小会儿，几乎无法成眠，只是一味地哭泣，怀里抱着雅各布最爱的套衫，闻嗅着，抚摩着，读着玛格丽特的日记，听着梅加斯的歌。

哪怕我并不是很喜欢他的声音；我更喜欢埃尔维斯，还有爱情，但我想那是因为我太愚蠢。

她涂了点口红，仿佛她看起来怎么样很重要似的。阿里抱了抱她。能给我一点你的东西吗？她问。您愿意拿走多少都可以，他说。于是她吻了吻他的脸颊。

四

汽车平稳地行驶在荒原上，外面下着雪。也许雪花是逝者捎来的消息，但当他小睡了一会儿醒来后，发现手机上有两条短信：第一条来自斯瓦瓦尔，第二条来自他的两个女儿，格蕾塔与赫克拉。他们一起度过了一个晚上，做饭，翻看家庭相册里的照片，一会儿哭，一会儿笑，用Skype和斯图拉聊了很久："爸爸，去查查你的邮箱，有一首给你的歌。快回来吧，因为你不在的时候，生活少了很多趣味。"

斯瓦瓦尔一大早就发来信息："嘿，老怪物！我高兴得睡不着觉！我只想跑到山上去，站在山顶上为生活的精彩呐喊……你知道今晚谁来看我了吗？……你知道吗，我刚收到一封阿尔尼发来的长邮件。记不记得那一年他突然消失了？好吧，他又现身了——但这次是以她的身份！他把自己变成了女人！他在国内，想和我见面。于是发来一张照片，告诉了我来龙去脉。他，不，她（！）也长得很美！要不是我现在爱得神魂颠倒，如在仙境，否则可能会爱上自己的老朋友……这哥们儿真是有种，敢变性——这难道不是真正的勇气？！"

五

"请赐予我力量，让我改变我所能改变的。"

就是这样，说到底，你能改变的东西几乎没有边界，或许懦弱才是最大的阻碍？一切都始于一个人的死亡，很快我就能告诉你那些真正要紧的事。可惜对于生命来说，"很快"有时太迟了，我说，阿里正把车停在路边，熄掉引擎，我们置身于广阔的荒原。我要在这里下车。我知道，他说，所以我不会再等了。我从车上下来，什么都不必再说了。

车快开到桑德盖尔济的时候，阿里拿起手机，打开格蕾塔与赫克拉发来的电子邮件。"你知道这首歌，爸爸，昨晚我们听了一千遍，听得我们俩都放声大哭！附言：我们也把这首歌发给了妈妈……"

阿里打开链接，手机开始播放埃尔维斯·普雷斯利的《你永远在我心里》，他笑了。

那个知道怎样敞开心扉的他。

六

雪落在这片低矮的、近乎贫瘠的荒原上，但在一些地方，古老的岩石上长着苔藓，甚至被其覆盖，它们开始把坚硬的、毫无生机的岩石变成土壤，等待有朝一日开出多彩的鲜花。我看见这一切，看见岩石变成土壤，看见阿里把车停在他的继母和马尼的房门外。我慢慢走进雪中，看见这一切。完美地与之交融，仿佛自己从未存在过。

图书在版编目（CIP）数据

鱼没有脚.2/(冰)约恩·卡尔曼·斯特凡松著；苇欢译.--成都：四川文艺出版社，2023.3
ISBN 978-7-5411-6456-9

Ⅰ.①鱼… Ⅱ.①约…②苇… Ⅲ.①长篇小说—冰岛—现代 Ⅳ.①I535.45

中国版本图书馆 CIP 数据核字 (2022) 第 181425 号

Copyright © 2015 Jón Kalman Stefánsson
Published by agreement with Copenhagen Literary Agency ApS, Copenhagen.
The graphic designer of Icelandic cover © Ragnar Helgi Olfasson
Simplified Chinese translation copyright © 2023 by Beijing Xiron Culture Group Co., Ltd.
All Rights Reserved.

版权登记号：图进字 21-2022-290 号

YU MEIYOU JIAO 2

鱼没有脚2

[冰岛] 约恩·卡尔曼·斯特凡松 著
苇欢 译

出 品 人	谭清洁
特约监制	冯 倩
责任编辑	邓 敏
责任校对	段 敏

出版发行	四川文艺出版社（成都市锦江区三色路238号）
网　　址	www.scwys.com
电　　话	010-82068999（市场部）　028-86361781（编辑部）

印　　刷	嘉业印刷（天津）有限公司		
成品尺寸	140mm×200mm	开　本	32开
印　　张	10.5	字　数	230千
版　　次	2023年3月第一版	印　次	2023年3月第一次印刷
书　　号	ISBN 978-7-5411-6456-9		
定　　价	49.80元		

版权所有·侵权必究。如有质量问题，请与本公司图书销售中心联系调换。电话：010-82069336

大鱼读品

A
BOOK
MUST
BE
THE
AXE
FOR
THE
FROZEN
SEA
INSIDE
US

所谓书，必须是砍向我们内心冰封大海的斧头
-
卡夫卡
KAFKA

大魚讀品
BIG FISH BOOKS

大鱼读品是磨铁图书旗下优质外国文学出版品牌，名字来自美国小说家丹尼尔·华莱士的小说《大鱼》。我们认为小说中的大鱼象征着无限的可能性，而文学一直在试图通向无限。

大鱼团队将持续地去发现这个世界精神领域的好东西，通过劳作，锤炼自己，让自己有力，让好作品更好地被传播，从而营养自他，增进自他福祉。

大鱼的读书观、选书观基本可以用卡夫卡的这句话高度概括：所谓书，必须是砍向我们内心冰封大海的斧头。

虚构类   **FICTION**

THE UNLIKELY PILGRIMAGE OF HAROLD FRY

一个人的朝圣

[英] 蕾秋·乔伊斯 著 黄妙瑜 译

欧洲首席畅销小说，热销 5 年不衰，入围 2012 年布克文学奖。全球销量过 400 万册，简体中文版销量过 150 万册。

这一年，我们都需要他安静而勇敢的陪伴。

THE LOVE SONG OF MISS QUEENIE HENNESSY

一个人的朝圣 2：奎妮的情歌

[英] 蕾秋·乔伊斯 著 袁田 译

《一个人的朝圣》相伴之作
系列简体中文销量超过 300 万册！
当哈罗德开始旅程的同时，奎妮的旅程也开始了。
哈罗德被千万人爱着，奎妮也一样。

这一年，我们都需要她安静而笃定的陪伴。

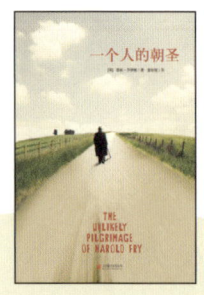

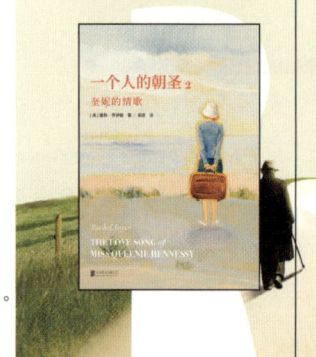

MISS BENSON'S BEETLE

本森小姐的甲虫

[英] 蕾秋·乔伊斯 著 李松逸 译

《一个人的朝圣》作者蕾秋·乔伊斯全新力作，再度书写我们内心的朝圣之旅。
这是一个关于反叛与出逃、颠覆索然无味的生活，突破困顿与平庸的故事。

有关于三个人，两位女性，一次冒险。

RACHEL JOYCE

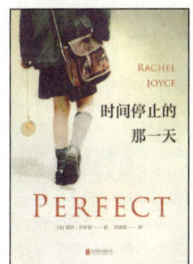

PERFECT
时间停止的那一天

[英] 蕾秋·乔伊斯 著 焦晓菊 译

触动万千读者的全球热销书
《一个人的朝圣》作者口碑新作
别害怕失去生活的勇气，因为它一刻也未曾离开过我们。

THE MUSIC SHOP
奇迹唱片行（2021年新版）

[英] 蕾秋·乔伊斯 著 刘晓桦 译

当你静下来聆听，世界就开始变化。
这儿有家唱片行。一家明亮的小小唱片行。
门上没有店名，橱窗内没有展示，店里却塞满了古典乐、摇滚乐、爵士乐、流行乐等各种黑胶唱片。它时常开到深夜。
孤独的、失眠的、伤心的或是无处可去的……形形色色的人来此寻找唱片，或者，寻找自己人生的答案。而老板弗兰克，40岁，是个熊一般高大温柔的男人。只要告诉他你此刻的心情，或者讲讲你的故事，他总能为你找到最合适的唱片。
一个关于跨越藩篱、不要畏惧未知的疗愈故事，一首跳动着希望和温暖的动人情歌，还有声音那抚慰人心的神奇力量。

A SNOW GARDEN & OTHER STORIES
一千亿种生活

[英] 蕾秋·乔伊斯 著 吕灵芝 译

全球热销书《一个人的朝圣》作者蕾秋·乔伊斯
首部不可思议的魔力治愈故事集。
我们的相遇不过是一个无比平凡的意外，生活还有一千亿种可能。
致所有独自行走在热闹生活中的你。

《带上她的眼睛》中英双语版

刘慈欣 著 [美] 周华 (Joel Martinsen) 等译

收录银河奖一等奖作品、入选七年级教材的《带上她的眼睛》、银河奖读者提名奖作品《吞食者》《诗云》《思想者》、网友票选人气中篇《山》等八个中短篇科幻故事。

向外探索宇宙深空,向内探索地心世界。本辑围绕宇宙中不同形态的智慧生物展开浪漫的科学想象,将艺术哲学和科技发展融合,讲述不同物种之间的文明交流与碰撞。

《流浪地球》中英双语版

刘慈欣 著 [美] 韩恩立 (Elizabeth Hanlon) 等译

收录银河奖特等奖作品《流浪地球》、银河奖大奖作品《全频带阻塞干扰》《地球大炮》《中国太阳》、入选2018年高考阅读题作品《微纪元》、宁浩电影《疯狂的外星人》原作《乡村教师》等六个中短篇故事。

围绕太阳灾变、人类浩劫这一科幻主题,讲述人类在绝境中寻找希望,在宇宙剧变之中以信仰的力量对抗命运。

"整个宇宙,不过是百亿年前一次壮丽焰火的余烬。"

《时间移民》中英双语版

刘慈欣 著 [美] 刘宇昆 (Ken Liu) 等译

收录银河奖大奖作品《赡养人类》《镜子》、柔石小说奖短篇小说金奖作品《赡养上帝》等七个中短篇科幻故事。

围绕时间与空间这一科幻主题,讲述了人类探索无限生命与科技的浪漫幻想。

"他率领着这个时代的8000万人,沿着时间踏上了逃荒之路。"

GREGORY DAVID ROBERTS

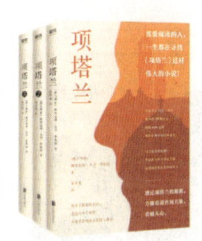

SHANTARAM

项塔兰

[澳大利亚] 格里高利·大卫·罗伯兹 著　黄中宪 译

一个文艺大盗的 10 年流亡，成就一部传奇经典，
人生低谷时必读的涤荡心灵之书！
全球畅销 600 万册，发行 122 个版本，被译成 39 种语言。

KATE CHOPIN

THE AWAKENING

觉醒

[美] 凯特·肖邦 著　齐彦婧 译

她一遍遍问自己：什么才是真正的生活？
美国女性文学代表作，因"大逆不道"成为禁书，
再版 100 余次，121 年来长销不衰，被誉为"蒙尘的经典"。
因在文学上的卓越贡献，作者故居被评为美国国家历史名胜。
作品被选入大学教材，成为美国大学生必读书。
作家、资深媒体人郭玉洁 4600 字深入导读。

ASLI PERKER

SOUFFLÉ

忧伤的时候，到厨房去

[土] 爱诗乐·沛克 著　韩玲 译

莉莉娅某天醒来发现，她的婚姻可能并不是看上去那么美好；马克仍然无法面对挚爱的妻子离开后空荡荡的公寓；菲尔达深陷在原生家庭的泥淖中。但是他们都只想做的事情是——随着心中还留下的热情走：带着一颗自由的心灵为真正爱的人下厨。
"看到季节的更替清晰地反映在农贸市场里时，他才第一次明白整个世界就是一件完整的艺术品。"
纽约，巴黎，伊斯坦布尔。三个城市，三场挫败，三个厨房；一曲人生的舒芙蕾之歌。

FREDRIK BACKMAN

EN MAN SOM HETER OVE

一个叫欧维的男人

[瑞典] 弗雷德里克·巴克曼 著　宁蒙 译

北欧小说之神巴克曼公认口碑代表作
全球销量超过1000万册,豆瓣读者9.2高分推荐
改编电影提名奥斯卡最佳外语片
来,认识一下这个内心柔软、充满恒久爱意的男人。

BJÖRNSTAD

熊镇

[瑞典] 弗雷德里克·巴克曼 著　郭腾坚 译

全球热销1300万册的瑞典小说之王
弗雷德里克·巴克曼
《一个叫欧维的男人》《外婆的道歉信》
《清单人生》之后超越式里程碑新作

读第一遍,有100处细节征服你;
读第二遍,又有100处。

我们守护什么,我们就成为什么。

VI MOT ER

熊镇2

[瑞典] 弗雷德里克·巴克曼 著　郭腾坚 译

李银河、吴磊、马天宇、冯唐、李尚龙、七堇年、笛安、
陶立夏、柏邦妮书单
不仅关于冰球和运动,更写尽了成长为一个真正的人
所面临的一切抉择和思索。

我们守护什么,我们就成为什么。

FREDRIK BACKMAN

OCH VARJE MORGON BLIR VÄGEN HEM LÄNGRE OCH LÄNGRE

人生第一次

[瑞典] 弗雷德里克·巴克曼 著 余小山 译

第一次相遇，第一次告别，第一次陪伴，第一次的爱。
这个奇妙又温柔的故事，让你想起那些和家人、爱人共度的好时光。
外面世界的精彩，远不敌眼前人的可爱。

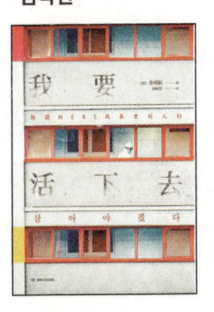

김탁환

살아야겠다

我要活下去

[韩] 金琸桓 著 胡椒筒 译

以2015年韩国流行传染病MERS为事件背景，以三位普通患者的经历为主线，还原冰冷数字背后一个个真实而有尊严的生命的容貌。
我不是怪物，不是"传播病毒的人"。我和你一样，只是一个被莫名其妙的厄运砸中，拼命想回到平淡日常生活的普通人而已。

공지영

도가니

熔炉（10周年修订版）

[韩] 孔枝泳 著 张琪惠 译

读者票选能代表韩国的作家、韩国文学的自尊心孔枝泳口碑代表作
孔侑念念不忘，亲自投资主演同名电影，位列豆瓣电影TOP20，9.3超高分
韩国前总统李明博激赏，李现、朴赞郁、张嘉佳郑重推荐
**我们一路奋战，不是为了改变世界，
而是为了不让世界改变我们。**

---- 한강

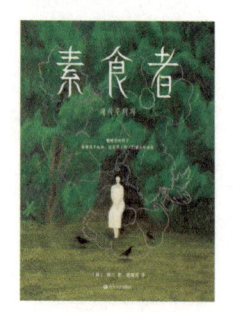

채식주의자

素食者

[韩] 韩江 著 胡椒筒 译

亚洲首位国际布克文学奖得主获奖作品
享誉全球的现象级杰作,锐利如刀锋,把整个人类社会推上靶场。
为了逃避来自丈夫、家庭、社会和人群的暴力,她决定变成一棵树!

흰

白

[韩] 韩江 著 胡椒筒 译

国际布克文学奖得主韩江再度入围国际布克文学奖之作
英国《卫报》评选"今日之书"
这是韩江在白纸上用力写下的小说,是 63 个有关白色事物的记忆。
我想让你看到干净的东西,比起残忍、难过、绝望肮脏和痛苦,我只想让你先看到干净的东西。

---- 신경숙

엄마를 부탁해

请照顾好我妈妈

[韩] 申京淑 著 薛舟 / 徐丽红 译

她为家人奉献了一生,却没有人了解她是谁。
缔造 300 万册畅销奇迹的韩国文学神话,获第 5 届英仕曼亚洲文学奖
作者申京淑为第一位获得此奖的女性作家
每读一遍都热泪盈眶,真诚的文学饱含永不过时的情感和力量。
读完这本书,我很想给妈妈打个电话,问她:
"妈妈,你也曾有自己的梦想吧?"

권여선

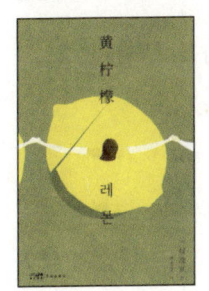

레몬
黄柠檬

[韩] 权汝宣 著 叶蕾蕾 译

黄柠檬,是姐姐死前穿的连衣裙的颜色。
如今,它是复仇的颜色。
50位韩国作家票选2019年度小说!
纽约时报编辑选书,Crimereads年度最佳犯罪小说
一本小说版的《寄生虫》,悬疑与情感交织的心灵之诗
若有一天神也对我们闭上双眼,我们该如何面对人生的废墟?

CAROL RIFKA BRUNT

TELL THE WOLVES I'M HOME
告诉狼们我回家了

[美] 卡萝·瑞夫卡·布朗特 著 华静文 译

《杀死一只知更鸟》之后,我们终于再次等到一本感人至深的成长经典。横扫《出版人周刊》《纽约时报》等各大畅销榜,入围国都柏林奖长名单,获评全球亚马逊编辑推荐年度最佳图书。
世界上,有各种各样的爱,这些爱很难用"对"或"不对","好"或"不好"去定义和评判。爱是需要学习的,如何去爱,如何去表达爱。

JÓN KALMAN STEFÁNSSON

FISKARNIR HAFA ENGA FÆTUR
鱼没有脚

[冰岛] 约恩·卡尔曼·斯特凡松 著 苇欢 译

2017年布克国际奖提名作品
诺贝尔文学奖候选人、冰岛桂冠诗人约恩·卡尔曼·斯特凡松的文学力作
世界上最痛苦的事情一定是不曾尽力去爱。

JÓN KALMAN STEFÁNSSON 冰岛三部曲

HIMNARÍKÍ OG HELVÍTI

没有你，什么都不甜蜜

[冰岛] 约恩·卡尔曼·斯特凡松 著 李静滢 译

冰岛值得阅读的桂冠级诗人小说家，入围2017年布克文学奖
一场大风雪，一个男孩的三天三夜，那个古老迷人的冰岛世界。

HARMUR ENGLANNA

天使的忧伤

[冰岛] 约恩·卡尔曼·斯特凡松 著 李静滢 译

冰岛桂冠级小说家，诺贝尔文学奖实力候选
英、法、西、德、冰、丹、挪等权威媒体盛赞本书"天堂般美妙""每一段都像诗""不可替代的光芒""美的奇迹"。
无尽的风雪、海浪群山，一个男孩和一个邮差的奇异之旅。

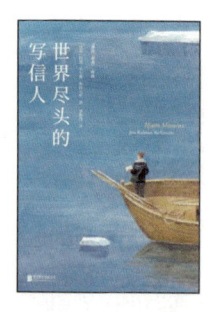

HJARTA MANNSINS

世界尽头的写信人

[冰岛] 约恩·卡尔曼·斯特凡松 著 李静滢 译

当空中有云，海里有帆，鱼群昼夜不停。我想给你写信。
诺奖实力候选人、冰岛桂冠级诗人小说家斯特凡松步入世界文坛代表作，译为 27 种语言。
我们在字里行间纠缠着爱，所以才有了历史。

MARIA SEMPLE

WHERE'D YOU GO, BERNADETTE
伯纳黛特,你要去哪

[美] 玛利亚·森普尔 著 何雨珈 译

"大魔王"凯特·布兰切特被小说折服,主演同名电影
席卷46国,全球销量超过700万册!
蝉联《纽约时报》畅销榜、美国国家公共电台畅销榜
长达88周Goodreads 超过30万读者打出满分好评
136家媒体"年度图书"推选!

조해진

단순한 진심
单纯的真心

[韩] 赵海珍 著 梅雪 译

我是被亲生父母抛弃的孩子,却也是被陌生人珍视的孩子。
著名韩国作家殷熙耕、《82年生的金智英》作者赵南柱
挚爱作家赵海珍
金万重文学奖、大山文学奖获奖作首度引进。
一个关于寻找名字的故事。我们每个人的名字,都是我们
曾在这世上存在的证据。

김호연

불편한 편의점
不便的便利店

[韩] 金浩然 著 朱萱 译

无论是什么关系,只要能一起吃炸鸡的,就是一家人。
韩国小说家金浩然人气代表作,《请回答1988》
之后,最有人情味的胡同故事。
上市1年售出80万册,韩国25座城市市民票选
2022年年度之书。
生活就是一种关系,而关系就在于沟通。幸福并不
遥远,它就在和身边人分享心声的过程当中。

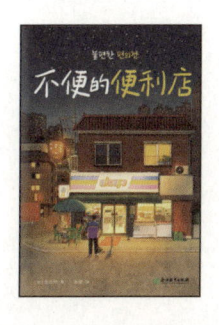

ERLEND LOE

NAIV.SUPER.
我是个年轻人，我心情不太好
（20周年纪念版）

[挪威] 阿澜·卢 著 宁蒙 译

北欧畅销书，挪威版《麦田里的守望者》
被无数读者津津乐道20年。
给每一个迷茫的孩子和心情不太好的大人。

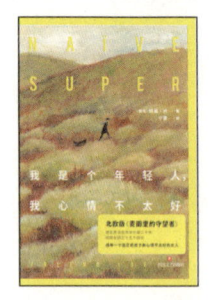

DOPPLER
我不喜欢人类，我想住进森林

[挪威] 阿澜·卢 著 宁蒙 译

北欧畅销小说《我是个年轻人，我心情不太好》第二季
被无数读者津津乐道15年并畅销不衰，风靡全球41国。打动了每一个在现代都市中生活、扮演某种角色，并感到疲倦的人。
逃避不可耻，还很有用。

L
我的人生空虚，我想干票大的

[挪威] 阿澜·卢 著 宁蒙 译

北欧畅销小说《我是个年轻人，我心情不太好》炫酷新作。

哪怕一件事并不科学，也不一定是件坏事。比如说，爱就是不科学的，而做一次注定会失败的尝试，是真的毫无意义吗？

被无数读者津津乐道20年并畅销不衰，风靡全球41国。打动了每一个在现代都市中感到年龄焦虑，情绪枯竭，觉得人生没有意义的人。

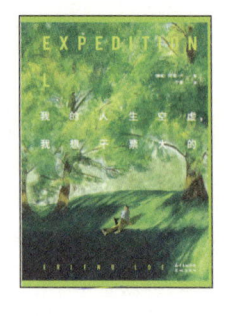

DANIEL WALLACE

BIG FISH

大鱼

[美] 丹尼尔·华莱士 著 宁蒙 译

出版 20 周年修订典藏版
豆瓣电影总榜 TOP100 口碑神作原著!
精彩程度不输电影!

不要相信所谓真的,相信你所爱的。

조남주

82 년생 김지영

82 年生的金智英(2021 读者互动版)

[韩] 赵南柱 著 尹嘉玄 译

豆瓣 2019 年年度受关注图书,《新京报》年度好书,《新周刊》年度书单
孔刘、郑裕美主演同名电影,郑裕美凭此片荣获影后

愿世间每一个女儿,都可以怀抱更远大、更无限的梦想。

2021 新版,编辑部特制作独立附册"觉醒与回响",精选 15 封具有代表性、令人触动的信件,这些信件均获得了读者本人的授权。

귤의 맛

橘子的滋味

[韩] 赵南柱 著 朴春燮 / 王福栋 译

《82 年生的金智英》作者赵南柱耗时五年全新力作,
书写青春期绿色的苦涩,黑色的迷茫,橘色的温柔。
她们哭着、笑着,共同治愈心灵的创伤,一同长大。
回头再看那个把重要的祈愿埋进时光胶囊的夜晚,她们
终于能说出——
有你在,真是万幸。

蟲師
虫师

[日] 漆原友纪 日本株式会社讲谈社 单元皓 译

日本文艺漫画经典，时代的眼泪

日本讲谈社首度官方授权简体中文版
《虫师》盒装爱藏版（全10卷＋特别篇）
2003年获日本文化省媒体艺术节漫画类优秀奖
日本文化厅日本媒体艺术100选排名第9，超过
《海贼王》《全职猎人》。

JONATHAN LITTELL

LES BIENVEILLANTES
善良的人

[美] 乔纳森·利特尔 著 蔡孟贞 译

龚古尔文学奖、法兰西学院小说大奖双料得奖之作
从青年知识分子，到刽子手。伴随他的除了步步高升，
还有噩梦、眼泪和呕吐物。
一部纳粹军官的回忆录，揭露内心的痛苦、挣扎、阴暗
与不堪。每个对自己有期望的读者都不应该错过这本书。

LISA GENOVA

EVERY NOTE PLAYED
无声的音符

[美] 莉萨·吉诺瓦 著 姚瑶 译

人如何生活，取决于他认为自己还有多少时间。

第87届奥斯卡金像奖获奖影片《依然爱丽丝》原著小说
作者，哈佛大学神经学博士莉萨·吉诺瓦撼动人心之作！
入选2017年Goodreads年度最佳小说，美国亚马逊接
近满分好评。

**第一本以"渐冻人症"患者为主角的小说，这本书让你
重新认识生命。**

磨铁经典第一辑 · 发光的女性

五部跨越百年的女性经典，一条关于女性自我发现、自我创造的精神之路。

A ROOM OF ONE'S OWN
一间自己的房间
[英] 弗吉尼亚·伍尔夫 著 宋伟航 译

激发女性精神觉醒的心灵之书

JANE EYRE
简·爱
[英] 夏洛蒂·勃朗特 著 陈锦慧 译

一颗勇敢、自由而激越的女性心灵，追求尊严与独立的永恒楷模。

LITTLE WOMEN
小妇人
[美] 露易莎·梅·奥尔科特 著 梅静 译

美国文学史上不朽的女性经典，送给所有小女孩、大女孩的礼物。

THE SELECTED POEMS OF EMILY DICKINSON
孤独是迷人的
[美] 艾米莉·狄金森 著 苇欢 译

精选狄金森经典诗作 160 首，中英双语。
一颗有创造力的心灵一定能找到其独自玩耍的方式，她选择了诗歌。

LES INSÉPARABLES
形影不离
[法] 西蒙娜·德·波伏瓦 著 曹冬雪 译

《第二性》作者西蒙娜·德·波伏瓦生前从未公开手稿首度面世。
一部曾被萨特"判死刑"的小说，以波伏瓦少女时代挚友扎扎为原型，悼念她生命中最刻骨铭心的友谊。

非虚构类　　　　　　　　　　　　　　　　　　　　　　　　　**NON-FICTION**

― 武志红 ―

为何家会伤人（百万畅销纪念版）

武志红 著

知名心理学家武志红
从业 25 年来公认口碑代表作！
100 万册畅销纪念版，
中国家庭问题第一书！

家是港湾，爱是退路。

和另一个自己谈谈心

武志红 著

百万级畅销书《为何家会伤人》作者、知名心理学家武志红 2021 温柔新作
四合一便携小开本，提炼从业 20 多年来思想精华，随时随地反复阅读

拆解为孤独、自恋、成长、梦想的四本分册，对应人生四大课题。挖掘现象下的潜意识，展现思维盲区，剖析行为背后深层的心理动机。对于刚刚接触心理学，或有自我探索需求的读者很友好，适合作为入门书。

NICHOLAS D. KRISTOF & SHERYL WUDUNN

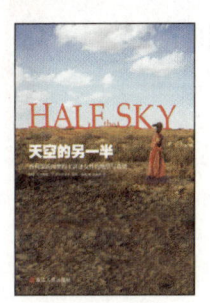

HALF THE SKY

天空的另一半

[美] 尼可拉斯·D. 克里斯多夫 雪莉·邓恩 著
吴茵茵 译

每一个地球公民的必读书。——比尔·盖茨
普利策新闻奖得主讲述女性的绝望与希望。

A PATH APPEARS

天空的另一半 2

[美] 尼可拉斯·D. 克里斯多夫 雪莉·邓恩 著 张孝铎 译

一本写给每个世界公民的慈善行动手册
普利策新闻奖得主深入探访全球弱势群体，用 19 个故事告诉你何谓"善者生存"。

只有我们付出的，才是我们拥有的。

THOR HEYERDAHL

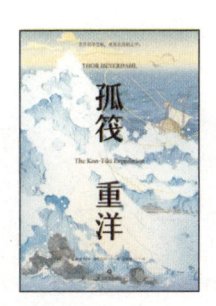

THE KON-TIKI

孤筏重洋

[挪威] 托尔·海尔达尔 著 吴丽玢 译

畅销 70 年，被译介为 156 个版本，全球销量超过 3500 万册！入选联合国《世界记忆名录》，改编电影提名奥斯卡最佳外语片。木筏横渡太平洋！

ROSA MONTERO

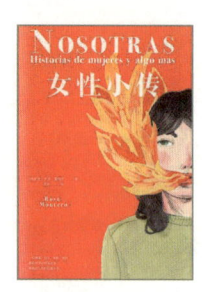

NOSOTRAS：HISTORIAS DE MUJERES Y ALGO MÁS
女性小传

[西] 罗莎·蒙特罗 著 罗秀译

一部女性心灵史，大胆呈现女性身上全部和完整的人性
西班牙国家文学奖得主罗莎·蒙特罗女性领域经典力作
用炙热而刺耳的文字，写下阿加莎·克里斯蒂、波伏瓦、弗里达、武则天等106位杰出女性的低吟与沸腾。

MELINDA GATES

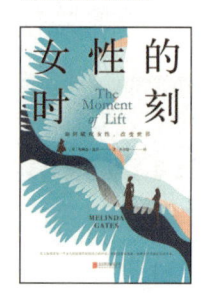

THE MOMENT OF LIFT
女性的时刻

[美] 梅琳达·盖茨 著 齐彦婧译

比尔·盖茨夫人、《福布斯》权力榜女性领袖梅琳达·盖茨首度出书
比尔·盖茨亲自晒书推荐，入选奥巴马年度书单，巴菲特、奥普拉、马拉拉、艾玛·沃森、杨澜联合推荐！她和她讲述的女性故事，激励每个人摆脱无力感，认识到自身无限潜能；分享全球女性的困境与抗争，分享个人成长经历、微软职业经历、与比尔·盖茨的相恋过程和婚姻生活。

CHERYL STRAYED

WILD
走出荒野

[美] 谢丽尔·斯特雷德 著
靳婷婷 张怀强译

连续126周盘踞《纽约时报》畅销榜！
仅美国就卖出300万册！
罕见地横扫17项年度图书大奖！版权售出40国！
**每个人的生命中，都有一片荒野，
需要你自己探出一条路来。**

CAITLIN DOUGHTY

SMOKE GETS IN YOUR EYES

好好告别

[美] 凯特琳·道蒂 著 崔倩倩 译

媒体力赞:"大开眼界""一本改变你死亡观的书""不被道蒂的讲述启发是不可能的""让你一路笑不停的奇书"!!

我们越了解死亡,就越了解自己。

FROM HERE TO ETERNITY: TRAVELING THE WORLD TO FIND THE GOOD DEATH

好好告别
世界葬礼观察手记

[美] 凯特琳·道蒂 著 崔倩倩 译

美国传奇殡葬师凯特琳·道蒂游历印尼、日本、墨西哥等 10 余个国家和地区,亲身走访科罗拉多州的露天火葬、印尼公共墓室、墨西哥亡灵节、日本琉璃殿骨灰供奉等。在这些葬礼文化中,既蕴涵着当地的历史传统,也让我们看到关于葬礼更多的可能性。
我们没有义务远离死亡,也没有义务对死亡感到羞耻。

WILL MY CAT EAT MY EYEBALLS?

猫咪会吃掉我的眼珠子吗?

[美] 凯特琳·道蒂 著 崔倩倩 译

Goodreads 读者奖,《纽约时报》畅销书
作者是愿意回答各种奇怪问题的传奇殡葬师凯特琳·道蒂
直接 大胆 精彩 爆笑 涨知识 深有启发
一本书扫除认知盲区,满足所有好奇心,原来谈"死"可以这么有趣!

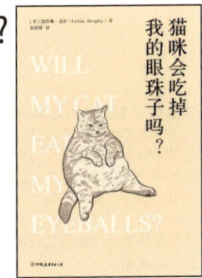

吴晓乐

可是我偏偏不喜欢

吴晓乐 著

也许他们说的都是对的，也许符合标准的人生都是很好很好的——可是我偏偏不喜欢
《你的孩子不是你的孩子》作者吴晓乐非虚构力作，关于性别、成长、职业选择、梦想、与家人关系等主题的21篇犀利随笔。
献给和社会格格不入的你。

你的孩子不是你的孩子

吴晓乐 著

一位家庭教师长达8年的观察，9个震撼人心的真实家庭故事。
数月雄踞博客来总榜No.1，同名网剧被称为"中国台湾版《黑镜》"。
这世间最可怕的伤害，打的旗号叫"为你好"。

CRAIG CHILDS

THE ANIMAL DIALOGUES

遇见动物的时刻

[美] 克雷格·查尔兹 著 韩玲 译

克雷格·查尔兹的大半生都在荒野中探险。他写下自己与30多种动物的偶遇过程，他了解每一种动物的生活习性和动物王国中蕴含的野性之美。每一次相遇，他都将自身还原为生命的原始状态，去感受自然界的生存、繁衍、搏斗与死亡。

本书献给每一个热爱动物的孩子和大人，让你的世界宽阔而柔软。

ROBYN DAVIDSON

TRACKS
我独自穿越沙漠

[澳] 罗宾·戴维森 著 袁田 译

一次澳大利亚洲内陆的探索与发现之旅,也是一个女人单纯且充满激情地寻找自我和追随内心的精神冒险之旅。

1975 年,27 岁的普通澳大利亚普通女子罗宾·戴维森,来到澳大利亚爱丽丝泉,学习和了解骆驼的习性以及喂养、训练它们的相关技巧。两年后,凭那股对沙漠和自我探寻的渴望,罗宾接受美国《国家地理》杂志的资金支持,带上四匹骆驼、一条狗,踏上穿越澳大利亚腹地 2000 多公里的沙漠的征程。

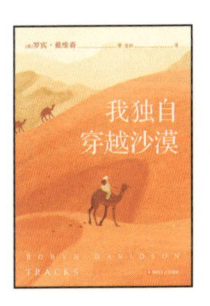

VIVIAN MAIER

VIVIAN MAIER: STREET PHOTOGRAPHER
我是这个世界的间谍:
薇薇安·迈尔街拍精选摄影集

VIVIAN MAIER: SELF-PORTRAITS
我与这个世界的距离:
薇薇安·迈尔自拍精选摄影集

[美] 薇薇安·迈尔 摄 约翰·马卢夫 编

"她用孤独隐秘的一生,服事了影像的光辉与不朽。"

街头摄影界的凡·高 传奇保姆摄影师薇薇安·迈尔
隐没 60 年作品 精装、大开本首度原版呈现

"这些是她最棒的一些照片,也许也是她留下的作品中最有启发性的了。"——《洛杉矶时报》

Big Fish
磨铁图书旗下品牌

大鱼读品

出 品 人	沈浩波		主　　编	冯倩
产品经理	任　菲　牛长红　商瑞琪　邱郁　赵士华		版权支持	程欣
营销编辑	叶梦瑶　徐　幸　王舞笛			
书目设计	付诗意　沐希设计　拾拾			

豆瓣账号 | 大鱼读品　　　　联系邮箱 | bigfishbooks@xiron.net.cn
地　　址 | 北京市西城区德外大街 83 号德胜国际中心 B 座 10 层

微信公众号
大鱼读品 BigFish

微博
大鱼读品 BigFish